ハヤカワ文庫SF
〈SF1379〉

スコーリア戦史

目覚めよ、女王戦士の翼！

〔上〕

キャサリン・アサロ

中原尚哉訳

房

4861

THE LAST HAWK

by

Catherine Asaro

Translated by
Naoya Nakahara
First published 2001 in Japan by
HAYAKAWA PUBLISHING, INC.
This book is published in Japan by
arrangement with
TOM DOHERTY ASSOCIATES, LLC.
c/o ST. MARTIN'S PRESS, LLC.
through TUTTLE-MORI AGENCY, INC., TOKYO.

娘キャシーに、愛をこめて

謝辞

本書にかかわってくれた人々をここに記して感謝したい――リン・ドイチュ博士、スティーブ・ゴールドハーバー博士、マーガレット・グラフェ博士、ケイト・カービー博士、マルコム・ルコンプト博士。彼らはわたしの小説を最初に読んで的確な助言をし、小説作法を向上させてくれた。またジョーン・スロンチェウスキ博士、スペクトラム・リテラリー・エージェンシー社のエレノア・ウッド、スコビル、チチャク、ゲイレン、トー社のみなさん、とくにタッド・デンビンスキ、デビッド・G・ハートウェルに感謝したい。気づかい、応援してくれた夫のジョン・ケンダル・カニッツォには、愛をこめた感謝を。

棄された
ンサ坊の砦
スノー湖
アッパー
テオテク山地
スター湖
バーズ坊
スカイドロップ川
スカイ
ウォーク山
スカイ湖
スカイスクレープ森林
ミエサ高原
ミエサ坊
ラピスラズリ滝
クイーンズ
ウッド森林
ボージキル山脈
ジャテク川
スカイドロップ川
クイーンズ湖
カーン坊
イクスパリル森林
ダール峠
ール坊
ロング
コーンウォーク平原
テオテク山地
コーンウォーカー
貯水池
モックス湖
リトル
ジャテク川
ラサ坊
アーカ坊
ナジチュネク湖
ショート
コーンウォーク平原
コーリアの
宇宙港へ
コバ星の十二坊

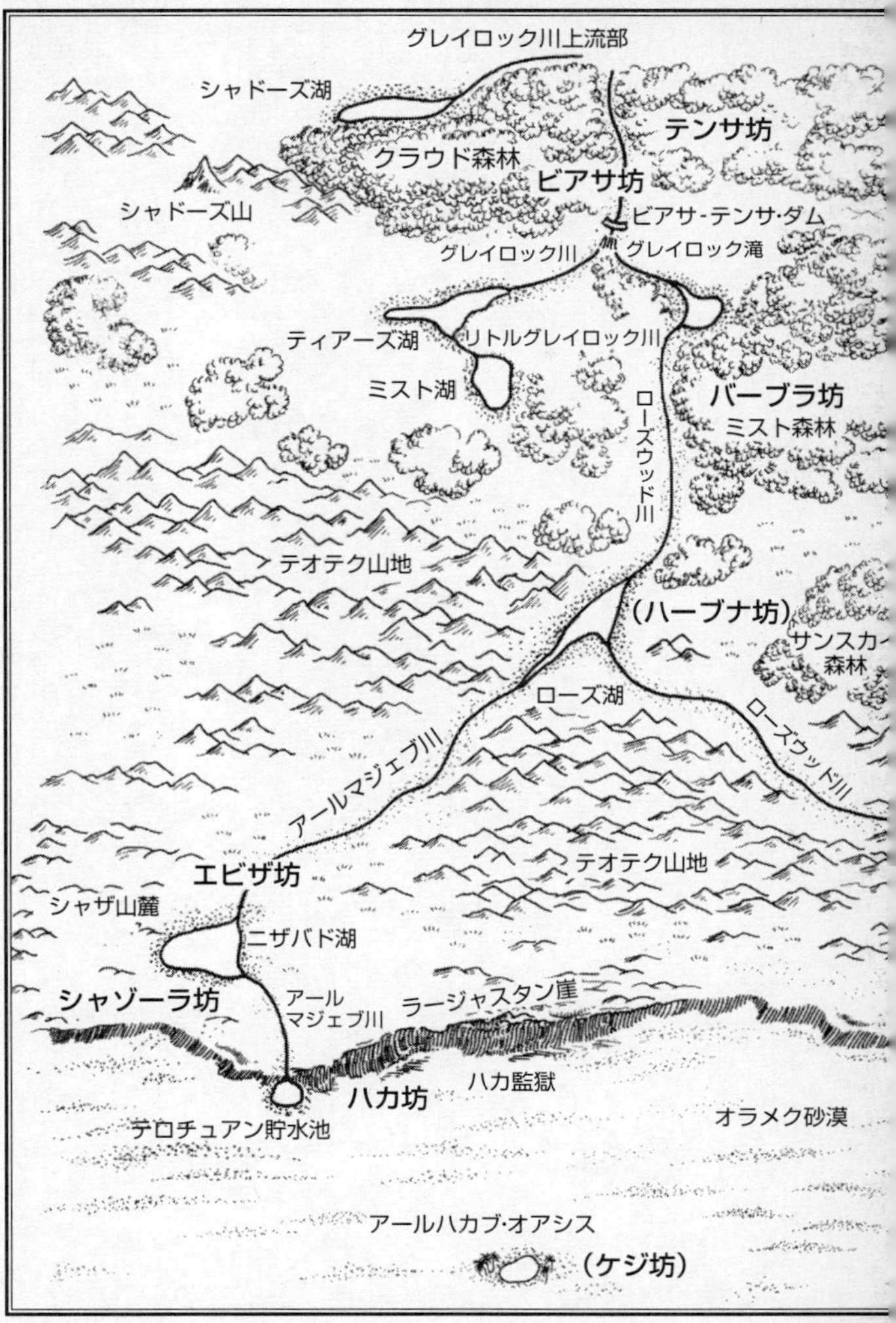

グレイロック川上流部
シャドーズ湖
テンサ坊
クラウド森林
ビアサ坊
シャドーズ山
ビアサ-テンサ·ダム
グレイロック川
グレイロック滝
ティアーズ湖
リトルグレイロック川
ミスト湖
ローズウッド川
バーブラ坊
ミスト森林
テオテク山地
(ハーブナ坊)
サンスカー森林
ローズ湖
アールマジェブ川
ローズウッド川
テオテク山地
エビザ坊
シャザ山麓
ニザバド湖
シャゾーラ坊
アールマジェブ川
ラージャスタン崖
ハカ監獄
ハカ坊
テロチュアン貯水池
オラメク砂漠
アールハカブ·オアシス
(ケジ坊)

登場人物（●は女性、○は男性）

ケルリック○王圏宇宙軍のジャグ戦士三爵。ケルリクソン・ガーリン・バルドリア。
コバ星での通名はセプター

〔**ダール坊**〕
デーア・ダール●ダール坊代
チャンカー・ダール●ダール坊代の継嗣
ローカ●医長
ダビブ○医官
ハチャ●衛兵隊長
レブ○衛兵
ラーチ●衛兵
バルブ○衛兵
ジェビ○ラーチの夫、カラーニ

アバーナ・ダール●カランヤ苑代弁人
チャラ・ダール●協同育児舎の保母
エビド・ダール○法廷の尋問官

〔**カーン坊**〕
ジャールト・カーン●カーン坊代にして、十二坊を統べる宗主
イクスパー・カーン●カーン坊代の継嗣
シャリーナ●医長
ソラン●カーン坊の長老、〝カーンの七人衆〟の最上位者
アントニ・カーン○実習職員、のちに正規補佐官
タル・カーン●実習職員、のちに正規補佐官
カストラ・カーン●首席補佐官
メンター○四段位カラーニ、ジャールト・カーンのアカシ
バール・カーン●クイス名人
ラブ・カーン○現代主義者
ジェブリン○イクスパーがバーズ坊に送りこんだスパイ
エブ●カランヤ衛兵隊長
ネシナ●衛兵

エキナ●カーン研究所の研究員
ボージ●市内衛兵隊の隊長

〔**バーズ坊**〕
アブタク・バーズ●バーズ坊代
スターナ・バーズ●バーズ坊代の継嗣
カホトラ●カランヤ衛兵隊長
オータル〇三段位カラーニ、現代主義者
シャイル●医長

〔**ハカ坊**〕
ラシバ・ハカ●ハカ坊代
ゼチャ・ハカ●ハカ監獄の獄長
トーブ・ハカ〇ハカ監獄第四監舎男子房の房長
ゼブ・シャゾーラ〇囚人
チェド・ラサ・ビアサ〇囚人
カージ●カランヤ衛兵隊長
サジェ・ビアサ・バーズ・ハカ〇三段位カラーニ

ラージ○初段位カラーニ
ジモーラ○ラシバ・ハカとケルリックのあいだの子

〔**バーブラ坊**〕
ヘンタ・バーブラ●バーブラ坊代
テボン○ヘンタのアカシ
イェブリス・テンサ・バーブラ○二段位カラーニ
タウル●カランヤ衛兵隊長

〔**ミエサ坊**〕
サビーナ・ミエサ●ミエサ坊代
レビ○初段位カラーニ
ヘイル○初段位カラーニ
レジ●カランヤ衛兵隊長
ベーズ●医長
ジャシナ●ミエサ坊協同育児舎の主任保母
ローカ・ミエサ・バーズ●ケルリックとサビーナの子

目次

目覚めよ、女王戦士の翼！

〔上〕

プロローグ

船の操縦機器に目の焦点がうまくあわない。ケルリックは目もとをこすりたかったが、腕が動かなかった。操縦席の殻状装具がとじたままなので、身体も押さえつけられている。装具のロック部に手をのばそうとしたが、指先は身体をつつむ拘束メッシュをひっかくだけだった。

四回めの試みでようやく殻状装具はひらき、ケルリックは前にのめって、兵器管制グリッドの上に倒れた。あたりを照らしているのはコントロールパネルを埋めつくす赤い警告灯だけで、くぼんだ暗がりをのぞいて、コクピット内は真っ赤に染められている。

その赤のなかに、ひとつだけ緑の表示がともっていた。エンジンだ。反転エンジンのうち一基だけが、この船のなかで唯一正常に作動している。

おかげでケルリックはまだ生きているのだ。

「反転してるのか」ケルリックはつぶやいた。

ジャグ機は敵の一撃を受けて大きな損傷を負うのと同時に、亜光速宇宙から反転空間に飛ばされた。おかげで粉々に吹き飛ばされるまえに敵から遠く引き離されたのだ。

頭上の応急処置装置はとじたままだ。手をのばそうとしたが、腕は途中までしかあがらず、管制グリッドの上にばたんとまた落ちた。どうでもいい。どのみち応急処置ではまにあわないのだ。体内で細胞修復をおこなう微小な医療用ナノマシン――ナノメドでも、もはや手に負えないかもしれない。

骨まで達する深い傷を負った腕がずきずきと痛んだ。操縦席にすわっていたときは感じなかったので、たぶん殻状装具から麻酔を打たれていたのだろう。あるいは体内の生体機械ウェブが、脳の痛覚受容体を遮断する物質を放出したのか。しかし過剰投与や脳障害を防ぐための安全ルーチンがあるので、どちらもたいした薬量ではないはずだ。

腕はもう痛くて動かせなくなっていた。ただ、このまま放っておいても船は勝手に飛んでいく。すくなくとも人買い族からは遠ざかっているはずだ。

ケルリックは単独の偵察任務に就いていたときに、人買い族の部隊に遭遇した。ああいう連中は星の重力井戸のなかで反転して、かまどの焚き付けになればいいのだ。

警報が鳴りはじめた。顔をあげると、さきほどまで緑だった表示が黄色に変わっている。最後の反転エンジンも壊れそうになっているのだ。

ケルリックは息をのんだ。どこか着陸する場所を探さなくてはならない。目をとじて頭をはっきりさせようとした。

《ボルト、応答しろ》ケルリックは考えた。

脊椎に埋めこまれたコンピュータノードが答えた。**はい。**

そのメッセージは生体光学繊維を通って脳にとどき、脳細胞のあいだにはさみこまれた生体電極がその信号を神経の発火パターンに変換する。逆方向の変換もおこなわれるので、ケルリックはノードと〝話せる〟のだ。

《ナノメドの情況は？》ケルリックは考えた。

ナノメドG群とH群はまだ機能していますが、数が激減しています。ノードは答えた。**O群は機能していません。ほかの群はすべて機能が低下しています。**

ケルリックは顔をしかめた。ナノメドは身体の修復という役割をになうシステムだ。それぞれのナノメドは二つの部分からなっている。特定の作業をこなすように設計された分子と、量子遷移を原理として作動する原子コンピュータのピコチップだ。ピコチップはたがいに連携してピコウェブを形成し、ナノメド本体がどんな作業をし、どんなふうに自己複製すればいいかを指示する。しかしそのおおもとを指揮しているのは、脊椎ノードのボルトだ。ピコウェブと、体内にはりめぐらされた生体光学繊維と、脳内の生体電極によって構成される生体機械ウェブ全体を、脊椎ノードはオーケストラの指揮者のようにあやつっているのだ。この生体機械ウェブは十四年前、ケルリックが任官した二十歳のときに体内に埋めこまれた。

《ボルト》ケルリックは考えた。《ぼくの生体機械ウェブになにが起きたんだ》

被弾したときにあなたは船の発展《E》知能《I》に接続していました。そのために体内のウェブが大きなダメージを受けたのです。こちらで修復を試みていますが、機能不全が広範囲におよんでいて手に負えません。すみやかにＩＳＣの医療施設へむかってください。

痛みにさいなまれていなかったら、ケルリックは笑いだしたいところだった。

《こっちだってそうしたいさ》深呼吸した。《情況報告を見せてくれ》

視神経にアクセスしています。ボルトは答えた。

体内のさまざまなシステムを表示した映像がケルリックの頭のなかに浮かんだ。そしてそれが、目のまえに飛び出した。コクピットの空中にぼんやりと浮いているように見える。

後脛骨動脈が損傷しています。ボルトはケルリックの循環系の図を強調表示し、動脈から出血している個所をしめした。

ケルリックは大きく息を吐いた。この出血をなおすには、体内システムに残された最後の砦に頼るしかない。脳のカイル中枢だ。後付けの生体機械ウェブとちがって、このカイル変異形質は、特別の遺伝子のおかげで生まれつきもっている。カイル中枢は脳内の微視的な器官にすぎないが、近くにいる人の脳波とケルリックの脳波を干渉させる能力をもつ。その結果、ケルリックは相手の気分を感じとったり、まれには思考まで読めるのだ。またケルリック自身の脳の出力を増幅し、自分の身体に強いバイオフィードバックを働かせることもできる。

ケルリックは精神を集中し、バイオフィードバックの訓練とおなじ状態をつくろうとした。動脈の出血箇所へ修復のための組織成分を送り、血流を調節し、栄養素を運ぶのを手助けした。トランス状態から復帰したときには、身体の状態はいくらか落ち着き、腕を胸に押しつけたままなら上体を起こせるようになった。

ふたたび警報音が鳴り、瀕死のエンジンにパイロットの注意をうながした。

「ナバク」ケルリックはいった。「反転状態から脱して亜光速空間にもどれ」

船のEI頭脳の一部である航法攻撃ノードは、答えなかった。

「ナバク」ケルリックはくりかえした。「航法モードにはいれ」

やはり返事はない。

《ボルト、船の緊急メニューを出せ》

ボルトは緊急サイコンを表示した——コンピュータのアイコンとおなじだが、画面ではなくケルリックの頭のなかに投影される。反転エンジンの緊急停止サイコンは、疾走するチーターが急停止して蝸牛《かたつむり》に変わろうとしている絵柄だ。ケルリックはそれにむかって意識を集中させた。チーターも蝸牛もそれぞれ一匹しか表示されていないのは、正常に機能しているエンジンが一基しかないことをしめしている。チーターは点滅し、まもなく消えた。

そうだと警告している。

《緊急停止を実行しろ》ケルリックは考えた。

なにも起きない。

《ボルト、緊急停止しろ！》

ケルリックはいきなり身体をねじられるような感覚に襲われた。三次元のメビウスの輪とでもいうべきクラインの壺にむりやり引きずりこまれていくようだ。精神さえもがゆがんでいくような気持ち悪さが最高潮に達したところで、ふいにそれは終わった。

《ボルト？》ケルリックは考えた。

通常空間に降りました。ボルトが答えた。

ケルリックはシートに背中を倒し、笑いだしたい衝動にかられた。亜光速空間だ。無事に降りた。もう安全だ。

しかし同時に、迷子になっていた。ホロマップはまったく働かないし、船のＥＩがもっているファイルは多くが劣化してしまった。正確なデータが得られないのだ。わかるのは、まえにいた位置から何光年も離れ、大海に落ちた漂流物のように星間空間を漂っていることだけ。どこかに漂着するための岸辺はないのか。

「ナバク、返事をしろ」

ケルリックはいったが、やはり答えはない。

腰の下のほうを手で探ってみた。ケルリックの脊椎と手首と足首にはソケットがあり、そこを介して、生体機械ウェブが船のＥＩ頭脳のような外部のシステムに接続できるようになっている。プラグをさせば、体内の生体光学繊維と船の光ファイバーがつながるのだ。ソケットは赤外線を送受信する機能ももっている。物理的リンクにくらべると信頼性の劣る通信手段だが、あれば役に立つこともある。

殻状装具がひらいてシートからすべり落ちたときに、そのプラグが身体から抜けていた。ケルリックはそのひとつを脊椎下部にさそうとしたが、うまく固定できなかった。

《赤外線受信機を有効にしろ》ケルリックは考えた。

赤外線は機能しません。ボルトが答えた。

ケルリックは悪態をついた。だんだん選択肢が少なくなっていく。深呼吸をひとつして、頭のなかを整理した。増強されたカイル能力を使えば、脳のさまざまな中枢を船のＥＩにじかにつなげるかもしれない。ここは船内だから、ほとんどＥＩに接しているようなものだ。脳活動をつかさどる電気的な力は距離がひらくと急激に弱くなってしまうから、いまは有利な情況といえる。

集中し、精神の力でＥＩを叩き起こそうとした。

眼前の空中にゆらゆらと揺れる緑色のマーブル模様があらわれ、コクピット内を不気味に照らしはじめた。しばらくしてやっと、それがホロマップの粗いデフォルト画面であることに気づいた。

ケルリックは息をついた。「惑星を」しゃがれ声でいった。

しかし、ナバクの音声は雑音を発しただけだった。

もう一度いった。「惑星を映せ」

反応なし。

《ナバク》ケルリックは考えた。《返事をしろ》

空中の画面に緑色の文字で文章があらわれた。フォントはナバクのデフォルトのものだ。

〈〝へん＊＊しろ〟は不明な命令です〉

ケルリックはほっとした。《惑星だ》頭でもうすこし強く考えると、画面でナバクの返事の下に言葉がならんだ。

〈どの惑星ですか〉ナバクの文があらわれた。

〈探せ。基地でもいい。人間が住めて、四番エンジンが昇天するまえにたどり着ければどこでもいい〉

〈検索中です〉とナバク。

ケルリックは待った。

さらに待った。

近くに適当な場所がないのか、それともナバクも、返事をできないほど損傷しているのか。もしかするとエンジンが――

〈対象85B5D-E6ジェオが、条件にあてはまります〉ナバクが文章で答えた。

〈それはなんだ?〉

〈〝それ〟というのは、対象85B5D-E6ジェオをさしているのでしょうか?〉

《ばか野郎。ほかになにをさすっていうんだ》ケルリックは考えた。

〈〝ばかや＊＊〟という対象はデータにありません〉ナバクは文字をならべた。〈しかし〝ばか〟は、言語ファイル4のなかに悪態としての用例があります。詳細を表示しますか

？〉

〈いいか〉ケルリックは考えた。〈こっちが知りたいのは、対象85B5D——〉画面に目を凝らした。〈——E6ジェオのことだ〉

〈惑星です。名称、コバ星。住人、人類。状態、立入禁止〉

ケルリックは深呼吸した。住人がいる。救けてもらえる。ようやく悲惨な情況から抜け出せそうな気がしてきた。

《コバ星へ進路をとれ》ケルリックは考えた。

第一部　現暦九六〇―九六六年

I　ダール坊

1　初手――金の球

ダール坊の坊代《ぼうだい》、デーア・ダールは、クイスの争局中だった。クイス卓に積まれた球と三角錐と多面駒の配列のなかに、デーアは立方体の駒をおいた。身のほど知らずの挑戦者である補佐官は、額の汗をぬぐいながら駒を凝視していた。

相手の手を待つあいだに、デーアはまわりに目をむけた。彼女がクイスを打っているこの珊瑚の間《ま》は、直径二十歩の円形の広間だ。床は濃い薔薇色、壁は薄い珊瑚色で下から上へしだいに淡くなり、天井の近くでは白になっている。高いドーム天井はモザイク装飾がほどこされている。三方にある戸口の上部は、どれも上端のとがったアーチになり、左右のゆるやかな弧のあいだにステンドグラスの窓がはめこまれている。ドアは琥珀木《こはくぼく》の一枚板だ。坊代が、その補佐官やほかの坊代と――ときには敵対する坊代とも――クイス卓をかこむこの部屋は、贅を尽くしたものであるべきだとデーアは考えていた。

観戦に集まったほかの補佐官たちは、卓のまわりをぐるりとかこむようにならべられた椅子にすわり、黙って盤面を注視している。汗だくの補佐官に代わってやりたいとうずうずしている者もいるだろうし、自分がこの頭脳戦の餌食にならなくてよかったと思っている者もいるだろう。デーアがこういう争局の席をもうけたのは、昇進をひかえた補佐官が女王棋士との対戦というプレッシャーにどう耐えるかを見るためであり、観戦者たちもその点はよくわかっていた。

ふいに、デーアの肩に手がかかった。ふりむくと、驚いたことに今回の観戦者グループに選んでいない補佐官がそこにいた。

補佐官はお辞儀をした。「お邪魔してもうしわけありません、坊代。ハチャ隊長からすぐにお伝えするようにといわれたものですから。ダール峠に近い山中になにかが墜落したようです」彼女はそこでしばし間をあけて、つづけた。「コバ星の外から来た乗りものと思われます」

むかしのデーアなら、そんな報告をしてきた者は、精神能力が減弱しているとみなしてすぐに落陽精神院送りにしただろう。しかしいまはそうではない。

デーアは立ちあがった。「ハチャをわたしの執務室へ」争局相手のほうをちらりと見て、「ここは打ち掛けにしよう」と、争局の一時中断を宣言した。

補佐官はうなずき、話しはじめた。しかしふいに口をとじて、デーアの背後の一点に視線をやると、立ちあがってお辞儀をした。デーアに対してではなく、べつのだれかにだ。その視線につづいてほかの補佐官たちも次々に椅子を引いて立ちあがり、お辞儀をはじめた。

自分の部下たちにそんな反応を起こさせるのはだれかと、デーアはふりかえった。戸口にはまず随員たちがあらわれた——デーアの配下にある市内衛兵隊の制服を着た兵士たちだ。そのあいだにはさまれて、一人の少女が姿をあらわした。大人というにはまだ早い年頃で、目は灰色。炎のように赤い髪は顔のまわりでカールし、うしろで一本に編んでいる。年齢のわりに背が高く、まるで古暦時代の女王戦士が千年の時を超えて現代に甦ったかとさえ思うほどだ。

デーアは少女に歩みより、お辞儀をした。「イクスパー、なにかあったのですか?」

イクスパーの顔に控えめな昂奮があらわれた。「ダール峠の近くに墜落した物体があると聞きました。わたしも救出隊にくわわりたいんです」

デーアは心のなかで毒づいた。イクスパーを救出隊にくわえるなど、考えられない。ただの子どもではないのだ。イクスパー・カーン——カーン坊から来たイクスパーという意味の名をもつ子だ。十二坊のなかでカーン坊は、ダール坊をもしのぐ最大最強の坊だ。そして最古の坊でもある。その坊代はカーン坊を支配するだけでなく、宗主《そうしゅ》として十二坊の序列の頂点に立つ。そしてその坊代は、この少女を継嗣《けいし》——すなわち後継者に選んでいる。つまり、イクスパーはいずれコバ星全体を支配する女になるのだ。

もしそのイクスパーを希望どおり救助隊にくわえなかったら、カーン坊の機嫌をそこねかねない。少女とはいえ、十二坊が覇を競う政治力学のなかですでにひとつの要素をなしているのだ。噂では、宗主はこの年若い継嗣の意見を、上級の側近たちのそれより重視しているといわれる。

ここでは政治的な配慮がまさった。

「わかりました」デーアは答えた。しかしイクスパーの顔がぱっと輝くと、手をあげて制した。「ただし、わたしの衛兵隊のそばをけして離れないでください」山地のほうへちらりと目をやった。「なにが墜落したのか、まだ見当もつかないのですから」


客用スイートルームで、イクスパーはハイキング用の服に着がえた。セーターに、革のズボンとジャケットといういでたちだ。部屋を出ると、玄関の間に衛兵たちが待っていた。麻酔銃《スタン》で武装した四人の長身の兵士だ。彼女がダール坊内を歩くときは同行する。いつもだ。隠れたり、行方をくらましたりしたくなるときもあったが、イクスパーは自制していた。そんなことをしても、自分以外はだれも楽しいと思わないはずだ。

衛兵がいようといまいと、散歩は楽しかった。坊がかつて軍事要塞だったとは、いまでは信じられない。かつて荒々しかっただろうその内部は、いまは美しい内装に変わっている。石の床には絨毯が敷かれ、鉄格子のはまっていた窓は、切り子面を刻んだ黄色いガラスがはまっている。一部の廊下は円形の大広間の外周となり、そのあいだは広い間隔で立てられた円柱でくぎられている。ダールの女王戦士がこの坊から領土を支配したように、デーアと坊内職員たちは、いまもここを住居としていた。

イクスパーと衛兵たちは坊を出て、市街を歩いていった。通りは青い玉砂利で舗装され、両側の建物は薄青と薄紫色の石づくり。屋根は小塔のかたちになっている。小塔の上にはさらに細い塔がつきだし、その先端からは金属製のクイスの駒を数珠《じゅず》つなぎにした鎖が垂れている。風が吹くと——いつも吹いているが——鎖が揺れて、日差しをきらきらと反射しながら澄んだ音色をたてるのだ。太陽の女神サビーナや夜明けの神セブターを祀《まつ》る神殿もあった。球技場ではたくさんの男女が、風のなかで笑いながら元気よく試合をしていた。明るく、活気にあふれたいい日だ。跳びあがったり、叫び声をあげたり、ちょっと人を困らせるようなことをしてみたくなる。もちろんイクスパーにはできないが、それでもすばらしい日だった。

　空港への道はよく知っていた。カーン宗主は、カーン坊と長く同盟関係にあるダール坊訪問のさいに、しばしばイクスパーを同伴したからだ。しかし今回、宗主はイクスパーを一人で行かせた。そろそろそういう年齢だからだ。やがて十二坊の政治力学のなかへ一人で飛び立っていくイクスパーは、いまは束縛のなかでもがいている自分を感じていた。

　ほかにもイクスパーのなかでうごめいている感覚があったが、それらは政治よりはるかにあいまいだった。たとえば、自分の容姿に自信がなかった。背が高くてやせっぽちで、足が大きすぎるのだ。最近急に背が伸びて、まるでひょろひょろ草のようだと自分で思っていた。夜になるとベッドのなかで、若者テブの締まった筋肉とカールした髪のことを思い浮かべ、輾転反側《てんてんはんそく》することがよくあった。そのたびに、女が男に近づくときは誠意ある結婚の意思をもたねばならないのだと自分をいましめたが、気持ちはどうにも止められなかった。なんとか口説いて貞節を破らせる方法はないかと、いろいろ考えてしまうのだ。

ふいに、エンジンのうなりに思いを断ち切られた。通りのむこうに空港が見えていた。イクスパーは衛兵たちを連れて通りのはずれまで歩き、滑走路上へ踏み出した。作業員たちが二機の帆翔機《はんしょう》を牽引してきていた。この飛行機は巨大な鷹類そっくりに塗装されていた。翼には赤い羽毛が描かれ、縁は黒。機首は金色に輝き、着陸装置は鉤爪のように黒い。いまにも空へ飛び立っていきそうな姿だ。

格納庫のそばには救助隊が集合しはじめていた。デーアをはじめ、坊内の医長であるローカと、パイロットと真剣な顔で話している若い医官のダビブの姿が見える。格納庫の扉のそばにはデーアの衛兵隊が立っている——隊長のハチャ。肩幅の広い男で、たいていの者より長身のレブ。すらりとした身体つきと漆黒の髪が特徴のラーチ。そして、いちばん若い男性のバルブだ。

やがてイクスパーは衛兵たちといっしょの機に搭乗させられた。パイロットはバルブだ。彼はごくあたりまえのように飛行前点検をおこなっている。まあ、ここはダール坊だ。カーン坊とちがって現代的なのだ。

イクスパーの隣にはハチャがすわった。背丈はレブに匹敵するが、もっと痩せているこの隊長は、名前のとおりいかつく屈強だった。バルブのほうへむけたイクスパーの視線を追って、彼女は軽く笑った。

「いい目の保養になるでしょう」

イクスパーは顔を赤くした。

「飛行前点検のようすを見ていただけだ」

デーアが副操縦席にすわり、身体をうしろにひねってハチャと話しはじめたので、イクスパーはそれ以上困惑させられずにすんだ。今度は、視線に気づかれないようにこっそりと坊代のほうを観察した。デーアは黒髪を一本に編んで腰までたらし、古典的な顔だちにはカールした短い髪が何本かかかっていた。こめかみのあたりには白いものがまじりはじめている。魅力的なのはその目だ。大きく黒いその瞳には、だれもが惹きつけられた。

まもなく帆翔機は、風を受ける大きな羽根のように補助翼を広げて離陸した。日差しを浴びて輝く展望台のドーム屋根が、すぐ下を通りすぎていった。地面が遠ざかるにつれ、天にむかってそびえるたくさんの塔が視界にはいってきた。上空から見るダール坊は、まるで彫刻作品のように美しい。中庭の上にかかる橋はレース飾りのようだ。胸壁は日差しを浴びて古びた金色に輝き、壁面は波形に美しくカーブしている。

その緑の庭が遠ざかると、今度はダール坊のカランヤ苑が視野にはいってきた。

イクスパーは窓に鼻を押しつけて、禁じられたカランヤ苑に目を凝らした。巨大な防風垣にかこまれた園庭のなかは、芝生と池がまじりあい、色とりどりの花が競うように咲いている。なかでも視線を惹きつけられたのは噴水で、後ろ足で立った雄のハゼル鹿の枝角のところから何本かの水が噴き出し、水盤に落ちていた。

さらに視界は広がり、山懐にいだかれたダール市街が一望できるようになった。通りを行きかう人々が芥子《けし》粒のように小さく見える。帆翔機はぐんぐん高度をあげていき、やがてダール坊は、テオテク山地の広がりのなかにある小さな色彩の塊にしか見えなくなった。前方では峰々が空へむかってそびえている。イクスパーはそれらの山頂に目の焦点をあわせようとするうちに、めまいを覚えた。後方には森におおわれた山裾がどこまでもつづいていく。山裾は見えないどこかで途切れて崖になり、その先は強風吹き荒れる砂漠になっている。

その砂漠を帆翔機でまる一日飛んだあたりに、見知らぬ人々が建設した宇宙港があるはずだ。

宇宙港……。

気味の悪い響きだ。空から来た人々だ。イクスパーは何年かまえに、カーンを訪れた彼らの軍司令官を見たことがあった。堂々たる体格で、きびしい性格の女王戦士たちだった。彼らはスコーリア人と名のったが、外見はコバ人とおなじに見えた。砂漠に宇宙港を建設するという彼らの話に、カーン宗主は眉をひそめたものだ。いまは、デーアからもおなじ不安が感じられた。山中に墜落した物体がコバ星の外から来たと考えられることに、懸念をもっているのだ。

「そこだ！」エンジンの騒音にかき消されないように、デーアは大声でいった。「その岩山の下に、なにか光るものが見えた。金属のような輝きだった」バルブのほうをふりむいた。「着陸できるか？」

バルブは照り返しの強い雪原に目を凝らした。「あの岩のむこうなら、いけると思います」

帆翔機は高度をさげながら、大きな羽根のように補助翼を出した。橇式の着陸装置がきしみ音とともに降ろされ、雪の上を滑走しはじめた。小さな岩を乗り越えるたびに機体ががくんと揺れる。大きな吹きだまりのわきを通るときには、バルブはさっと翼をたたんで機体に密着させた。そこを無事に通過すると、今度は金属の翼端板を広げて風に対してブレーキをかけ、やがて帆翔機は停止した。

はじめにハチャ隊長が降り、それからバルブ、デーア、イクスパーとつづいた。ラーチとレブは最後だ。衛兵たちの装備は、ベルトのスタン銃だけではなかった。レブは肩から革紐で刃付き円盤を吊っているし、ラーチはブーツに短剣をさしている。

もう一機の帆翔機が着陸し、ほかの衛兵と医者たちも降りてきた。ハチャを先頭に、墜落した物体を隠している岩だらけの丘にむかっていった。イクスパーは、気がせくせいで石を蹴落としながらよじ登っていった。ようやくてっぺんにたどり着くと——解けた雪から蒸気を立ち昇らせている星間船の残骸があった。

驚いたことに、帆翔機とたいしてかわらない大きさだ。残骸とはいえ、その優美な外形は見てとれる。まるで山にぶつかって壊れた雪花石膏製の彫像のようだ。

ハチャが最初に近づいた。彼女は船体にあいた穴から内部にはいったが、すぐに出てきた。

「パイロットがいるぞ。生きてるようだ」

みんなすべり落ちるようにして斜面を駆け降りた。雪が残っているところではブーツで雪を蹴立てていった。船にたどり着くと、レブが破れた金属の外板を押しあげて穴を広げ、通りやすくした。船内はめちゃめちゃだった。隔壁はねじ曲がり、機器のパネルからは火花が飛び、いたるところに破片が散っている。パイロットは操縦機器にもたれるように倒れている。

医長のローカが男のわきにしゃがんだ。「息があるな」

「早く外へ出したほうがいいと思います」ラーチがいった。「これが帆翔機と似た乗りものだとしたら、火花から引火するかもしれない。そうしたら船体がまるごと吹っ飛びますよ」

「星間船がガソリンで動いているとは思えないけどな」ダビブ医官がいった。

ローカは、いちばん上背のあるレブとハチャを見やった。「こいつを運び出すぞ」

ハチャとレブの二人がかりで、男の身体を操縦席から引っぱり出した。そして船の外へ出し、岩が積みあがった壁のむこう側まで運んでいった。もし星間船が爆発しても、岩山の厚みがこれだけあればだいじょうぶだろうと、イクスパーは思った。男をそっと地面に横たえると、医者たちは傷の手当てをはじめた。

イクスパーはパイロットのわきに膝をついて、しげしげと眺めた。まるで金属でできているような男だ。肌も髪も金色に輝いている。非の打ちどころがないほど整った顔だちで、風の神コザールを思わせる。しかし伝説では、コザールは細身で風のようにしなやかだとされているのに、この男の身体は巨軀といっていい。レブより長身で、おなじくらい隆々たる筋肉がついている。

イクスパーは熱を診《み》ようとパイロットの頬にてのひらをあてた。金属のような外観なのに、ふれると温かかった。人間なのだ。もっとさわっていたかった。髪や顔をなでさすりたかったが、さすがにひかえた。かわりに医者たちを手伝って、パイロットの破れた上着を脱がせていった。腕をあらわにしたところで——イクスパーははっと息をのんで袖を取り落とした。

ラーチが愕然としたような声を洩らした。「信じられないな」

「まさか」バルブもいった。「こいつはカラーニなのかな？」

イクスパーもまさかと思った。三本の金の腕帯がはまっているのだ。この男の二の腕には、左右どちらも、三本の金の腕帯がはまっているのだ。しかし目のまえには厳然たる証拠がある。

「三本だな」レブが低い声でいった。「三段位のカラーニだ」

「なにをいってるんだ」ダビブがいった。「カラーニもなにも、この惑星の人間ではないんだぞ」医官は男の腰のあたりから布の断片を引き剝がした。「その証拠に——おっと！」布の断片を取り落とした。「これは……」

武器だ。黒くて大きななにかが、パイロットの腰のあたりで鈍くひかっている。

「スタン銃の一種だろう」ラーチがいった。「カラーニがなぜ銃なんかもってるんだ？」

ハチャ隊長も眉をひそめていたが、しばらくして船体のほうへもどっていった。船体はデーアとほかの衛兵たちが調べている。坊代は爆発の危険があるとは思っていないらしく、みんな残骸の穴から出たりはいったりしていた。

イクスパーはパイロットのほうに視線をもどした。他世界から来たカラーニか、銃をもったカラーニか。どちらにしても言語道断、かつ人騒がせな存在だ。腕帯の彫りこみに指をすべらせてみた。

「この絵文字は、スコーリア語だ」イクスパーはいった。

ダビブが、男の脚にしばりつけていた副え木《そぎ》から顔をあげた。「スコーリア語がおわかりになるのですか？」

「カーン宗主から習ったんだ」

「この男の所属する坊名はわかりませんか？」バルブが訊いた。

「階級のようなものが書いてあるね」イクスパーはいった。「肩書きだ——三段、かな。やはりカラーニの段位だろう」彼女は欠けているところを補いながら読んだ。「ジャム王圏三段……。いや、ちがう、〝段〟じゃなくて〝爵〟だ。三爵？」絵文字をじっと見つめた。「ジャグ戦士。そう書いてあるな。ジャグ戦士三爵、ケルリクソン・ガーリン・バルドリア、王圏宇宙軍」

「どういう意味でしょう？」ラーチが訊いた。

「とにかく、病房へ連れていくのが先決だ」ダビブがいった。「死んだら肩書きもなにもない」

そのとき、背後からダール坊代の声が響いた。「この男は王圏市民だ。立入禁止令は知っているだろう。わたしたちがこの男にかかわることは禁じられている。まっすぐ宇宙港へ運ばねばならない決まりなのだ」

イクスパーは立ちあがった。「彼は怪我をしています。手当てが必要です」

「宇宙港にも医療設備はある」デーアはいった。

男に副え木をあてる作業をしていたローカが、顔をあげた。イクスパーは医長のいおうとしていることがだいたいわかった。宇宙港まではまる一日近くかかるのだ。

「着くまえにこの男は死ぬはずです」ローカはいった。

デーアは医長をじっと見ていたが、イクスパーのほうをむいた。「こちらへ来ていただけませんか」

坊代はイクスパーをべつの岩のむこうへ案内していった。そこにはハチャとレブもいて、残骸の一部らしいパネルを観察していた。そこには輝くシンボルマークが描かれていた。黒い三角形に内接する琥珀色の円。円の内側にはエッチング技法によって、爆発する太陽の金色のシルエットが描かれている。

「このシンボルをご存じありませんか?」デーアは訊いた。

「ルビー家の紋章と呼ばれています」イクスパーは答えた。

「なにを意味するのですか？」

イクスパーは、王圏派遣団の折衝担当者がカーン宗主にいっていたことを思い出しながら話した。

「〝ルビー〟とは、王圏のまえに存在した古代帝国、ルビー王朝の支配者たちのことです」

「スコーリア王朝は評議会によって統治されているはずでは？」とデーア。

「いまはそうです。王圏議会があります」イクスパーは紋章に指をすべらせた。「ルビー帝国は五千年前に崩壊しました。いまは廃墟しか残っていないはずです」

「この紋章はパイロットの認識票にもあります」

「王圏が建設された約四世紀前に、彼らはルビー家のシンボルを自分たちの紋章として使うことにしたのです」イクスパーは肩をすくめた。「だからなににでもついているんですよ」

デーアは不安げにイクスパーを見た。「でもそれは、パイロットの個人ＩＤについているんですよ」

個人ＩＤに？　イクスパーは興味をもった。「とすると、あの男はルビー王朝の子孫なのかもしれません」

「そのことが、なにか重大な意味をもつと思われますか？」

「わかりません」イクスパーはしばらく考えた。「とにかく、ダール坊へ連れていったほうがいいでしょう」

「あの男が回復したら、彼の軍がコバ星を立入禁止星としている根拠はなにもないと、すぐに気づくかもしれない」デーアは顔をしかめた。「そのことを王圏宇宙軍《ＩＳＣ》に報告しようとしたら？　いまの彼らは、この星になんらかの問題があると考え、だから干渉しないようにしているのです。ＩＳＣが正式にコバ星を同化吸収する政策をとりはじめたら、どうしますか？　ＩＳＣの女王戦士と対決しなくてはならないのですよ。ＩＳＣのやることは単純明快。星を征服するだけです。立入禁止令はわたしたちにとって唯一の盾なのです」

「ＩＳＣの全員が女王戦士というわけではありません。軍人のうち半分は男です」イクスパーはパイロットのほうをちらりと見た。「そういう軍隊は、それほど凶暴ではないはずです」

「その推測はわたしたちの文化をもとにしたもので、彼らにあてはまるかどうかはわかりませんよ」

イクスパーは坊代にむきなおった。「彼を宇宙港へ連れていくということは、死体にして返すのとおなじですよ。その恐ろしい女王戦士たちが息子の死体を黙って引きとり、ろくな手当てもせずに死なせてしまったわたしたちのことを、あっさり忘れてくれると思いますか？」彼女は男の頰の手ざわりや、もっとずっとふれていたい気持ちにかられたことを思い出した。「それに、見てください。あんなに美しい男なのに」

「いかめしい面構えの年老いた坊代ではなく、整った顔だちの若い男だからといって、危険でないとはかぎりませんよ」デーアはイクスパーを見た。「宇宙港では、だれかがこちらの山地を監視しているでしょうか？」

「だれもそんなことはしていないと思いますよ。宇宙港は自動化されていて、無人です。ときどき星間船が補給に降りてくることはありますが、乗組員は宇宙港の外へ出てきません」

「この船の航行記録によると、墜落したときは迷子の状態だったようです」

イクスパーはデーアの言外の意味がわかった——このままパイロットを殺して船を破壊してしまえば、なにもなかったことにできる、というわけだ。しかし男の顔を見ていると、イクスパーは欲望と同時に、父親としての理想型を感じた。どうしても守ってやりたかった。

「やめてください、デーア。ダール坊へ連れていって、そこから一生外へ出さないというのはどうですか？　ＩＳＣは保護者もなにもつけずに男をこんなところへ送り出してるんですよ。それでこんな結果になったのは彼らの責任です。だからこの男の身柄はわたしたちのものですよ」

「脱走するかもしれない。危険は冒したくない」

ダビブ医官がデーアに近づいてきた。「パイロットの命を救いたいのなら、いますぐダール坊へ出発すべきです」

デーアはスコーリア人を見やった。その肌も、髪も、腕帯も、日差しを浴びて金色に輝いている。彼女はつぶやいた。

「本当に美しいな」そして、事務的に指示する口調にもどった。「わかった。男をわたしの帆翔機に乗せろ。ダール坊へ連れていく」

2　第一の配列——球の環

凍った青い森。枝は繊維のように細いレース模様だ。

しだいにケルリックは、それが目の上にかぶさった毛布であることに気づきはじめた。引っぱりおろしてみようか、どうしようか。夢とうつつのあいだをさまよいながら、しばらく迷った。そしてようやく考えを行動に移す決心をし、頭をほんのすこし動かした。しかしそれだけで毛布はすこしずれて、青い森のむこうをのぞくことができた。

見えたのは、さらに青だった。壁は床の近くが瑠璃色《るりいろ》に塗られ、しだいに薄い青になって、天井の近くでは象牙色に溶けこんでいる。日差しのさしこんでくる窓は、いくつもの菱形にくぎられ、磨りガラスや、切り子面を刻まれたガラスがはまっている。そのカーテンをかすかな風が揺らし、空と山がちらりとのぞいた。窓のそばにはテーブルがひとつあり、木の葉の意匠を彫りこんだ四脚の椅子がかこんでいる。

その視界に、一人の少女がはいってきた。ケルリックが最初に気づいたのは、腰までとどく輝くように赤い豊かな髪だった。

「だれ……？」ケルリックは訊いた。

少女は近づいてきて、訛りのあるスコーリア語でいった。「目が覚めたかい？」

「よくわからない……。きみは、現実なのか？」

「ちゃんと現実だよ、ケルリクソン」少女は彼の額に手をおいた。「わたしはイクスパーだ」

「ぼくの名前をなぜ？」

「腕帯に書いてあった。あれはきみの軍服の一部なんだろう？」

「そうだが……」

少女の指先はケルリックの頰に降りてきて、しばしとどまった。そしてふいに引っこんだ。

「きみがダール坊の上の山に墜落したのを発見したんだ」

〝ダール坊〟とはなんなのか訊きたかったが、気力がなかった。しかたなく、暖かい毛布のなかにもぐった。イクスパーは額の汗を布でぬぐってくれた。

しばらくして、ケルリックはいった。「ケルリクソンじゃない……」

「きみの名前はケルリクソンじゃないのかい？」少女は訊いた。

記憶の断片が頭に浮かんできた。王圏議会で自分の就任が披露されている場面だ。世襲によって名誉ある地位につき、義務感から出席していたが、内心ではとても心細かった。議員たちにかこまれた、図体ばかり大きい場ちがいな兵士だった。政治も演説も得意ではないので、審議のあいだ黙ってすわっているだけだった。

「ねえ、ケルリクソンじゃない人？」イクスパーが訊いた。「聞こえてるかい？」

彼は顔をあげた。「なんだい？」

「きみの名前の話をしていたんだよ」

記憶のなかの男は、彼の称号を披露していた。そこでケルリックはそれをそのままいった。「ケルリクソン・ガーリン・バルドリア・カイア・スコーリア、スコーリア家ローン系のなかでも……なかでも王朝に属するローン系……」

「ずいぶん長い名前だね。いちいちそんなふうにいってほしいのかい？」

「いや、ただケルリックと」瞼が重くなってきた。「夢のなかでは……重荷はいらない」

少女は微笑んだ。「ダール坊が夢の場所に見えるらしいと、デーアにいっておくよ」

「デーア？」

「彼女はダール坊の坊代だ。きみを助け出した救助隊を指揮したんだ」

「では、デーアにひと言つたえてほしい」

「いいよ」

ケルリックはつぶやいた。「一生恩に着ると」そして気を失った。


闇と光が交互にすぎていった。ケルリックはまわりのようすをぼんやりとしか意識していなかった。医者がどんな薬をくれているのか知らないが、そのせいで頭が朦朧とし、日日の経過が霞がかかったようにしか感じられないのだ。体内のナノメドはその薬を無効化するための働きをしていない。それはボルトがその薬効を認めたからなのか、それともたんにシステムが機能していないせいなのか、判断できなかった。問いあわせても、ボルトはうんともすんとも返事をしないのだ。

カーテンのすきまから暖かい風がはいってくるある夜、ふいに目が覚めて、ベッドのそばに背の高い人影が立っているのに気づいた。

「イクスパーか……?」ケルリックは訊いた。

「イクスパーは眠っている」女はいった。

そのスコーリア語は訛りがひどく、わかりにくかったが、よく通る声は耳に心地よかった。そしてその権力のオーラが、意識をつつむ薬物の靄をもつらぬいてきた。窓から星明かりが洩れ、すらりとした容姿を銀色に浮かびあがらせている。シンプルなローブをまとっているが、もって生まれた優美な身体の線はよくわかった。顔だちは整っている。高い頰骨に、まっすぐな鼻すじ。顔の面は彫刻的だ。目はケルリックの視線を凝視している。目尻にかすかな皺がある大きく黒い瞳は、彼を引きずりこむ深く黒い池のようだ。

ケルリックはこの見知らぬ相手に意識を集中したが、カイル受信器官はやっと名前を読みとっただけだった。デイ? デーア? しかしこめかみに痛みがはしり、集中力をゆるめるしかなかった。

デーアはベッドに腰を降ろし、ケルリックの額にてのひらをあてた。

「暑い」ケルリックはつぶやいた。

「どうしても熱がさがらない」
「分隊に連絡しないと」
「まず充分に休んでからだ」ケルリック
「わかったか、金色
髪に手をすべらせた。
眠りに落ちた。

「たしかに熱いな」デーアは認めた。「どうしても熱がさがらない」

「いつからここに？」

「一旬日《じゅんじつ》とすこしになる」

「十日だって？」ケルリックは起きあがろうとした。「分隊に連絡しないと」

デーアは手をかけ、その背中を押しもどした。「まず充分に休んでからだ」ケルリックの目もとにかかった巻き毛をかきあげてやり、髪に手をすべらせた。「わかったか、金色のカラーニ」彼女はつぶやいた。

「カラーニ？」ケルリックは訊いたが、答えを聞くまえに眠りに落ちた。


胸から足首まで全身をギプスで固定された状態で、ケルリックは精いっぱい横をむいて、看護夫が手にした容器のなかに嘔吐した。胃の痙攣がおさまると、また枕に頭を沈めた。部屋のなかは人でいっぱいだった。ケルリックの顔をぬぐう看護夫、容器を運んでいく看護夫、ドアのわきに立っている大柄な衛兵たち、ひそひそ声で相談している医者たち。どうせ苦しむのなら一人静かに苦しませてほしかった。

彼の名を呼ぶ男の声がした。見あげると、医者のダビブと衛兵のラーチがこちらを見ている。医者がまたなにかいった。彼らの言語のうち、単語はいくつかわかるようになってきたが、文を理解するのはまだとうてい無理だ。ケルリックが首をふると、医者はおなじ言葉をゆっくりくりかえした。

《翻訳しろ》自分といっしょにボルトも回復していることを期待して、ケルリックは考えた。

できません。ボルトが答えた。**わたしのほんや＊＊＊――**

《なに？》

わたしのライブラリには、コバ語の単語も文法もまだ充分に蓄積されていません。

ケルリックは、こちらのいいたいことが通じるのを期待しながら、もう一度ダビブにむかって首をふった。医者はしばらく彼を見たあと、ラーチのほうをむいた。衛兵とすこし相談して、医者はケルリックにむかってうなずき、部屋から出ていった。

ラーチはベッドわきの小テーブルから水のはいったコップをとり、ケルリックにすすめた。ケルリックは首をふったが、彼女はしつこく飲ませようとする。そんな押したり返したりを何度かやっていると、ダビブがイクスパーを連れて部屋にもどってきた。

少女は微笑んだ。「こんにちは、ケルリック」

ケルリックは安堵の息をついた。「彼らがなにをしたがっているのか、説明してくれないか」

「ダビブはきみが、だ……なんていうのかな、脱水症状？　その状態だといってる」ラーチの手からコップをとって、ケルリックの口に押しつけた。「さあ、飲んで」

ケルリックは押しのけた。「いやだ」

「ダビブのいうとおりにしたほうがいい。彼は優秀な医者なんだから」

「ぼくの食べるものになにか混ぜてるのかい？　薬とか」

「そんなことはしないよ。薬は薬としてもってきてる」

「たしかかい？」

「もちろん。なぜそんなことを？」

「どうやら食事と水のせいで吐き気がするみたいなんだ」

イクスパーは眉をひそめた。「料理人は細心の注意をはらってきみの食事を用意してるのに、そんなことはないだろう」

「料理人の腕にけちをつけてるわけじゃない。ただ、ぼくはコバ人じゃないんだ。きみたちにとって無害なものが、ぼくにとって有害ということもありえる」とくに、体内のナノメドが機能停止しているか休眠しているいまは、その可能性が高い。

イクスパーはしばらく医者と話し、またケルリックのほうをむいた。「ダビブは、きみの腹に落ち着きやすい食材を探してみるといってる。水は湯冷ましをもってくるようにしよう。それでいいかい？」

ケルリックは笑みを浮かべた。「ああ、ありがとう」

「料理人にもその話をつたえておく。でもいまはぐっすり眠ったほうがいい。眉間《みけん》に皺をよせて集まっている連中にも、みんな病室から出るようにいうよ」

そううまくいくといいのだがと、ケルリックは思った。朝からずっと彼らに、部屋から出ていってほしいという意思をつたえようとしてきたのだ。

イクスパーは医者たちに二言三言、声をかけた――すると驚いたことに、みんな出ていった。そして彼女自身もお辞儀だけして、なにもいわずに部屋からいなくなった。

ケルリックは目をぱちくりさせた。あっというまに部屋はからっぽだ。あの若い看護婦にどうしてあんなふうに人を動かす力があるのだろう。容貌のおかげなどではない。イクスパーは大人になる一歩手前の、腕や脚ばかりひょろ長い不恰好な身体つきだ。しかしその立ち居ふるまいには、独特のなにかがあった。ほかの人々よりも大きく見えるなにかだ。

どちらにしても、一人になれてほっとした。頭を枕に落ち着けて、天井を見あげた。天井は青く塗られ、雲と小鳥の群れが描かれている。空天井《そらてんじょう》の間《ま》というのだそうだ。まあ、墓穴でなくてよかった。ここの人々が助けてくれなかったら、まちがいなく墓場行きだったはずだ。デーアやイクスパーがスコーリア語を話すということからすると、ここも王圏のなかの星らしい。なんとかして司令部に報告しなくては。しかしＩＳＣはすでに彼を行方不明、推定死亡者のリストにいれているだろう。

ふと、頭のなかに映像が浮かんだ。ぼやけた緑色の球だ。意識をそちらへむけると、消えた。

《いまのをもう一度映せ》ケルリックは考えた。

記憶が劣化しています。ボルトが考えた。**なんとか解像度をあげてみます。**

球がふたたびあらわれると、その下のぼやけた線がだんだんはっきりしてきた。絵文字だ。ジャグ機が墜落する直前に見せられたメッセージだ。コバ星についてのなにかだ。立入禁止……。そうだ、そう書かれていた。コバ星は王圏立入禁止令下にあるのだ。

しかし、理由がわからない。あきらかに居住可能な惑星だし、コバ星という世界について軍事的な解説を聞かされた記憶もない。いままで見た範囲では、とても住みやすそうな環境であり、隔離すべき理由はなにもみあたらない。

とはいえ、いままでに見たのはこの病室と、数人の人間だけだ。コバ星についてもっと調べなければいけない。ずいぶん長いこと忘れられていた場所のようだ。


昼食を運んできた看護夫の少年の手を借りて、ケルリックはなんとかベッドの上に起きあがった。胴体をつつむギプスの端が胸に食いこんで痛い。身体を石膏で固めるとは、まったく原始的なやり方だ。ふつうならナノメドに骨折箇所の治癒を早めさせるのだが、戦闘やコバ星への墜落でかなりのダメージを受けたナノメドが、いまどれくらい活動しているのかわからなかった。

看護夫が背中に枕をあてなおしてくれたので、ケルリックは昼食のトレイを膝においた。そしてドアのほうをしめしながら、看護夫との〝おしゃべり〟をつづけた。

「なあ、意味はわかるだろう？　廊下の衛兵たちだよ。いつもテーブルに集まって、賭け事かなにかやってる。ドアがひらくたびに見えるんだ。彼らはいったいなにをやってるんだい？」

看護夫にスコーリア語がつうじないのはわかっていたが、それでも話した。ほかにやることがないからだ。一日のうちではまだ眠っている時間のほうが長かったが、それでも日に数時間は目覚めていられるくらいに回復していた。

少年はおもしろそうな顔でケルリックを見ていた。看護夫は青いズボンに白いシャツという、まるで学生のような恰好だ。医療関係者をしめすらしい記章と、ダール坊の紋章である太陽樹のエンブレムがシャツの肩口についていなかったら、本当にそう思っただろう。看護夫はコップにトー乳をついでさしだしたが、ケルリックは首をふった。

それでも少年がしつこくすすめると、部屋の反対側から笑い声が響いた。

「トー乳は気にいらないのだろう」

ケルリックがふりむくと、戸口にデーア・ダールが立っていた。彼女が看護夫にコバ語でなにごとかいうと、少年はお辞儀をして退がった。病室にはケルリックと坊代だけになった。

「ごきげんよう、ケルリクソン王子」デーアはベッドに近づいてきた。「あるいは軍人としての肩書きをつけたほうがいいかな。バルドリア三爵と」

「いや、ケルリックでけっこうです」

「ケルリック」デーアは笑みを浮かべた。「この特別メニューを工夫してからは元気になったようだと、ダビブはいっていたが」

「だいぶよくなりましたよ」ケルリックはそこで言葉につまった。だいじなことをいわなくてはならないとき――たとえば、命を救ってもらったお礼をいわなくてはならないときは、いつもこんなふうにぎこちなくなってしまうのだ。「ダール坊代、あなたがしてくださったことは――けして忘れません」

デーアは謎めいた表情でじっとケルリックを見た。「礼をいうのは早すぎるかもしれないぞ。もしかしたら、きみをここへ連れてこないという決断をしていたかもしれないのだから」

「立入禁止令のためですか？」

「そうだ」彼女はベッドに腰を降ろした。「この星を立入禁止にしてほしいと申し入れたときには、こんな事件が起きることは想定していなかった」

「立入禁止を申し入れたですって？　なぜ？」

「きみたちＩＳＣにこの世界を支配されたくなかったからだ」

　ケルリックはまじまじと彼女を見た。「王圏の一員になれば、われわれの科学、技術、美術といったすべての情報が手にはいり、千にものぼる世界と交流できるのに、ＩＳＣにいてほしくないというだけの理由で、それをあきらめたのですか？」

「きみたちの使う言葉には多くの予断がふくまれている」デーアは慎重ないいまわしをした。「しかしほかの人々は王圏のことをたんに、〝軍事独裁〟ともいうのだ」

　ケルリックは身を硬くした。「王は独裁者ではありませんよ」

　デーアはじっと彼を見た。「ひとつ訊きたいが、きみはなんの王子なのだ？　古代の王朝か？」

「ルビー王朝のことですね。しかしいまはローン系が権力をにぎっているわけではない」

「ローン系？」

「ぼくの家系です。スコーリア人はぼくたちをそう呼ぶんです」

「ではスコーリア人は、王圏の王をなんと呼ぶのかな」

ケルリックは慎重な目つきで相手を見た「王です」

「ごまかそうとしても無駄だぞ。きみは王の弟なのだな？」

ケルリックは内心で悪態をついた。この連中は機体の残骸からかなりの情報を引き出したようだ。

「胤違《たねちが》いの兄です。クージとぼくはおなじ母親から生まれた。しかしクージは策略でいまの地位に就いたんです。継承ではなく」

「クージとは？」

「王のことです」

「なるほど」デーアはいった。「きみは王圏の独裁者を名前で呼ぶわけか」

「独裁者じゃないといってるでしょう」

「そうかな」

「そうです」

兄が暴力的なやり方で権力の座に就いたことなど、あかの他人との会話で話題にしたくはない。それでなくても、彼女のそばでは胸がどきどきするのに。

心拍数と血圧が平常どおりではありません。ボルトが考えた。そしてケルリックの視神経にアクセスし、デーアの姿にかさねて透明なディスプレーを眼前に映した。そこにはケルリックの身体のさまざまな測定データがしめされている。

《ディスプレーを消せ》ケルリックは考えた。《概要説明だけでいい》

ボルトが正常に機能していれば、わざわざ簡潔モードへの切り換えを命じる必要などないのだ。大むかしからそちらをデフォルト設定にしてあるのだから。

ディスプレーは消えた。**あなたの視床下部が、あるホルモンを分泌しています。それは——**

《専門的な話はいい》ケルリックは考えた。《ようするにどこがおかしいんだ》

どこもおかしくはありません。たんなる性的昂奮です。

ケルリックは赤くなった。やれやれ、こんな覗き趣味のコンピュータを脊椎に埋めこまなくてはならないとは。

「ケルリック?」デーアが訊いた。「だいじょうぶか?」

ケルリックは顔をしかめた。「ああ、だいじょうぶですよ」

「疲れているようだな」デーアはケルリックの目もとにかかった髪をかきあげてやろうと、手をのばした。

そのとたん、ケルリックの手が反射的に動いて彼女の手首を力いっぱいつかんだ。デーアは身をこわばらせた。ケルリックの頭はようやく自分の反射行動に追いつき、それを制した。ボルトの戦闘ライブラリには、たんに手首をつかむのよりはるかに複雑な反射パターンが無数につめこまれている。また、体内の液圧系は骨格の動きを制御し、通常の三倍の速さで反応できるようにしている。ただしそれ以上の動きは、おなじく体内に埋めこまれた超小型核融合炉の数キロワットの出力では実現できない。放射冷却のために最適化された皮膚をもってしても、さすがにそれ以上の発熱は身体が処理できないからだ。

デーアはじっとすわったまま彼を見つめていた。ケルリックはまごつき、手の力をゆるめた。

「驚かせるつもりはなかったのだ」彼女はいった。

ケルリックはデーアのてのひらを親指で軽くなでた。「ときどき、ゆきすぎた反射動作が起きてしまうんです」

デーアの表情が穏やかになった。彼女は手を引っこめ、ケルリックの昼食のトレイから食事の残りをベッドわきの小テーブルに移した。そうやってあいたトレイの上に、ローブからとりだした小袋をおいた。

「きみに贈り物をもってきた」

贈り物？　ケルリックは小袋を手にとった。中味はかちゃかちゃと音をたてている。デーアも似たような小袋をベルトから提げており、それをとって中味をトレイにあけた。さまざまなかたちをしたたくさんの小片だ。球、立方体、多面体、三角錐、円盤、四角、棒などなど。そして虹のようにとりどりの色で塗られている。

ケルリックは興味を惹かれ、自分の小袋もそこにあけた。「これは？」

「駒《ダイス》だ」

「これでなにをするんですか？」

「クイスの争局に使う」

「賭け事の一種かな」

「そういう使い方もある」デーアは散らばった駒をトレイの端によせて、まんなかに青い立方体をひとつおいた。「きみの番だ」

「これがダイス——賽子《さいころ》だとしたら、転がすのでは？」

デーアは首をふった。「わたしたちが〝ダイス〟と呼んでいるのは、何世紀もまえまでこの各面に数字が書かれていたからだ。そしてその数字によって次の手が決められた。駒をとって転がし、出た数字がその争局者の——」そこで黙った。「スコーリア語ではなんというのかな、干拓ではない……選択だ！　そうだ」

「出た数字によって、次になにをやるかという選択肢が決まったのですね」

「そうだ。クイスの配列のなかに自分の駒をおくときの選択肢だ」デーアは打ち明け話をするように声を低めた。「当時のクイスはあまり伎倆を必要としなかった。現代のクイスは、ルールだけにもとづいて戦略的に配列を築く。はるかに頭を必要とするようになったのだ」にやりとした。「しかしいまでも勝ち負けに賭けることはある。さあ、きみの番だ」

ケルリックは笑った。「やり方をなにも知らないのですよ」

「なんでもいい。とにかくやってみるんだ」

だんだん愉快になってきて、デーアの立方体の上に棒をおいた。デーアは青の立方体のわきにくっつけて紫の立方体をおいた。ケルリックが紫の棒をおくと、デーアは赤紫色の立方体で応じた。

「いやはや」配列のなかに四角をおきながら、ケルリックはつぶやいた。「自分がなにをやっているのか見当もつかない」

「終わったら説明する」そこでデーアは指を鳴らした。「忘れていた。賭けなくては」すこし考えた。「二テカルにしよう。初心者はそれくらいでいい」

「テカルというのは？」

「硬貨のことだ。市場のソーセージ一本が一テカルくらいだ」

「テカルもなにも、文無しなんですけどね」

デーアはにやりとした。「では貸しにしよう」

「ぼくが勝つかもしれませんよ」

デーアは自分の赤紫色の立方体のわきに赤の立方体をおいた。「どうかな」

ケルリックはその上に円盤をおいた。「あなたの番だ」

「いや」デーアは赤の立方体のわきにオレンジの立方体をおいた。「わたしの勝ちだ」

「これで？」

「そうだ」

ケルリックは駒の数をかぞえた。「あなたの手数のほうが多い。ぼくは最後の手を打てないのかな」

デーアは同意する視線でケルリックを見た。「たしかにきみは最後の手を打てる。しかしもうわたしを負かすには遅い」

「どうやってあなたは勝ったんですか？」

「小スペクトル列をつくった」自分の立方体を指先でしめしていった。「青、紫、赤紫、赤、オレンジ」

悪名高い兄のことで議論するより、こちらの遊びのほうがよほどおもしろい。

「これはどういう意味ですか？」

「スペクトル列は虹とおなじだ。赤、オレンジ、黄色、緑、青、紫ときて、また赤へもどる。また、あいだに――なんていうのかな、中学？」しばし黙った。「中間色だ。そう、あいだに中間色をいれてもいい。ここで紫と赤のあいだに赤紫をいれたように。小スペクトル列は駒が四個以上連続しなくてはならない。大スペクトル列は十個以上だ」

「もしぼくが、あなたの立方体のならびを妨害したら」

「ふむ」デーアはうなずいた。「のみこみが早いな。妨害されたらそれまでだ。べつの方向へ伸ばすしかない」

「べつのかたちの駒を使うのは？」

「スペクトル列ではだめだ。ビルダー列では使える。ビルダー列では、色はおなじで形状が変わるのだ」立方体を指先で叩いた。「駒の面の数を次数という。立方体は六面あるから、六次だ」トレイの上に、三角錐、五面体、立方体、七面体、八面体とならべていった。「この列は次数の順番にならんでいる。これがビルダー列だ。もしも色と次数の両方で順番にならんでいたら、それは女王のスペクトル列と呼ぶ」

ケルリックはにやりとした。「もしぼくが女王のスペクトル列をつくったら、とられたテカルをとりもどせるかな」

デーアは小さく笑った。「たぶんな」そして大きく広げるように手をふった。「ほかにもいろいろな配列やパターンがある。スペクトル列やビルダー列はその基本だ」

「おもしろそうですね」ケルリックはいくつかの駒を手にとった。「時間があったら教えてくれませんか」

「みんなよってたかって教えてくれるはずだ。だれのクイスにも打ち方の個性がある」デーアはまた声を低くした。「じつのところ、これはたんなる賭け事ではないのだ。クイスを巧みに打てれば、それだけ大きな影響力をもてる。わたしたちは……ふむ、なんというのかな……。わたしたちはクイスと対話するのだ。クイスは人々のあいだに広がるネットワークのようなものだ。ネットのなかで強い者は、実社会での地位もあがる」

「だからあなたはダール坊を統治しているのですか？　クイスが強いから？」

デーアは肩をすくめた。「たしかにそれなりの能力はもっている。だからこそ前任の坊代はわたしを継嗣に選んだのだ。しかし強さには両方の面がある。ダール坊を統治することによっても、クイスをうまく打つための知識を得られるのだ」

ケルリックは興味津々で彼女を見つめた。「たんなるゲームとはいえないようですね」

「そのとおりだ。クイスが強ければ、たくさんのことがわかる」デーアはすこし考えた。「では、バーズ坊を例にとろう」トレイのまんなかに黒の十二面体をおいた。「バーズ坊はとても強力で、カーン坊に次ぐ第二位の力をもっている。だからバーズ坊は宗主の座を狙っていつもカーン坊に挑戦している。だからわたしたちは、バーズ坊よりカーン坊が有利になるように手助けしなくてはならない」

「バーズ坊を手助けしてはいけないんですか？」

デーアは鼻を鳴らした。「バーズ坊を助けるくらいなら、汚れ鼠を助けるさ」

「ああ、なるほど」ケルリックはにやりとした。

「とにかくわたしは、そうだな、バーズ坊の不公平な輸入業務を非難する配列をつくろう。そうやって補佐官たちとクイスを打つわけだ。その補佐官たちはそれぞれの補佐官たちと争局する。その補佐官たちもさらにそれぞれの部下と争局する。そうやってわたしがクイスのなかに打ちこんだものは、池の水面にできる波紋のようにどんどん広がっていき、ついにビアサ坊の木こりのもとへとどく。そして木こりは商人にこんな話をする――〝最近、クイスでいろんなことがわかるんだ。バーズ坊の連中がどんな悪いことをしているかがわかる。カーン坊が宗主をつとめるのはいいことだ〟と」

「それではバーズ坊は虫がおさまらないでしょう」

「もちろん、バーズ坊の坊代も独自の波紋をつくるさ」デーアはひと握りの駒を手にした。

「その結果、商人は木こりにこういい返す――〝きみはずいぶん愚か者とクイスを打っているようだな。カーン坊がこのまま宗主をつづけたら、ものの値段がどんどんあがって、しまいにはクイスに賭ける金もなくなるぞ。そうしたら、あんたへの売掛金も回収できなくなるじゃないか〟」

「じゃあ、いったいだれが勝つんですか」

「そこがいちばんだいじなところだ。このクイスのネットワークはすべての人をつつんでいる。波紋はたくさんの人のあいだで跳ね返り、強められたり打ち消されたり、新しい波紋をつくったりする」そこですこし間をおいた。「それが究極の賭けの対象かもしれない。権力だ。クイスを征する者は十二坊を征するのだ」

ケルリックはもっと訊きたかったが、だんだん疲れてきた。枕によりかかって、次の質問をする気力をたくわえようとした。

「ああ」デーアはつぶやいた。「きみを休ませなくてはならないのだった」

「だいじょうぶです」ケルリックは相手を見た。「訊きたかったのは、宇宙港についてなんです」

デーアはまた謎めいた表情になった。「きみに頼まれたとおり、宗主に手紙を書いた。しかしやはり、わたしが話したとおりだった。立入禁止令が発効したあと、ＩＳＣは星間船をすべて運び去った。残念だが、この星に宇宙港はもうない」

「前哨地くらいあるでしょう」

「ない」

「小さな基地くらいは残しているはずだ。ぼくの船の装置があれば探せる」

「きみの船は墜落で破壊された」

そんな話だけは聞かされたくなかった。ＩＳＣは、ジャグ星間戦闘機のＥＩ頭脳と、ジャグ戦士パイロットの生体機械ウェブを結合させる実験をはじめていた。つまりジャグ機のプログラムがボルトの上ではしり、ボルトのプログラムがジャグ機のなかではしるようになっていた。船から離れると、ケルリックの精神もちょうどコンピュータからログオフするような感じがした。しかしいまの感触はちがう。自分の一部が消失して、ぽっかりと穴があいたようなのだ。

《ボルト》ケルリックは考えた。《ジャグ機となんとかつながらないか？》

できません。どちらにしても、墜落現場からこれだけ離れていては、有意の信号を拾うのは無理です。

《有意でなくても、微弱な相互作用くらいはつたわってくるだろう》

論理的にはそう考えられますが、実際にはなにも探知できません。

ケルリックはデーアを見た。「船が完全に破壊されるほどの墜落だったのなら、ぼくはとうに死んでいるはずだ」

「憶えていないのかな？　きみは船外に射出されたのだ」

《ボルト、ジャグ機はぼくを射出したのか？》

この選択肢を考慮した痕跡はあります。しかし墜落のときのわたしの記録は混乱していて、実際になにが起きたのかはわかりません。

ケルリックは、ジャグ機が破壊されたことに意外なほど大きなショックを受けていた。こんな作用があることは、きちんと報告しなくてはならない。今回の改造によって船の頭脳とパイロットの精神が複雑な共生関係をつくりだしたことを、設計陣に知らせなくてはならない。しかし連絡しようにも、デーアの話ではＩＳＣの関係者はこの惑星にいないらしいのだ。宇宙港も、基地も、前哨地も、なにもない。

信じられなかった。

《カイル探査の準備をしろ》ケルリックは考えた。

あなたのカイル中枢は損傷しています。ボルトは考えた。

ケルリックはぎくりとした。《なぜいままで教えなかったんだ？》

わたしの損傷も大きかったからです。わたし自身の修復が終われば、もっとよくあなたを監視できるようになります。

カイル中枢が損傷しているというのは、脳が傷ついているということだ。生体機械ウェブを脳に接続すればそれなりの危険をともなうのはわかっていたが、理屈として知っているのと、現実として直面するのはべつだ。

カイル中枢は微小な器官で、カイル求心性組織《ＫＡＢ》とカイル遠心性組織《ＫＥＢ》がある。ＫＡＢは受信機として働く。他人の脳がつくりだす場を受けて、その分子位置が励起するのだ。ＫＥＢは発信機で、自分の脳がつくりだす場を強めたり変調したりする。人間はだれでもＫＡＢとＫＥＢをもっているが、ほとんどの人の脳ではどちらも萎縮したままだ。ケルリックのようにごくまれに、ＫＡＢとＫＥＢの成長を阻害する遺伝子が突然変異を起こしていると、これらのカイル組織は阻害されずに成長をつづける。

しかし成長したＫＡＢとＫＥＢをもっているからといって、それだけでカイル能力は使えない。これらの組織が送受信する信号を解釈する器官が必要だ。その役割をになっているのが、副中枢と呼ばれる特殊な神経構造と、サイアミンという神経伝達物質だ。たいていのカイル能力者は他人の気分を感じられる程度だが、強力な能力者になると、相手がすぐそばにいて強い思念をもっていると、それを読みとることができる。とくに相手もカイル能力者の場合には可能になる。

ケルリックは自分の内側に集中し、デーアに対してＫＡＢの感度をあげた。それは隠れた洞窟の防波堤を波が探るようなものだ。デーアの思念が泡のように浮かんできた。性的昂奮、ダール坊についてのさまざまな考え——

頭に痛みがはしり、接続が切れた。ケルリックの視野を黒いしみが踊った。

「黙りこんでいるが、どうかしたのか？」デーアが訊いた。

「ちょっと疲れただけです」いまの不安定な立場を考えると、弱みをみせるわけにはいかなかった。

デーアはトレイをわきへやり、手を貸してケルリックをベッドに寝かせた。そして身をよせるようにして、彼に毛布をかけた。急に身体が接近したことで、ケルリックは平常心を失った。最後の任務は、悪夢のような小ぜりあいと長く孤独な偵察のくりかえしだった。長いこと女にふれていないし、デーアはたいへんな美女なのだ。

デーアが身をかがめたときに、ケルリックは思わずその腰のくびれに手をかけた。彼女は背中に電気がはしったように身をこわばらせたが、逃げはしなかった。かわりにケルリックを見おろし、やさしい顔になった。

そしてキスした。

ケルリックははじめ、驚いてなにもできなかった。やっと反応できるようになると、腕をその腰にまわし、キスを返した。

警告。ボルトが考えた。**敵となる可能性がある人物と男女関係になるのは、賢明ではありません**。

《うるさいな。むこうへ行けよ、ボルト》

わたしはあなたの体内に埋めこまれているので、どこへも行けません。

ケルリックはキスに忙しく、反論できなかった。

しばらくしてデーアは顔をあげ、両手をついて上体を起こした。彼女はだれかに似ているような気がしたが、はっきりわからなかった。かすかな気分が漂ってきた。愛情の感覚だ。べつの気分もある。後悔だろうか。集中しようとしたが、こめかみに頭痛がはしり、ケルリックは両手を放した。額がずきずきと痛んだ。

「ああ」デーアはつぶやいた。「悪かった。休ませなくてはいけないのに」

彼女はベッドわきに立ちあがり、やさしい表情でケルリックを見た。部下に対して見せる表情とはまったくちがう。デーアは彼の髪にふれ、巻き毛に指をすべらせた。そしてベッドから離れた。ケルリックが目をとじると、ドアが静かにしまる音がした。

《ボルト》彼は考えた。《いまの情況を分析しろ》

分析は簡単です。信用できない相手とキスすべきではありません。

《そうか。しかし、すごくいいキスだった》ケルリックはにやりとした。《それはともかく、この星にISCの基地がないというデーアの話について分析してほしいんだ》

まず睡眠が必要です。あなたがオフのあいだに計算を実行しておきます。

人間が眠るのと、コンピュータの電源がオフになるのはちがうのだと説得するのは、もうあきらめていた。ボルトはこの言いまわしが適切だと信じこんだらしく、どうしても変えようとしないのだ。ケルリックは黙って目をとじ、眠りに身をまかせた。

こいつはおもしろいと、ハチャ隊長は思った。ケルリックがクイス卓へ来ることはできないので、卓をケルリックのベッドに運んだ。手幅ひとつ分の高さしかない脚がついた、青い漆塗りのクイス卓だ。ケルリックの全身をおおっていたギプスは、すでに膝上までの軽いものに変わっているので、上半身を起こしてやるのは簡単だった。卓はその膝をまたぐようにおかれた。

六人での争局になった。ハチャとレブはベッドのわきに椅子をよせ、バルブとラーチはベッドに腰かけ、イクスパーはバルブとラーチのあいだであぐらをかいた。ケルリックは、こんな大勢でやれるのかとでもいいたげに目を丸くしている。

ケルリックは、とりあえずシャツを着るくらいのつつましさはもっていた。ダール坊はこのところ熱波に襲われていて、ケルリックは、ギプスがはいるように横の縫いめにそって切り込みをいれたパジャマのズボンだけをはき、上半身ははだかで毎日眠っているのだ。いい眺めではあったが、それをのぞけば、デーアがこの男に惹かれる理由がハチャにはさっぱりわからなかった。そもそも身体がでかすぎる。男の背丈は女より低くあるべきだ。男戦士など、考えただけで虫酸《むしず》がはしる。

ラーチはケルリックの背中に枕をあてなおして、相手にわかるようにゆっくりと訊いた。

「これでいいか？」

ケルリックはひどい訛りとともに答えた。「ああ、ありがとう」

ハチャの駒袋から全員が一個ずつ引くと、レブのとったオレンジの七面体が最上位だったので、レブの初手で争局がはじまった。

ハチャは多面駒で防壁をつくって敵の攻撃にそなえ、楔形陣形で攻撃をかけた。レブは棒のビルダー列をつくり、卓のあちこちへ戦いをしかけていった。バルブはスペクトル列をつくろうとしていたが、イクスパーの防壁にぶつかって何度も失敗した。ラーチはほんの数手でへまをし、ケルリックは無秩序に駒をならべているだけだった。

ハチャは、イクスパーがレブへの奇襲攻撃を狙っているのを見てとると、自分の楔形陣形を方向転換させて、少女の防壁のいちばん弱いところへ突っこませた。イクスパーは攻撃を跳ね返したが、その前進速度は鈍った。ハチャはレブに注意をもどし、ついにお得意の手をくりだした──鷹の爪だ。鉤爪のような駒の環で、レブの最上位の配列をがっちりかかえこんだ。

「やられた」レブはため息をついた。「あなたの勝ちですよ、ハチャ」

バルブがにやりとした。「一時はイクスパーが両方とも倒しそうな勢いだったけど」

ハチャはイクスパーのほうをむいてうなずいた。「あなたもなかなか強かったですよ」

〝カーン継嗣〟という称号を使わずにこの少女に話しかけるのは妙な気がしたが、そう命じたデーアの意図は理解できた。ケルリックのまえでイクスパーの地位をあきらかにするのは得策でない。よけいなことは知らせないほうがいいのだ。

バルブは盤面を眺めた。「レブが二番で、イクスパーが三番のようですね」そこでにやりとした。「でもあんたには勝ちましたよ、ラーチ」

ラーチはじっと駒を見ていたが、うなるような声でいった。「くそ、そうみたいだな」

ケルリックは会話についていくだけで苦労しているようだ。たどたどしくいった。「ぼくが最後？」

「はい《イェー》」バルブが答えた。「かわいそうだがな」

「〝イエー〟というのは、どういう意味？」ケルリックは訊いた。そしてイクスパーがスコーリア語で答えようとすると、首をふった。「コバ語で。そのほうが勉強になる」

ハチャは顔をしかめた。「コバはこの世界のことだ。おれたちの言葉はテオテク語という。〝イエー〟は、〝そうだ《イエス》〟のあらたまったいい方だ」

「あらたまらないほうは、〝そうさ《イップ》〟だ」バルブがつづけた。「でも、かなりくだけたいい方だな」

ケルリックは発音を試みた。「イェース」

「イエーだ」とレブ。

「イエーズ」とまたケルリック。

ラーチが笑った。「わかったわかった。好きなように発音しろ。おまえの訛った言葉もかわいいものだ」

「負けたからって、がっかりしなくていい」バルブは、ハチャとレブをしめしながらいった。「ここにいるのはダール坊のなかでも指折りの棋士なんだから」

「ケルリックは負けていないよ」イクスパーがいった。「平坦山ができてる。ラーチの、倒れたビルダー列より順位は上だ」

なに？　ハチャはイクスパーのしめす場所を見た。たしかに、レブの塔のうしろに隠れるようにして、青の円盤の小さな山ができているではないか。ちゃんとした平坦山だ。なのに気づかなかった。しゃくにさわる。ケルリックにはまだ配列などつくれないと思っていたのに。

「どうして気づかなかったのかな」バルブがいった。

ケルリックは指先で卓を叩いた。「これ――」といったまま言葉につまり、イクスパーにスコーリア語でなにか尋ねた。

「青だよ」イクスパーが答えた。

「卓は青い」ケルリックは自分の山をしめした。「これも青い。だから隠れた」

レブが大笑いした。「めくらまし作戦か。うまいじゃないか、ケルリック」

「信じられないな」ラーチもいった。「めくらましなんかに引っかかるとは」

イクスパーがにやりとした。「あなたはほかのことで気もそぞろだったんじゃないのかい？」

みんないっせいに大笑いし、ラーチは顔を赤くした。「うるさいな、ばかども」

ケルリックがイクスパーにもの問いたげな表情をむけると、彼女は説明した。「ラーチは最近、カシをめとったんだ」

「カシって？」ケルリックは訊いた。

「夫のことだ」ハチャは教えた。「ラーチはジェビという若者と結婚したんだ」

ラーチが気もそぞろになるのは無理もない。なにしろジェビのように魅力的な美男と結婚したのだから。ハチャの夫にもどことなく似ていた。この二人の男の似ているところは外見だけではない。どちらもダール坊カランヤ苑に住む棋士なのだ。ハチャとラーチはしばらくカランヤ衛兵隊に勤務したことがあり、おかげでカラーニに求愛するというめったにない機会にめぐまれたのだ。カラーニとの結婚を許されるというのは、デーアからたいへんな名誉をあたえられたことになる。しかし、夫と同居できず、通うだけという結婚生活のどこが名誉なのか。もう頭がおかしくなりそうだった。そのうえ、こんなふうにケルリックを護衛するという不愉快な任務を押しつけられているのだ。

イクスパーがケルリックに話していた。「バルブかレブに頼めば、見せてくれるよ」

バルブが袖をまくり、手首にはまった金のリストバンドを見せた。「これは女と男を結ぶ誓いを象徴するものだ。このリストバンドをつけている男を、カシと呼ぶんだよ」

ケルリックはレブの手首にも目をやり、おなじくリストバンドがはまっているのを見た。「きみたちはみんな配偶者がいるのか？」

ラーチが笑った。「みんなだれかにつかまってるわけだ」そしてイクスパーにむかってウインクした。「例外もいるがな」

少女はにやりとした。「わたしはまだ広い選択肢をもちたいんだ」

「デーアみたいな言い草ですね」とバルブ。

そのときのケルリックの反応は、ハチャしか気づかないくらいかすかだった。しかしたしかにケルリックは、坊代の名前を聞いたとたん、ぴくりと肩を動かしたのだ。

「ダール坊代は独り身なのか？」ケルリックは訊いた。

ハチャはぶっきらぼうに答えた。「ご本人が望んでのことだ。デーアがかつて愛した男はジェイムだけだ」

「その男はどうなったんだ？」とケルリック。

「数年前に熱病で逝去された」バルブが答えた。「以来デーアは、なんというか——変わったな。よそよそしくなった」

「またアカシをめとる気はないんだ」ハチャはいった。

「アカシとは？」とケルリック。

「坊代の夫君の称号だよ」イクスパーが教えた。

ハチャはイクスパーのほうにちらりと目をやった、その顔にかすかな嫉妬の表情を見てとった。経験豊富な彼女には、その表情がなにを意味するかすぐにわかった。この宗主継嗣も、デーアとおなじく、ここにいる他世界人にのぼせあがっているらしい。

やれやれ、ろくなことにはならないぞと、ハチャは思った。

3　二重環

デーアは執務室の窓から坊内の園庭を眺めていた。

もしかして自分は熱があるのだろうか。それとも天候のせいか、あるいは頭がおかしくなったのか。ケルリックはとても変わっている。若すぎるし、積極的すぎる。初めてキスしてからあと、彼は何度か自分からその愛情表現を返そうとしてきた。自分が若い頃は、男女間のルールははっきりしていた。主導権をもつのは女だ。しかしそれが最近ではずいぶん変わってきている。若者は勝手なルールで行動するようになっている——デーアには理解できないルールがほとんどだ。しかもケルリックは他世界人だ。それどころかスコーリア王の胤違いの弟なのだ。彼がどんなルールにしたがって生きてきたのか、見当もつかない。もはや古いやり方が役に立たないのだとしたら、そういったものは窓から投げ捨てたほうがいいのだろうか。

「ダール坊代？」

ふりむくと、戸口にハチャが立っていた。デーアはいった。「隊長。ごきげんよう」

ハチャはお辞儀をした。「すこしお時間をいただけませんか」

「ちょうどケルリックのようすを見にいこうとしていたところだ。歩きながら話そう」

二人は天井の高いひらけた廊下を歩いていった。石づくりで、採光のための高窓があるだけのこの棟は、熱波に襲われた坊内でもいちばん涼しかった。

「カーン継嗣について心配なことがあるのです」ハチャはいった。「彼女がケルリックのそばで長い時間すごすのは、いいことではありません」

「そんなにあの部屋にいりびたっているのか?」デーアは訊いた。

「通訳のつもりなのです。しかしケルリックはもうたいていのことは自分でできるようになっています」

「ケルリックがイクスパーを危険にさらすようなことを?」

「いいえ、なにも。しかし彼女の安全については慎重にも慎重であるべきです」

デーアはしばらく考えた。「ではケルリックに、イクスパーは学業がおろそかになっているので、これまでほどは病室に顔を出せなくなるといっておけ」

「これまでほど?」

イクスパーがケルリックに会うのをいっさい禁じてしまうこともできたが、あの少女を怒らせたくはなかった。「短時間の面会ならかまわない。衛兵がいっしょに病室内にはいることを条件にすれば」

「そのようにします」

二人はそのまましばらく黙って歩いていたが、またハチャがいった。

「体調はいかがですか?」

デーアはちらりと衛兵隊長を見た。「上々だ。なぜ訊く?」

「ローカ医長から、尋ねるようにいわれましたので」

デーアはしかめ面をした。いまにはじまったことではない。去年、軽い心臓発作で倒れて以来、側近たちは彼女のことを吹きガラス製のクイス駒のようにあつかっていた。働きすぎるな、夜更かしするな、根をつめるな……。働き盛りの活動的な坊代ではなく、よぼよぼの老婆のような扱いなのだ。

「わたしはだいじょうぶだ」デーアはいった。

「幽霊とクイスを打ちにいかれては困りますから」

デーアはにやりとした。「そんな心配はいらない」隊長のほうをむいた。「ケルリックとクイスを打ってみて、どうだ?」

ハチャはしぶしぶといった口調で答えた。「たしかに才能はあります」

「わたしもそういう印象だ」

勘がいいだけではない。ルールや戦略をあれほど早く憶えられる人間は見たことがなかった。ときには彼が頭のなかでノートをとっていて、疑問があるときにそのページをめくっているような奇妙な感じを覚えることもあった。

病室になっている空天井の間に着くと、ハチャはほかの衛兵といっしょに廊下で待たせた。室内にはいってみると、ケルリックは眠っていた。うだるような暑さのせいで毛布をはねのけ、胸をはだけてあおむけに横たわっている。デーアはすぐにドアをしめて、外の視線を遮断した。

しばらくベッドに腰を降ろしてその寝顔を見つめていたが、やがて誘惑に抗しきれなくなり、その胸に手をすべらせた。金色の乳首は光り輝き、ほかの肌よりも金属的な感触だった。カールした胸毛は本物の金属ほど硬くはないが、なめらかでひんやりとした手触りだった。

ケルリックは目をあけた。まどろんだまま笑みを浮かべ、彼女の腰に腕をまわして、テオテク語でいった。

「ごきげんよう、ダール坊代」

デーアはかがみこみ、キスした。ケルリックに抱きよせられ、ベッドの上に横たえられると、デーアははっとして身をこわばらせた。相手が病床にあるのをいいことに、こんなふうに迫るのは礼を失している。とはいえ、積極的なのは相手のほうなのだ。キスしながら、デーアはケルリックのわきから脚へ手をすべらせた。パジャマのズボンはよく洗濯されたリネンで、とても柔らかかった。その薄い布地ごしに彼の筋肉をなでた。こんなふうにふれていると、とても気持ちがいい。

ケルリックのキスはしだいに熱烈になり、デーアをあおむけに倒してその上に身体をのせてきた。そのあまりに積極的な態度に辟易《へきえき》して、デーアは顔をそむけた。そしてケルリックの身体の下から出て起きあがった。

ケルリックは不思議そうにしていたが、自分も身体を起こした姿勢になり、石膏で固められた両脚を毛布の下にいれた。そしてテオテク語で、つかえながら訊いた。

「なにかまずいことでも？」

デーアはしばらく黙ってから答えた。「いや、なんでもない」

ケルリックは困惑した顔だったが、デーアがその手をにぎると、やっと穏やかな表情になった。「ジャグ、なにか、新しいことは？」

「なんだって？」

ケルリックはもう一度いいなおした。「ジャグ機です。ぼくの船。なにか新しいことがわかりましたか？」

なるほど。いちばん微妙な問題に踏みこんできたわけだ。「発見した破片はすべて調べた。残念だが、ケルリック、すべて木っ端みじんになっていて、通信機器などはすべて壊れていた」

「自分でたしかめたい」

そういうわけにはいかない。船を爆破したのはたしかだが、その跡地にも近づけるつもりはなかった。思いもよらないものを掘り出すかもしれないからだ。

ケルリックはデーアを見ながら、奇妙な表情になった。まるでかすかな声に耳をすませているようだ。そして、うっとうめいて身体をふたつ折りにし、両手でこめかみを押さえた。

「ケルリック！」デーアはかがみこんだ。「どうした？」

顔が苦しそうにゆがんでいる。「頭が……痛い」

「医者を呼んでこよう」

「いや」ケルリックは両手をおろした。「彼女に診てもらっても無駄です」

そのとき、ドアが大きくひらいて、ハチャ隊長が病室に大股にはいってきた。ところが二人がベッドにはいっているのを見ると足を止め、「失礼しました」といってきびすを返し、廊下へもどってドアをしめた。

「悪かった、ケルリック」デーアはベッドから降りた。「きみの恥ずかしい恰好を人目にさらしてしまって」その肩に手をおいた。「ローカ医長にいって、頭痛の薬をもってこさせよう」

「船のことは？」

「もうどうしようもないのだ」

ケルリックはじっとデーアを見つめた。「あなたの言葉には、妙な光がある」

「どういう意味だ？」

「嘘がまざっているのでは？　確信はありませんが」

うすうす気づきはじめているようだなと、デーアは思った。「すこし休んだほうがいい」

もう一度キスすると、それ以上なにか訊かれるまえにと、急いで病室を出た。

ハチャは空天井の間の外で待っていた。デーアは彼女についてくるように合図した。立ち聞きされる心配のないアーチ天井の廊下に出たところで、デーアはいった。

「なんの用だったのだ?」

「ケルリックについている衛兵から、イクスパー・カーンについて奇妙な報告を聞かされたのです」ハチャは答えた。「今朝、彼女がケルリックの部屋から出てきたのだそうです。しかし部屋にはいるところは見ていないのだと」

「衛兵が任務に就くまえからいたのだろう」

「受け持ち時間の最初に室内は確認しています。そのときはケルリック一人でした。ドアをしめて、しばらくあとに、イクスパーが出てきたのです」

「調べておけ」そしてイクスパーの政治力のことを考えた。「ただし、秘密裏にな」

ふたりはそのまましばらく歩きつづけたが、やがてこらえきれずに、デーアが訊いた。

「どうしたのだ?」

ハチャはちらりと彼女を見た。「といいますと?」

「おまえのことはよくわかっている。なにかいいたいことがあるのだろう」

「衛兵隊長としてのわたしには、坊代の私生活に口をはさむ資格はありません」

「では、友人としていえ」

ハチャはため息をついた。「男を快楽のために——それもケルリックのように弱い立場の者をもてあそぶとは、あなたらしくない」

「ケルリックに対するわたしの求愛が結婚を前提にしていないと、なぜ思うのだ？」

「彼をアカシにはできないでしょう」

「なぜできない？」

ハチャはデーアの腕に手をかけ、立ち止まらせた。「あなたにふさわしくないからです」

デーアは皮肉っぽく答えた。「どちらがどちらにふさわしくないか、ローン系の家族はおまえと異なる意見をもっているだろうな」

「あけすけないい方でもうしわけありませんが、あの男が過去にどれだけ多くの女と寝ているか、考えたことがおありですか？」

デーアは肩をすくめた。「相手の過去についてはこれから納得するようにするさ」

「それだけではありません。彼はジャグ戦士です。いままではほとんど眠ってばかりの状態でしたが、体力はしだいに回復しています。この星に一生とじこめられるのだとわかったら、あまり穏やかでない反応をするでしょう」

「おまえのいうことはいちいちもっともだ」デーアはすこし間をおいて、つづけた。「しかし、わたしは彼をアカシにするぞ、ハチャ。本人の同意のあるなしにかかわらず」

イクスパーは巻き物を片手に、石壁のまえにしゃがんだ。何世紀も使われていない湿った地下牢が、右に数歩いったところにある。彼女は巻き物を広げた。ダール博物館からくすねてきた、ダール坊の設計図だ。やはりそうだ。この壁と近くの部屋との図面上の距離は、実際に壁にそって測った距離よりも短くなっている。

イクスパーはにやりとした。こういう探検遊びをはじめたのは、何年もまえにカーン坊の博物館で坊の建設に使われた図面の写しをみつけたのがきっかけだった。図面と実際のカーン坊を比較していくと、一致しない箇所が何百とみつかった。ほとんどは何世紀ものあいだにおこなわれた改築が原因だったが、それでは説明のつかないところもいくらかあった。それらを調べるうちに、ついに隠されていたものを発見した。坊内には秘密の通路が網の目のようにはしっていたのだ。

そしてダール坊の秘密も、こうしてあばかれはじめていた。石の壁に手をすべらせていくと、壁と地面が接するところに、埃のつまった小さなくぼみがあった。指をつっこんで、割れたスイッチの残骸を掘り出し、そのレバーを片方に倒した。そして息をころして待った。大むかしの機械仕掛けはしばしば壊れたり引っかかったりするが——

壁のなかで石と石がぶつかる音が響いた。イクスパーは地面に足を踏んばり、壁に体重をかけた。耳ざわりな音をたてて、まるで長い眠りから覚めるように、大きな石の塊が内側へすべり、ついで横へ重々しく回転していった。そのむこうは、闇の奥へ通路が伸びている。イクスパーは巻き物を拾ってトンネルにもぐりこみ、石のドアを押してもとどおりしめた。そして石油ランプをもちあげ、彼女の秘密通路のコレクションに新たにくわわった道を眺めた。

荒削りの石で組まれた無愛想なトンネルは、前方に数歩伸びたところで左へ曲がっている。イクスパーはそれをたどっていくつか角を曲がっていったが、やがて通路は行き止まりになった。ふたたび壁を子細に調べると、天井のそばに三つのくぼみがみつかった。スイッチを倒す順番を何度か試行錯誤するうちに、やっと解除ピンの動く音が聞こえた。壁を押すと、彼女が這いこめるくらいの丸い穴があいた。

むこうの通路には見覚えがあった。数日前に探検したやつだ。手にした石油ランプが壁にイクスパーの影を大きく映し、トンネルに野蛮な時代の雰囲気が漂った。大むかしの女王戦士がいまにも影のなかからあらわれ、そこのくせ者はだれだと怒鳴りそうだ。イクスパーは女王の姿を想像した。荒々しく力強く、輝く青銅と革の鎧に身をつつんでいるだろう。イクスパーはおおげさな身ぶりで想像上の剣をふり、通路を進んだり退がったりしながら戦って、最後はその見えない敵をうち負かした。そして床に腰をおろし、肩で息をしながら大笑いした。

本物の剣をもってくればよかったと、イクスパーは思った。そうすれば探検がもっとおもしろくなったのに。とはいえ、剣をぶらさげてダール坊のなかを歩きまわっているところを見られたら、どう言い訳するのか。やはり服のなかに隠せる武器——紐で吊った、なまくら縁の円盤くらいで満足するしかない。円盤では、正面きっての戦いはできないが、影のなかにひそんでいれば敵を気絶させることはできる。

古代の女王たちはなぜこんな通路をつくったのだろう。敵が坊に侵入してきたときのための秘密の脱出経路だろうか。権謀術数《けんぼうじゅっすう》はびこる坊内で有利に立ちまわるために、この通路をうろついたのか。あるいは、女王が自分の男妾《おとこめかけ》の寝室に忍びこむためにもうけた通路なのかもしれない。イクスパーはにやりとした。想像上の敵が必死に挑んできたのも無理はない。なにしろ恋人を守るためなのだから。

しかしわたしは勝ったと、イクスパーは思った。だから戦利品を獲る権利がある。

トンネルは行き止まりになったが、そこに隠し扉があることはもうわかっている。それをそっとあけて、むこうの部屋をのぞいた。戦利品は早々と床にはいっていた。女王が閨房に忍びこんできたとも知らず、金色の胸を穏やかに上下させている。

昨日、この部屋のドアから知らん顔して出ていったときに、ケルリックの衛兵たちが啞然としていたことを思い出して、イクスパーはにやにやした。あんな愉快なことはなかった。とはいえ、ああいういたずらは一度きりにしたほうがいいだろう。たぶんハチャはもう、どういうからくりがあるのか調べはじめているはずだ。衛兵隊長にこのパズルが解けるとは思えないが、よけいな危険は冒したくなかった。

ドアを半びらきにしたまま、イクスパーは空天井の間に足を踏みいれた。そしてベッドの端に腰かけ、ケルリックの寝顔を見つめた。現実の彼を目のまえにすると、どんなふうに求愛の手順を踏めばいいのかわからなくなった。そもそも彼女の求愛は控えめすぎて、相手に気づかれていないかもしれない。しかし、いつもまわりに衛兵がうろついているのに、どうやって気持ちをつたえろというのか。公衆の面前で求愛などできない。

部屋のドアのむこうから声が聞こえ、イクスパーは跳びあがって壁のトンネルに駆けこんだ。隠し扉をしめるのと、空天井の間のドアがきしみながらひらくのと同時だった。壁に耳を押しつけると、ケルリックの衛兵にむかって話しているらしいデーアの声がかすかに聞こえた。

くそ、とイクスパーは思った。早くこちらの気持ちをケルリックに知らせないと、手遅れになってしまう。デーアも彼に求愛しているのだ——そしてかなりの成果をあげはじめている。

4 球による星の破裂

ケルリックの看護夫がカーテンをあけると、空天井の間に朝日がさしこんできた。秋の風が少年のシャツをはためかせ、空色のブーツに裾をたくしこんだズボンの布地を震わせる。その眺めがさわやかであるがゆえに、少年の言葉はかえってショックだった。

「爆発だって?」ケルリックは肘をついて上体を起こした。「どういう意味だ、爆発って」

「墜落のあとに火が出たんでしょう」看護夫はいった。「帆翔機の燃料タンクに引火するみたいにね」

「星間船はガソリンで動いてるわけじゃない。もし船の反物質燃料がきちんと不活性化されていなかったのなら、このあたりの山地は半分がた吹き飛んでいるはずだ」

「山はちゃんとありますよ。でもあなたの船は吹き飛んだんです。ハチャ隊長がそういってた」

嘘だ。この少年のいうようなことが起きるはずはない。墜落したあとで、だれかが爆発物をしかけたのでないかぎり。いったいデーアはなにをたくらんでいるのか。ケルリックは毛布をはぎとり、ギプスでおおわれた両脚をベッドの端からたらした。

看護夫が驚いた。「なにをしてるんですか?」

「歩くんだ」

「歩けませんよ」

ケルリックは椅子によりかかり、石膏で固められた足を床につけて立った。そしてにやりとした。

「賭けてみるか?」

「まだ寝ていなくてはいけないんですよ」

「なぜだ? ぼくが起きようとするたびに、よってたかってまだ寝ていろという。船のことを訊くたびに話をそらそうとする。だれも本当のことを教えてくれないじゃないか。だったら自分で調べにいくまでさ」

「そんなことできるわけがない」看護夫はいった。「まだ脚にギプスがはまってるのに」

「それはそうだな」

ケルリックは腰をおろし、ベッドの下部をかこんでいる金属製の枠に脚を打ちつけはじめた。石膏の破片が床に飛び散った。

「やめてください!」看護夫がその脚を空中でつかんだ。「また骨が折れてしまう」

「骨はだいじょうぶさ」ケルリックは脚をその手から引き離し、粉まみれの破片がつながっているだけになった石膏を剝がしていった。「ギプスを壊すだけだ」

壁のほうから石がずれるような音がした。

ケルリックは手を止めた。「なんの音だ？」

看護夫は壁のほうを見た。「さあ」

またおなじ音がして、壁の一枚のパネルがひらき、イクスパーが部屋にはいってきた。

「なんてことだ」看護夫はいった。

イクスパーがパネルを押してもどすと、壁はもとどおりなめらかな面にもどった。

彼女は看護夫にむかっていった。「衛兵をつれてこい、早く！」

看護夫はドアへ走っていき、ケルリックは最後の石膏の塊を脚から剝がした。

「ケルリック、やめるんだ」イクスパーはいった。

「いいや、やめない」

ケルリックは立ちあがり、たしかめるように一歩踏み出してみた。両脚はしっかりと身体をささえている。すこしふらつきながら、部屋のむこうにある全身鏡のほうへ行った。縁にクイスの意匠がエッチングされた鏡に、青いパジャマを着た男の姿が映った。ずいぶん痩せたような気がする。

急に血のめぐりがよくなった脚にちくちくする痛みが広がった。はじめはなぜだろうと不思議に思ったが、すぐにほっとして笑いだしそうになった。ナノメドは死んでいなかったのだ。体力の落ちた身体に反応し、補助しようと活発に動いているのだ。

「なにをしている？」声が響いた。

ふりむくと、戸口にハチャ隊長がいた。

「立ってるんだよ」ケルリックは答えた。

ハチャはなだめすかすつもりらしい口調になった。「怪我をしたらどうするんだ。ベッドにもどったほうがいいぞ。医者は呼んできてやるから」

ケルリックはドアのほうへよろめきながら進んだ。「医者はいらない」

ハチャは行く手をさえぎった。「悪いが、ここから出てもらっては困る」

「なぜだ」ケルリックは、部屋のなかへはいってきたレブとラーチとバルブを見た。「どうしてぼくをとじこめるんだ」

「安静が必要だからだ」

「もう必要ない」

ハチャの声からなだめるような響きが消えた。「ベッドへもどれ」

戦闘モードへ移行。ボルトが考えた。

イクスパーがドアへにじりよっているのを見て、ケルリックは加速された動きで飛びつき、その腕をにぎった。そのとたん、四人の衛兵がいっせいにスタン銃を抜いた。たかが一人の少女に対するこの過剰な反応はなにかと、いぶかるいとまはなかった。ボルトの反射動作ライブラリが脳をバイパスし、ケルリックの身体を制御する液圧系にじかに命令を送った。

衛兵たちが撃ってくると、ケルリックは床へ倒れこみながら、イクスパーを看護夫のほうへ突き飛ばした。彼女と看護夫はいっしょに部屋のなかへころげこんだ。発射されたスタン弾の大半はよけたが、一発だけは肩にあたってしまった。その小さな針が皮膚を突き破ると、ボルトが考えた。

警告。認可していない化学物質が血中に注入されました。解毒剤となりそうなものを合成しています。

ケルリックがよろめいたところで、レブが腕を背中にねじりあげ、ラーチがスタン銃を胸の高さでかまえた。しかし、アームロックのはずし方くらい基礎訓練で習っている。腕の自由をとりもどして、ラーチへむかって突進しようとしたところで——

膝が崩れ落ちた。

ケルリックはラーチもろとも倒れこんだ。ラーチは彼の胸に銃口を突きつけて発射したが、首を締めあげられて気絶した。ケルリックの上体からもすぐに力が脱けていった。

液圧系制御へ全面移行します。ボルトが考えた。

液圧系が身体の支配権を握ったとたん、ケルリックの両脚ががくんと動いた。麻酔薬が血管をめぐっているにもかかわらず、脚は機械のように動きつづける。跳びあがるように立つと、そこへバルブが突進してきた。ケルリックは若者をつかまえ、背負い投げで床に叩きつけた。全力でやったらバルブは死んでいただろうが、ボルトは気絶させるのに必要な力を計算し、結果を液圧系に送る、という処理を一瞬のうちにやっていた。

つづいてレブとハチャと組みあい、戸口の左右にぶつかりながら格闘した。レブからスタン銃を奪い、残りの弾をすべてその大柄な衛兵の身体に撃ちこんだ。ハチャがそのスタン銃をケルリックの手からはたき落としたが、ケルリックは相手のみぞおちを蹴って壁に叩きつけた。ここでもボルトは、殺さずに気絶させるだけの力を計算した。

液圧系の支配力が弱まると、ケルリックは肩で息をしながらしゃがみこんだ。まわりには意識を失った身体がいくつも倒れている。看護夫もスタン銃の流れ弾にあたったらしく、気絶者の仲間にくわわっていた。

視界の隅をさっと動くものがあった。部屋から逃げ出そうとしたイクスパーを、寸前で跳びついてつかまえ、室内に引きもどしてドアをしめた。

「ダール坊を脱出するなんて、絶対に無理だぞ」イクスパーはいった。「坊内には衛兵がうじゃうじゃいるんだから」

「撃ってはこないさ」ケルリックはドアを背中に腰をおろし、苦しい息をした。「きみがいっしょならな」イクスパーから注意をそらさずに、バルブのスタン銃を拾い、ラーチのブーツからナイフを抜いた。「ぼくくらいの体格の人間を気絶させるためのスタン弾が、もしきみにあたったら危険だろう。それに、ぴんときたんだ」背中を起こしてまっすぐにした。「ここでは、きみの身の安全がだれよりも優先されているらしいとね」

「ばかばかしい」

「ぼくは権力者の一家で育ったんだ。雰囲気でわかる」壁のほうに首をふった。「あの秘密のドアはどこへ通じてるんだ？」

「こちら側からあける方法は知らないんだよ」

ケルリックは彼女を壁のパネルのまえへ引っぱっていった。「あけろ」

「できない」

押し問答をしていてもはじまらない。ケルリックは壁に体当たりをはじめた。何度かやるうちにパネルは内側にめりこみ、石づくりの通路があらわれた。ケルリックはイクスパーを連れて、ふらつく足でそのトンネルにはいっていった。

歩きながら、ケルリックは考えた。デーアを見るとだれを思い出すのか、ようやくわかった。最初の妻だ。二十歳以上年上だったISC提督のコーリーは、十年前に死んだ。人買い族のテロリストに暗殺されたのだ。情熱的でたくましい女だったのに、一瞬でこの世から消えた。デーアにその彼女の面影を感じるとは、なんと愚かしいことか。

トンネルは塔に通じていた。右側へは螺旋階段が伸び、左側にはドアがある。ケルリックは階段をさして訊いた。

「上にはなにがあるんだ?」

「倉庫棟のひとつだ」イクスパーは答えた。

ケルリックは銃をかまえて左側のドアのわきに立ち、それをあけた。むこうはだれもいない庭だ。二人がそこから外へ出たと見えるように、ドアをあけっぱなしにした。そしてイクスパーを螺旋階段のほうへ押した。

「あがれ。きみが先だ」

踊り場ごとにドアがあった。最初の三つは鍵がかかっていたが、四つめはひらいた。なかは倉庫で、腰ほどの高さの美しい壺がずらりとならんでいる。反対の壁のなかほどにある窓から、埃っぽい光がさしこんでいた。

「いったいなにを考えてるんだ」イクスパーは押されてなかへはいった。「こんなところへ来たら、袋の鼠じゃないか。なぜ庭へ逃げなかったんだ」

「追手の裏をかいたのさ」ケルリックはドアをしめた。「知りたいことがいくつかある。まず、なぜコバ星に立入禁止令が敷かれているのか教えてくれ。ここにはなにが隠されてるんだ?」

「なにもないよ。ダール坊代のおっしゃったことがすべてだ」

「ISCが嫌いだからっていうのか。そんなのは理由にもならない」

イクスパーは拳をにぎった。「王圏の一員になるより、孤高の自由を守りたいというわたしたちの気持ちは、理解できないのかい? 征服者は被征服者の気持ちなど忘れたがるものかな」

「ぼくを解放するつもりなど最初からなかったんだろう?」

「きみは死にかけていたんだ。わたしたちは決断を迫られた。そしてきみの命を優先したんだ」イクスパーはじっとケルリックの目を見た。「でも、だからといって、きみのために自分たちの自由まで捨てるつもりはないんだよ」

しかし、ISCがコバ星をわざわざ立入禁止にして、そのあと監視もせずにほったらかしにしているとは思えない。ジャグ機のEIは惑星のこの地域にわざわざ機体を誘導したのだから、ISCがかつて十二坊と接触したことはあるはずだ。そうすると、近くに基地か宇宙港があるにちがいない。このあたりは山岳地なので、砂漠のどこかだろう。移動手段がいる。

「空港はどこだ？」ケルリックは訊いた。

「ずっと遠くだ。カランヤ苑のむこう側にある」

「カランヤ苑というのは？」

「園庭や建物のあるところで、クイス棋士たちが住んでいる」

またクイスか。ケルリックは首をふったが、とたんに筋肉に痛みがはしった。麻酔弾の効果が薄れつつあるのだ。

イクスパーがじっと彼を見た。「とうに倒れて、円盤の駒みたいにひらたくのびていてもおかしくないのに。四発もくらって、そのうちラーチの一発は至近距離から胸にあたったはずだ」

ケルリックは答えず、イクスパーを窓の下のベンチに連れていって、その上に立たせた。窓から、市街のむこうにそびえる高い山々が見える。外から見られないようにわきに立って、窓の掛け金をしめした。

「あけろ」

イクスパーが掛け金をはずすと、窓は勢いよくひらいて強い風が吹きこんできた。ケルリックはシャツを脱ぎはじめた。それを見てイクスパーは顔を赤くした。

「なにをしてるんだ、服を脱ぐなんて」

「銃を吊るんだ」スタン銃とラーチのナイフをシャツに固定して、腰に巻いた。「ここから塔を降りるぞ」

イクスパーは目を丸くした。「壁の小さな割れめじゃあ、わたしの体重だってささえきれないよ。ましてきみは無理だ」

「もっとひどいところの懸垂下降だって訓練でやってる」彼女の腰をつかんでもちあげ、窓の敷居にすわらせた。「こちらにむいて、外に足をたらすようにしろ」

イクスパーの額に汗がにじんできた。しかし、おなじような情況におかれた大人よりはるかに落ち着いて、彼女はいわれたとおりにした。ケルリックは下をのぞきこんだ。四階下に中庭がある。そのむこうはどこの方向にも市街が広がっている。

「カランヤ苑というのはどこだ？」

イクスパーは市街のむこうにある壁をしめした。「あの防風垣のむこう」

ケルリックは窓の敷居を乗り越え、室内側をむいて、強風のなかに身体を降ろしていった。つま先で探って足がかりをみつけ、体重をかけた。それから敷居のイクスパーを引っぱり、身体をささえて壁のほうをむかせた。そうやって二人はゆっくり降りていった。イクスパーが五十センチほど上からついてくるかたちだ。

ふいにケルリックの頭にばらばらと小石が落ちかかり、あわてたように壁をひっかく音がした。見ると、イクスパーの足がかりが崩れかけている。ケルリックは自分のつま先を亀裂に深くさしこみ、万力のような強さで壁をつかんだ。生体機械がやっているので、強力なレンチでも使わないかぎりはずれないだろう。それでも腕のなかにイクスパーがすべり落ちてきたときには、いっしょに壁からふり落とされないように全身の力を必要とした。

イクスパーはゆっくりと体重を壁側に移した。「もうだいじょうぶ」息を吐いて、ケルリックは懸垂下降を再開した。足先に固く締まった地面を感じると、壁を放した。足もとがふらつき、視界に光の点が踊った。イクスパーが隣にすべり降りてくると、ケルリックは壁の下にへたりこんだ。イクスパーがさっと逃げようとしたが、手をのばして腰をつかんだ。

「ケルリック、いいかい――」イクスパーはいった「空港にたどり着くのは無理だ。脚をまた骨折するまえに投降したほうがいい」やさしい口調になった。「罰したりはしないから」

そんなはずはないと、ケルリックは思った。衛兵たちを倒すときに、隠された拡張能力の一部を見せてしまったのだ。とはいえ、すべてを見せたわけではない。デーアとその部下たちに対してはったりを使う余地はまだある。とにかく、助けが必要だった。早く修復しないと体内システムの損傷がさらに悪化してしまう。

イクスパーの腕をつかんで門のほうへ歩いていった。中庭の外には、薄青色の住宅にかこまれた広場があった。中央には空にむかって花弁をひらいた花のようなかたちの噴水塔がある。白い噴水塔には、湖や森や太陽を思わせる色どりも添えられている。弧を描いて落ちる水は、風に吹かれて飛沫となり、虹をつくっていた。

　ケルリックはイクスパーの手を引き、脚をひきずりながらも足早に広場を横切っていった。広場から先は、玉砂利で舗装された狭い迷路のような路地で、左右は三、四階建ての石づくりの家だ。どの窓にも色とりどりの鉢植えが飾られている。ひんやりとした山の風を浴びて走るうちに、ケルリックはさわやかな気分になっていった。ふいに笑い声が響いたと思うと、子どもたちの集団が路地に駆けこんできた。子どもたちは追いかけっこに夢中で、戸口のくぼみに身を隠した二人のほうなど見むきもせずに、走り去っていった。

　市街のはずれから草地をへだてたところに、イクスパーのいうカランヤ苑の防風垣があった。石でできた壁の高さは大人三人分、厚みは上を二人がならんで歩けるくらいだ。右を見ても左を見ても、カーブしながら何キロもむこうまでつづいている。石垣全体に透かし彫りがほどこされ、むこうの美しい園庭がのぞけるようになっている。

「これなら簡単によじ登れる」ケルリックはいった。「園庭を突っ切っていこう」

「だめだよ！」イクスパーがいった。

　ケルリックは目をぱちくりさせた。イクスパーがいままでにない強い感情をあらわにしているからだ。

「なぜだめなんだ？」

「カランヤ苑への冒瀆だ」イクスパーは答えた。「クイスを汚染することになる」

駒遊びを汚染するだって？　ケルリックは石垣のほうへイクスパーを引っぱった。

「いいから登れ」

イクスパーは顔をしかめた。「山から舞い降りてきた巨大な鷹につまみあげられて、雛鳥の餌にされればいい」

ケルリックは思わずにやりとした。「そいつはごめんこうむりたいな」

壁をよじ登っていくと風がしだいに強くなり、てっぺんにあがったときには服も髪も引きちぎられそうだった。しかし壁の内側へ降りていくと、風はおさまった。防風垣の下は青々とした草地で、その斜面がゆるやかにくだっていった先には、金色の実をたわわにみのらせた木立が点在していた。さらにむこうには建物の集まった区域があり、窓が液体のダイヤモンドのようにきらめいていた。

二人は草の上を歩いていった。ケルリックの足の引きずり方はさらにひどくなった。治りきっていない脚を酷使したせいだ。イクスパーのほうをちらりと見て訊いた。

「ここには棋士が住んでいるといったな」

「カランヤ苑の男たちはみんなクイスの名手だ」彼女は答えた。「役割は助言者だね。デーアにクイスについての助言をするんだ」

「そしてクイスは力でもあるわけか」イクスパーがうなずくと、ケルリックはにやりとした。「駒遊びがうまいというだけで、ずいぶんいい暮らしをさせてもらえるんだな」

小川の上にかかった美しい彫刻をほどこされた木の橋を渡りはじめたとき、一人の男の姿が見えた。対岸の石のベンチに腰かけ、ひなたぼっこをしているようだ。

　ケルリックは橋の上でイクスパーの腕をつかんで立ち止まり、銃を抜いた。「あれはだれだ？」

「カラーニだよ」イクスパーはいった。「カランヤ苑に住んでいる棋士だ」

　男は立ちあがり、二人のほうを見た。痩身で、髪は灰色。学者のような容貌だ。服は地味だが、高級そうだった。スエード革のズボンに膝丈のブーツをはき、さらに濃い色のスエード革のベルトにはクイスの模様が型押しされている。白いシャツの袖口は刺繍入りだ。両の手首には純金らしいリストバンドをし、左右の二の腕には金の腕帯を二本ずつはめている。

「腕帯をしているところは、まるでジャグ戦士だな」ケルリックはいった。

「それはたいへんな侮辱だぞ」イクスパーがいった。

「いつからジャグ戦士は侮辱の言葉になったんだ？」

　ケルリックはイクスパーを連れてそのカラーニに歩みより、テオテク語で訊いた。

「ここにいるのはあんただけか？」

　カラーニは黙って見つめ返しているだけ。

　ケルリックはちらりとイクスパーのほうを見た。「こいつはなぜしゃべらない？」

「カラーニは娑婆《しゃば》者《もの》とけして話さないんだ」彼女は腕組みをした。「古暦時代には、カランヤ苑への侵入は死罪だったんだぞ」

「ばかばかしい」

やっかいなことになってきた。人質はこれ以上いらないし、といって警報を鳴らすかもしれないやつをこのまま残しておくわけにはいかない。そこでしかたなく、スタン銃の引き金をひいた。カラーニは驚きの表情を浮かべ、倒れた。

「なんてことを！」イクスパーは駆けより、男の脈を採った。

「悪いが、危険は冒せないんだ」ケルリックはこめかみを揉んだ。

イクスパーは凍るように冷たい視線でケルリックを見た。「ここに放ってはいけない」

「だいじょうぶだ」イクスパーを引いて立たせた。「何時間か昼寝するだけさ」

ケルリックは琥珀木と青い石でできた平屋の建物にむかっていった。軒からは鉢植えの植物が吊られている。鎧戸はひらいていて、銅の縁取りのなかに金色のガラスがはまった窓が見えている。

二人は屋内にはいり、廊下を歩いていった。廊下は緑と灰色で、ちょうど森の空き地にふりそそぐ木漏れ日のようなまだら模様に塗られていた。つきあたりは、日天井の間《ひてんじょうま》になっていた。壁の色は、床の琥珀色から天井近くの白っぽい金色までグラデーションになっている。天井は青で、雲になかば隠れた太陽が描かれている。部屋の片隅の卓で、若い男がクイスの一人遊びをしていた。

「立て」ケルリックはいった。

若者は、まるで深い海から浮上してくるように、ゆっくりと顔をあげた。そしてケルリックを見ると、目をぱちくりさせて立ちあがった。

ケルリックはスタン銃の残量計を見た。出会う相手を片っ端から気絶させていくというわけにはいかないようだ。弾はほとんどなくなっている。そこで、部屋の奥の戸口をとざしている、木々と鳥の図が描かれた紙張りの障子をしめした。

「あけろ」

若者は障子のほうへあとずさり、ケルリックとイクスパーはついていった。障子をあけると、さらに広い日天井の間になっていた。むかいの壁には大きな両開きのドアがある。部屋の片隅には一人の少年がすわり、後光のようにまっ白い髪の男の話を聞いていた。中央では七人の男たちが卓をかこみ、クイスを打っている。

ケルリックは心のなかで毒づいた。一人で十一人を相手にまわすことになってしまった。しかも棋士のうち何人かは力が強そうだ。彼らはケルリックの姿を見ると、いっせいに立ちあがった。みんな無言のままだ——しかしイクスパーが、隣の惑星まで響きそうな大きな叫び声をあげた。

とたんに、部屋の反対側のドアがひらいて、四人の衛兵が部屋のなかに駆けこんできた。ケルリックはスタン銃を乱射した。衛兵は四人とも倒れたが、ケルリックの銃が弾切れになったのを見てとった棋士たちは、彼のほうへにじりよってきた。

ケルリックは手前の部屋から連れてきた若者をつかまえ、その首をぐいとのけぞらせた。

「動くな。ちょっとでも動いたら、こいつの首をへし折るぞ」

棋士たちは凍りついた。若者をつかまえたままイクスパーの腕をとり、二人の人質とともにケルリックは部屋を横切って両開きのドアにむかった。外へ出ると若者を部屋のなかへ押しもどし、ドアをしめてだれも出てこられないようにした。

イクスパーが腕のなかでもがいた。「逃げられるわけないんだぞ」

「そうかな」

イクスパーを連れて廊下を進んでいった。つきあたりのドアをひらくと、庭と草地。数百メートル先に横一列にならんだ木立があり、そのむこうに空港の管制塔が空にそびえている。

木立まで半分ほど進んだところで、背後から叫び声が聞こえた。ふりかえると、カランヤ苑の建物からたくさんの衛兵が出てきている。ケルリックはイクスパーの手を引いて走りだした。彼女はあえぎながらついてきた。イクスパーの身分についての勘は正しかったようで、背後からはだれも撃ってこなかった。

木立の列を抜け、空港にはいった。滑走路を横切って、最初の格納庫をのぞいた。しかしからっぽ。しかたなく、隣の格納庫へ走ろうとした。

すると前方の管制塔から衛兵の八人部隊が飛び出してきた。ケルリックはそれを見て、さっと立ち止まった——イクスパーは、つかまえてやらなかったら、つんのめって倒れていただろう。ちらりとうしろを見ると、カランヤ苑から出てきた衛兵も近づいてきている。そこで、さきほど通りすぎた格納庫にもどり、粗いつくりの壁を背に足を止めた。衛兵たちは三重の半円形をつくってケルリックをかこんだ。いちばん接近した衛兵は十メートルほどしか離れていない。

つかまえたイクスパーを自分のまえにまわし、ナイフを首すじにあてた。「それ以上近づくと、この娘の首を掻っ切るぞ」

イクスパーは身をこわばらせた。ケルリックの傷ついたカイル中枢にも、その狼狽がつたわってきた。もちろん、その言葉を実行するつもりはなかった。戦うはめになったら戦闘モードに移り、身体の拡張能力を使って抵抗するつもりだった。しかし、いまはこのはったりが、どんな武器より有効なはずだという確信があった。

衛兵たちの壁が分かれ、デーアが歩み出てきた。「その子を放せ。坊代のほうが人質にはいいはずだ」

「よけいなお世話だ。衛兵たちを退がらせろ」

「その子に怪我をさせるようなことはしないはずだ」

「それが正しいかどうか、この娘の命を賭けてみるか?」

デーアは衛兵隊長のほうをむいた。「距離をとれ」

「あなたは残るんだ」ケルリックはデーアにいった。

たちまち付近から衛兵の姿は消えた。ケルリックとイクスパーのまえにデーアしかいなくなると、彼は隣の格納庫のほうに首をふった。

「あっちだ」

三人はそちらへ歩いていった。デーアは二人を見つめ、ケルリックはイクスパーの首にナイフをあてたままだ。

格納庫に着いてみると、なかには帆翔機が一機おさまっていた。ケルリックはイクスパーをそちらへ引っぱっていき、ハッチのほうへ押しやった。

「乗れ」

「ケルリック、やめろ」デーアははっとしていった。「まだ子どもなんだぞ。その子をおいて、わたしを連れていけばいい」

それはだめだと、ケルリックは思った。武器をもたないデーアは、武器をもった衛兵とおなじくらいに危険だ。その知性はスタン銃なみに強力なのだ。人質にはイクスパーのほうが安全だ。

イクスパーが機内に乗りこむのを待って、ケルリックはデーアのほうをむいたまま、うしろむきにタラップを昇りはじめた。

坊代の顔がこわばった。「ケルリック、やめろ」

警告。ボルトが考えた。**下の人物の姿勢と抑揚から判断して、背中側に危険が迫っています。**

ケルリックはさっとふりむいた――なまくら縁の円盤を投げるイクスパーの姿がちらりと見えた。よけようとしたが、こんな狭い場所では、いくら拡張された反応速度でもよけきれない。円盤がこめかみにあたり、ケルリックの意識は闇につつまれた。

5　女王のスペクトル塔

ジャールト・カーンは半透明鏡でできた壁のまえに立っていた。反射を避けるためにどちら側の照明も抑えられている。薄暗がりでは、その灰色の目は黒一色に見えた。灰色のものがまじった黒光りのする髪は、背中に長く伸びている。黒のズボン、黒のチュニック、灰色のブーツという、影のなかに溶けこんでしまいそうないでたちだ。長身痩軀で、声音《こわね》も穏やかな彼女は、宗主として十二坊全体を統治していた。

デーアはその隣に立っていた。鏡ごしに見おろす部屋では、意識のないケルリックがベッドに横たえられていた。

「王圏法の規定は明白だ」ジャールトはデーアのほうをむいた。「立入禁止令はわたしたちがスコーリア人と接触することを禁じている。あの男は宇宙港へ連れていくべきだった」

「たどり着くまえに彼は死んでいたでしょう」デーアは答えた。

「きみの判断がもたらす影響は、コバ星全体におよぶのだぞ」ジャールトは首をふった。

「彼が生きているかぎり、脱出される危険はある。そのときはどうなる？　この男を囚人にしようとしたことを、本人もその悪名高い家族もこころよく思うまい」デーアのほうを見た。「選択の余地はない。生かしてはおけない」

デーアは身をこわばらせた。「死刑は何世紀もまえに廃止されたやり方です」

「それでもだ。死刑も終身刑もおなじことだし、あえて危険の芽を残す理由はない」

デーアは慎重な口調で答えた。「終身刑にも、さまざまなかたちがあります」

「というと？」

「代々、どんな牢獄よりも厳重に守られてきた施設があるではありませんか」

「カランヤ苑にいれるというのか」ジャールトは鼻を鳴らした。「きみのクイスの持ち駒に爆弾をくわえるようなものだぞ」

デーアはそれに対しても反論を用意していた。「ほかのカラーニからは隔離します。本人が適応するまで」

ジャールトはじっと彼女を見た。「この他世界人に対するきみの判断は、どうもべつの要素に影響されているのではないかと、わたしは疑っているのだがね」

「たとえば？」

「この男は絶世の美男子だな」

「その含みについては承服しかねます」

「ではひとつ訊こう」ジャールトはいった。「きみのカランヤ苑に入苑したら、この男はカラーニになるのか、それとも、アカシ・カラーニになるのか？」

なるのだ」

デーアは腕を組んだ。「だれをアカシにしようと、わたしの勝手です」

「坊代の判断力がその性衝動によって損なわれているとしたら、きみの勝手ではすまなくなるのだ」

「わたしの判断力は正常です」

「といいながら、クイスを打てない男を入苑させるといっているではないか」

「クイスなら打てます。身体の回復期間中はそれしかやることがありませんでしたから」

ジャールトは肩をすくめた。「初歩的な駒の打ち方を知っているからといって、カランヤ・クイスをあやつる才能があるかどうかはべつだ」

「たしかにそうです」デーアは答えた。「じつは、こんなことがありました。クイスの手ほどきを受けているとき、彼は金をもっていないので、かわりに王圏の惑星を担保にしたのです」にやりとした。「わたしの衛兵隊員は、数日後には王圏の半分を所有していました」

ジャールトは皮肉っぽい口調で答えた。「ハチャ隊長が賭けの勝ち分を請求しに出かけたら、ISCはよろこんで負債を払ってくれるだろうさ」

「いいえ、負債はもうないのです。ケルリックはまもなく惑星をぜんぶとりもどしました」

ジャールトは、たいしたことではないというように手をふった。「ハチャが美男子ににやついて勝ちを譲るのは、いまにはじまった話ではない」

「ハチャは彼を毛嫌いしています。それにケルリックは、ハチャに勝ったわけではありません。しかしラーチとバルブはこてんぱんに負かしました。二人ともけして初心者ではないのに。一度はレブにさえ勝ったのです」デーアはすこし間をおいた。「自分でもケルリックと争局してみましたよ、ジャールト。あの才能は本物です」

宗主は背中で両手を組んで、部屋のなかを歩きはじめた。「あの男がクイスにどんな影響をあたえるか、考えたのか？」

「どんな影響でしょうか」

ジャールトはふりむいた。「わからない。それが問題なのだ」デーアのところへもどってきた。「それに、もし脱走したら？　いくら才能があろうと、その危険は冒せない」

「脱走はしません」

「というが、ついこのまえはわたしの継嗣が人質にされたな」

「二度とくりかえしません」

ジャールトの口調がこわばった。「そうあってほしいものだな」

「ケルリックを監獄にいれたら、その人生と大きな才能をまったく無駄にしてしまうことになります。死刑制度を復活させたら、コバ星の社会が何世紀も逆もどりしてしまいます」

宗主は彼女の顔を見た。そして窓に歩みよってケルリックを見おろし、しばらくしていった。

「きみの判断を信頼することにしよう、デーア。しかし、最終的な決断をくだすまえによく考えておいてもらいたい」彼女にむきなおった。「カランヤ苑に誓約入苑させたら、一生そこにとじこめるのだぞ。きみとダール坊と、そしてコバ星全体の運命が、そのいかんにかかっているのだからな」

ダール坊代の継嗣であるチャンカー・ダールは、まだ若い女だが、坊内の政治に通暁するくらいには年齢をかさねていた。デーアに次ぐ第二位の実力者であり、一人のカシと二人の娘をもち、同僚たちから敬意をもって見られるチャンカーは、充実した人生を送っていた。

今日は象牙の通廊をダビブ医官とともに歩いていた。

「ありのままをデーアに話せばいいではないか」チャンカーはいった。

「話しましたとも」ダビブは答えた。「しかし、どんなことがあってもケルリックへの麻酔薬投与を止めてはならないとおっしゃるのです。目を覚ましたらまた脱走しようとするかもしれないと、心配されているのです」

「麻酔薬のせいということはないのか？　薬量が多すぎるとか」

「デーアもおなじことをおっしゃっていました。しかし現状でも、通常あの体格の男に必要なはずの半分しか投与していないんです」ダビブは足を止めた。「なにもかもへんだ。食事のために目を覚まさせようとしてもなかなか意識がもどらない。なんとか食べさせても、すぐに吐いてしまう。以前は受けつけた食べものさえ、最近は食べられない。さらに、血液が青紫色を呈しているのです。もしかしたらそれで正常なのかもしれないし、もしかしたら死にかけている兆候なのかもしれない。まったくなにもわからないのです」

チャンカーはその腕にそっと手をかけた。「なぜ血が紫がかっているのか、本人に訊いてみたのか？」

「〝ナノメド〟というものと空気中の窒素が化学反応を起こしてどうのといっていましたが、まったく意味不明なんです」

「その懸念についてデーアにもう一度話すべきだな」

「無駄でしょう。彼女はわたしの言葉になど耳を貸されない」

「そんなことはないさ。耳を貸さないのなら、なぜおまえを坊の職員として登用しているのだ」

ダビブは鼻を鳴らした。「わたしが訊きたいくらいです。デーアがなんでも勝手にやるのなら、わたしたちはこのまま古暦時代にもどって、わたしはカランヤ苑にとじこめられるのかもしれませんね」

チャンカーは眉の端をあげた。「ばかな。デーアはおまえをほとんど猫かわいがりしているくらいではないか」

「猫かわいがりなどしてほしくありません。わたしはペットではないのです」

「それほど悩む話とも思えないが」

ダビブはしかめ面をした。「そうおっしゃるのは、ご存じないからですよ。もしわたしが、〝デーア、風が吹いております〟といったら、彼女は、〝そうか、ダビブ〟でおしまいです。もしあなたが、〝デーア、風が吹いております〟とおっしゃったら、彼女は、〝なるほど、それは核心を衝いた意見だ、チャンカー。わが継嗣にふさわしい〟と返事なさるでしょう」

「ダビブ」

「本当ですとも」彼は大きく息をした。「だからお願いしているのです。あなたの話ならデーアは耳を貸してくれます」

ダビブは、感情の起伏がはげしいという評判はあるものの、ダール坊でいちばん有望な医者の一人だとチャンカーは思っていた。デーアが彼を職員に登用したのは、チャンカーが推薦したからだ。その彼がこれほど懸念をもっているのだから、やはりデーアに進言すべきだろう。

「わかった。しかしまず、ケルリックの治療記録を見てからだ」

「おもちします。ところでチャンカー――まだお話ししたいことがあるのです」

「なんだ」

「バーズ坊でおこなわれている研究のことはご存じですか」

「血液の組成についての実験だろう？」

ダビブはふたたび歩きはじめた。「彼らはすでにいくつかの血液型を分離しています。すくなくとも三種類を」

チャンカーも歩きだした。「本気で聞く気にはなれないな。話の出所がバーズ坊だとなると」

「バーズ坊とカーン坊が対立しているからといって、バーズ坊の生化学者が無能だということにはなりませんよ」

「わたしが疑問に思っているのは、バーズ坊代が考えているその研究成果の使い方だ」

ダビブは咳ばらいをした。議論になることを予想した発言をするつもりのようだ。「わたしはケルリックの血液のサンプルを、彼らの研究所に送って分析してもらおうかと考えているのです」

「冗談じゃない」

「なぜですか?」

チャンカーは顔をしかめた。「理由ならいくらでもある。カーン宗主は、スコーリア人がここにいることをおおやけにするなと命じていらっしゃる。デーアもバーズ坊との交流を許さないだろう。そもそも、そんなことをしても時間の無駄だ」

「もしケルリックが死んだら、そのような理由はなんの言い訳にもならないのですよ」

「ふむ」空気草の空気嚢がしぼんでいくような脱力感をおぼえた。「それほど重要なことなのか」

「はい」

「できるだけのことはしよう。しかし約束はできないぞ」

「もうひとつお願いがあるのです」

「次はデーアがわたしを採石場送りにしたがるような内容か？」

ダビブは鼻を鳴らした。「デーアの健康についてですよ。彼女はだれにも耳を貸しません。去年のような心臓発作が起きたら、もう命はありませんよ」

「デーアはその話題に敏感になっている。わたしがそんなことをいったら、病人扱いして坊代としての能力に難癖をつけるつもりかと怒られるだろう」

「このまま激務をつづけたら——」ダビブはいった。「病人ではなく、死人になるのですよ」

チャンカーはため息をついた。「わかった。そういっておく」


いつものイクスパーなら、坊内の廊下を歩きながらその壁に彫りこまれたクイスの文様に見とれるのだが、今日はそんな気分ではなかった。下層階の廊下を足早に歩いていく彼女の視野のわきを、文様はかすめるように通りすぎていった。ケルリックの言葉が頭にこびりついて離れない——〝それ以上近づくと、この娘の首を掻っ切るぞ〟。彼女をダール坊の反対側まで引きずっていったジャグ戦士と、クイスの手ほどきを受けていた男の姿が、どうしても一致しなかった。そんな彼に求愛しようとしていたとは、なんと自分は愚かしいのか。

イクスパーは明日、ジャールトとともにカーン坊へ帰らねばならない。ケルリックも数日後にはダール坊のカランヤ苑に誓約入苑させられ、二度と会えなくなる。だからイクスパーは、宗主の命令を初めて破る決心をしたのだ。

琥珀の塔にはいり、狭い螺旋階段をぐるぐるまわりながら昇っていった。てっぺんに着くと、カーブした壁にそってまわり、半透明鏡でできた窓のまえに立った。むこうには、金色の壁と金色石《こんじきせき》の床が輝く琥珀の間があった。採光窓のそばにはバスケット仕立ての観葉植物が吊られ、その葉のあいだから洩れてくる日差しが床に模様をつくっている。ケルリックは黄色いシーツのベッドに横たわり、緑のベルベット地のカバーをかけられて眠っていた。

さらに塔の内周をまわっていくと、衛兵の八人部隊が守るドアがあった。ハチャ隊長がお辞儀をした。

「ごきげんよう、カーン継嗣」

イクスパーはうなずいた。「ケルリックを見舞いにきた」

「就寝中です」

就寝中ではない、麻酔で昏睡しているのだと、イクスパーはわかっていた。

「それでもじかに見舞いたい」

ハチャは姿勢をすこし動かした。イクスパーから正解のない択一問題をあたえられたのだ。宗主継嗣の不興をかうか、ダール坊代の命令にそむくか。しばらく考えたあと、ハチャはドアの把手についたパネルスイッチを複雑な順番で押していった。かんぬきのはずれる音が響き、ハチャはドアをひらいた。しかしイクスパーが室内にはいると、ハチャは手をふって衛兵たちを彼女のまわりにつかせた。

「部屋の外で待て」イクスパーはいった。

ハチャは首をふった。「もうしわけありませんが、カーン継嗣、あの男と二人きりにはできません」

ハチャにとってそこは譲れない一線であるらしい。「わかった。ドアのそばで待たせろ」

ハチャはその妥協案に満足したらしく、うなずいた。イクスパーはケルリックのベッドわきにある椅子に腰かけ、衛兵たちに聞こえないくらいの小声で話しかけた。

「お別れをいいにきたんだ、ケルリック。きみをこんなふうにしてすまないと思う。しかし、しかたがないんだ。わたしが力になれたらと思うけど」彼女は深呼吸した。「どうしてこんなふうにきみのことばかり考えてしまうのかな」

「イクスパーか?」ケルリックの睫毛《まつげ》があがり、液体でできた金のような瞳が彼女を見た。

イクスパーは身をのりだした。「目が覚めたのか? 医者から睡眠薬を投与されているはずなのに」

「睡眠薬だって?」ケルリックは目をとじた。「てっきり……毒薬かと」

「毒薬? ケルリック、まさか。なにかの勘ちがいだ」

「イクスパー……?」

「なんだ？」

「はったりだったんだ」薬のせいで舌がもつれ、訛りがひどくなっていた。

「きみを殺す気などなかった」

その言葉が彼女にとってどれほど重みのあることか。ふたたび眠りに落ちていくケルリックの頬にふれて、イクスパーはいった。

「さようなら、ケルリック」

ローカ医長はデーアの執務机のまえを歩きまわっていた。

「あの男をもっと階段の少ないところに収容してくだされればよろしいのですがね」

「おまえにはいい運動になるだろう」デーアは答えた。

ケルリックを塔の上で眠らせ、階段の踊り場ごとに衛兵を立たせることで、デーアはいくらかなりと安心感を得ていた。いやはや、最悪の事態になる一歩手前だったのだ。ダール坊の博物館員も知らない秘密のトンネルをイクスパーが探り出すなど、だれが想像しただろう。あの娘が〝探検ゲーム〟のためになまくら縁の円盤をもっていなかったら、ケルリックはいまごろＩＳＣ司令部への帰路についていたかもしれないのだ。

デーアは医長のほうを見た。「ケルリックがあんなに足を引きずるのはなぜだ？」

「片脚がややねじれて接合しているからです」ローカはいった。「たいへんな複雑骨折でしたからね。まともにつながっただけでも奇跡ですよ」

執務机のインターコムが鳴り、デーアはスイッチを押した。「坊代だ」チャンカーの声が流れてきた。「こちらへ来ていただけませんか」

「なにかあったのか？」

「ケルリックが目を覚ましたのです」チャンカーは答えた。

デーアはローカのほうを見た。「鎮静剤はどうしたんだ？」

「投与しています。今夜までは眠りつづけているはずだったのですが」

チャンカーは塔の上の半透明鏡のまえで待っていた。窓のむこうの琥珀の間では、ケルリックがベッドの上に起きあがって目をこすっている。

デーアは窓ぎわのインターコムを押した。「ケルリック？」

ケルリックはきょろきょろした。「どこなんだ？」

「部屋の外だ。気分はどうだ？」

ケルリックは顔をしかめた。「毒を飲まされていたような気がする」

デーアはローカにむかって訊いた。「ダビブの話に一理あるのかな」

「ダビブは過剰反応です。毒で死にかけているようにはとても見えません」

「ただし――？」

ローカはしぶしぶ話しだした。「ただし、たしかに薬が身体にあっていないらしいようすは見受けられました」すこし考えて、つづけた。「睡眠薬にはべつの種類があります。たいていは効きめが弱いのですが、そちらに切り換えてみましょう」

「よろしい」ケルリックがまたべつの薬を投与されることにどんな反応をするか考えて、デーアはつけくわえた。

医長が退がったあと、チャンカーがデーアに話しかけた。「その睡眠薬はお茶にいれて飲ませろ」

「あの男をカランヤ苑に入苑させるのは、考えなおしてはいかがでしょうか。監獄にいれましょう」

「どんな理由で？　なにも罪は犯していないのだぞ」

「理由はコバ星の安全のため、あなたの安全のためです。いいですか、デーア、あの男はその気になればあなたの身体など、穀類植物の茎のようにぽきんと二つに折ってしまえるのですよ」

「そんなことはしない」

「しないとはかぎりません。すくなくとも用心はしてください」

「どんな用心だ」

「お見せしますよ」

チャンカーは彼女を古文書室に連れていった。金縁《きんぶち》の革装丁をほどこされた新旧の書物が、書架につまって整然とならぶこの部屋は、いつものように心を落ち着かせる効果があった。その壁ぎわの展示ケースに、精巧な細工がほどこされたひと組のカランヤ・リストバンドがおさめられている。坊の歴史とおなじくらい由緒ある代物だ。

チャンカーは展示ケースをあけて、そのリストバンドをとりだした。「これをケルリックに」

デーアは目をぱちくりさせた。「はじめは彼を監獄送りにしろといい、次はほかのすべてのカラーニをしのぐ名誉を授けろというのか？」

「名誉のためではありません。むかしながらのつくりになったリストバンドはこれだけだからです」

「左右をつないで手錠がわりになるという意味か」デーアはしかめ面をした。「野蛮な」

「坊代のお命のためです」チャンカーは左右のリストバンドを軽く打ち鳴らした。「もしまた彼が暴れだしたら、どうなさいますか？」

デーアは長いこと継嗣の顔を見ていたが、やがてため息をついた。「考えさせてくれ」

部屋のなかは、ぼやけた金色とそれをまだらにいろどる鮮やかな緑しか見えなかった。ケルリックはなんとか視界をはっきりさせようとしたが、どうやら体内で進行中の戦いの副作用で目の焦点が合わないらしかった。生体機械ウェブが認可していない化学物質——望ましくない薬物などを体内から排除しようと、ある種類のナノメドが奮闘しているのだ。生化学的には単純なプロセスに聞こえる。侵入してきた分子にナノメドが組みつき、可能ならば、分子構造を変えたり分解したりといった方法で不活性化する。そして残骸を体外へ排出するのだ。

しかし、実際にはそう簡単には運ばない。まず侵入者を探すのにひと苦労するし、危険な副産物をつくらないように不活性化するのもむずかしい。そしてエネルギーも消費する。これほど大量の侵入者と戦うために、ケルリックの体力は徹底的に消耗させられた。また、ナノメドもすべての侵入者をすぐに捕捉できるわけではない。ボルトによると、これまでに取り逃がした鎮静剤の分子が、ある種の食べものを消化するのに必要な酵素を破壊しているのだという。コバ星の食事がそれに輪をかけてひどかった。煮沸していない水にはバクテリアがいて消化器官を攻撃するし、香辛料やソースのなかには、体調が万全なときでもナノメドの助けをかりなくては消化できないものがあった。

ケルリックの体調は、万全にはほど遠かった。ボルトの記憶は劣化し、生体光学繊維は通信効率が悪化している。液圧系は構造的な損傷を受け、ナノメドの自己複製はひどく効率が落ちている。それどころか一部で不正な複製が起きて、それを侵入者とみなしてほかのナノメドが排除にあたらなくてはならないくらいだった。

ドアのひらく音で、ケルリックは意識をとりもどした。二人の影が近づいてくる。「ハチャ？　レブ？」

「昼飯をもってきてやったぞ」レブが近づいてくると、その手にもったぼやけたものが、食事のトレイだとわかった。彼はそれをベッドわきの小テーブルにおいた。

ケルリックは興味のない目でその食事を見た。とりあえず、タンギ茶だけは煮沸して淹れられている。衛兵たちが去っていったあと、彼はタンギ茶を飲んでまた横になった。体内の戦いでへとへとだ。

次に目をひらいてようやく、いつのまにか眠っていたのだと気づいた。さきほどまで遅い午後の日差しが部屋のなかに影をつくっていたのに、いまは窓から朝日がさしこんでいる。

「気分はどうだ?」デーアが訊いた。

めまいに耐えながら首をまわし、ベッドわきに立つ坊代を見た。ケルリックは起きあがろうとしたが、手首が毛布に引っかかった。それを押しやろうとしたとき、手が金属にふれた。不思議に思って、自分の手首を見おろした。

リストバンドだ。カランヤ・リストバンドだ。

金でできたそれはぴったりと溶接されていて、彫りこまれた模様のどこが継ぎめかわからないほどだ。さっとベッドカバーをはずすと、足首にもよく似た金のバンドがはまっている。悪態をつきながら、デーアのほうをふりむいた。そのとたん、何本かの手がのびてきて背中をベッドに押さえつけられた。見あげると、そこにはレブとラーチの銃口があった。

「ちょっとでも動いたら――」ラーチがいった。「雪崩《なだれ》に襲われた空気虫みたいに気絶させてやるぞ」

「放してやれ」デーアがいった。

レブは手を放したが、ラーチは、できることならケルリックを窓の外へ放り投げたそうな表情だった。しかしやがて手を放した。ケルリックは起きあがり、二人を冷たい目で見た。そしてデーアにもおなじ目をむけた。

坊代はベッドの上にすわった。「ケルリック、きみはカラーニになりたいとは思わないだろう。しかし、実際にはこれがいちばんいい選択肢なのだ。わたしの側近はみんな監獄送りにすべきだという意見だった。ジャールト・カーンにいたっては、死刑にしろと命令しかけたのだ」

ケルリックは目を丸くした。「宗主がぼくを死刑に?」

「そうだ」

「どんな理由で?」檻にとじこめられようとしているような恐怖を覚えた。「それを王圏議会が知ったら、どんなことになるかわかっているんでしょうね」

「だからこそ――」ラーチが横からいった。「宗主はおまえを殺そうとなさったんだ」銃をケルリックのこめかみに押しあてた。「おまえはカラーニの首をへし折ってやると脅したそうだが、それとおなじやり方でな」

デーアはちらりとラーチを見た。「おまえとレブは外に出ていたほうがいいな」

二人は反論しかけたが、デーアは首をふった。衛兵たちはいかにもしぶしぶといったようすで退がっていった。ラーチは戸口に立ってじっとデーアのほうを見ていたが、坊代が眉をひそめると、ラーチは廊下へ出てドアをしめた。

デーアはケルリックにむきなおった。「悪かったな。あいつらはきみを信用していないのだ」

「あなたはわたしを信用しているんですか？」

「わたしを人質にとっても無駄だぞ。きみが脱走しようとしたら、たとえわたしを巻き添えにする危険があっても絶対に阻止しろと、衛兵たちに命令してあるからな」

「いったいどういうことですか。ぼくをとじこめるなんて」

「誓約式は今夜だ」

「ぼくはなにも誓約するつもりはないぞ」

「べつの男がきみのかわりに誓約することになっている」デーアはすこし黙った。「古暦時代には、誓約はつねに代理人がおこなった。カラーニは感きわまって、公衆のまえで口をきけなくなっているとされたからだ」皮肉っぽい調子でつけくわえた。「本当の理由はたぶん、当のカラーニが自由意思でそこに来ているかどうか、あやしいからだと思うがな」

ケルリックは鼻を鳴らした。「それならわかる」

「ケルリック、本当に残念に思っている」デーアは立ちあがった。「できることなら、きみの意思でここにとどまってほしかったのだ」

デーアが去ったあと、ケルリックはめまいをこらえながら横になった。この薬をやめてくれないものか。頭はまるで、地震断層に圧力がかかっているような奇妙な感じだった。考えなくてはいけないのだが、起きあがる気力はなく、さりとて横になっていると、うとうとしてばかりだ。

夜になり、あいかわらず薬物でもうろうとしたまま横たわっていると、ドアがひらいてレブとバルブがはいってきた。うしろから服の山をかかえた一人の少年がついてくる。少年はおずおずと近づいてきて、服をしめした。

「儀式の衣装です」

ケルリックは目をこすりながら起きあがった。レブとバルブは銃を抜いているが、そんな必要もないくらいだ。薬物との戦いで消耗しきって、人間と戦う力などどこにも残っていない。

少年が召使いのように手伝うそばで、ケルリックはその衣装を着ていった。シャツは真っ赤なベルベット地だ。袖はちょうどリストバンドのあたりで絞られ、そこから肩にかけてはふくらんでいる。胸の半分までひらいた襟は、締め紐でとじている。しかし、完全にとじられてはいなかった。シャツの上から灰色のスエード革のベストを着せられた。これは身体の線をはっきり見せるように小さくぴったりしている。ズボンも高級そうな灰色のスエード革なのだが、仕立てが奇妙だった。左右の外側の合わせめが縫いあわされておらず、小さな布片を渡してボタンで留めるようになっているのだ。そしてスエード革の膝丈のブーツをはいて、できあがりだ。ケルリックは、服飾品の発するメッセージを詳しく読み解けるほどのファッションセンスはなかったが、それでもこの衣装にどんな意図がこめられているかはわかった。見る者を性的に挑発するのだ。上流階級むけにデザインが洗練されているだけだ。

こんなものは着たくないといいたかったが、すでに頭が痛くて割れそうなのだ。このうえ頭痛をひどくするような言い争いをする気力はなかった。

着がえが終わると、バルブは召使いの少年をともなって部屋の外へ出た。しかしレブは残った。

「話があるんだ」レブはいった。

「なんだ？」ケルリックは訊いた。

「今夜のことだ」衛兵はいった。「正式には、きみは儀式のために誓約兄弟を選ばなくてはならない」

「誓約兄弟？」

「ようするに親友だ」レブはすこしためらった。「きみはべつにわたしのことを友人などと思っていないだろう。けれども、一人では儀式にならないんだ」

「ぼくの兄弟になってくれるというのか」

「そうだ」

ケルリックはその申し出に驚いた。レブに親近感をもっていたのはたしかだ。体格だけでなく、口べたな性格もよく似ていたからだ。しかし、たとえ衛兵たちとのあいだにわずかな友情の芽があったとしても、あんなふうに脱走を試みたことで消えてしまったと思っていた。いい例がラーチだ。彼女の敵意は肌で感じられるほどだ。

ケルリックは静かに答えた。「きみが兄弟がわりをつとめてくれるのなら、とても名誉に思うよ」

レブはお辞儀をした。「わたしこそ名誉に思う」

レブが去ったあと、ケルリックはまたうとうとしはじめた。夜の中間時に、衛兵隊とべつの四人の衛兵が迎えにやってきた。今夜の彼らはスタン銃だけでなく、柄《え》に螺鈿細工《らでんざいく》のほどこされた美しい礼装用の湾刀をそれぞれ腰に佩《は》いている。

ケルリックが立ちあがるのを、衛兵たちは無言で見守った。ハチャ隊長がうしろにまわり、彼の両手をうしろに引っぱった。金属のピンがかかる音がすると――左右のリストバンドは連結され、ケルリックの両手は背後で固定された。

「なに――？」ケルリックは手首を引き離そうと力をこめた。「いったいどういうつもりなんだ？」

返事はない。衛兵たちは無言でケルリックを部屋から出した。塔の螺旋階段を降りていくあいだ、両側に衛兵がついて腕をささえた。階段を降りきると、松明《たいまつ》だけで照らされた廊下を歩いていった。炎のゆらめきで壁に影が踊った。そうやって、壁からすこしくぼんだアーチ形の戸口に着いた。古びた扉のかんぬきをレブがはずし、体重をかけると、重々しくきしみながらそれはひらいた。

むこうには大きな広間が広がっていた。光は、水晶の壁をとおしてさしこんでくる星明かりしかない。その燦然たる輝きが大理石の床に反射して空気をゆらめかせている。かすかに影を落とす天井はとても高く、ケルリックにはそのアーチの間隔すら見わけられなかった。

広間のむこう端から、式服をまとった人影の一団が宙を漂うようにこちらへ近づいてきた。最前列にデーアがいて、隣には若い女がいる。

「チャンカーだ」見知らぬ女のほうをむいたケルリックの視線を追って、レブが教えた。

「ダール継嗣だ」

ゆらめく空気、星明かり、影のような一団といった光景に、薬物のせいで霞のかかった感覚があわさって、ケルリックはまるでシュールな異世界に迷いこんだような気分だった。バルブの銃口に背中をつつかれて、ケルリックは歩きだした。デーアの随員たちは左右に分かれ、ケルリックは人垣のあいだの通路を歩いていくような案配になった。

デーアはケルリックたちを連れて、もと来た道をもどり、広間のつきあたりにある大きな壇へと案内した。水晶の筋のはいった黒大理石の円形の壇は、星明かりを浴びてきらめいている。それをかこむようにならべられた椅子は、それぞれ美しく彫刻され、まるでこの壇を何世紀も護っているような時間のオーラを放っていた。

随員たちがそれらの席を埋めていき、デーアはチャンカーとともに壇上にあがった。ケルリックはバルブにつつかれて壇の階段を昇りかけたが、そこでつまずき、手首を背中で固定されているためにバランスを崩した。片方の膝を床についたとたん、衛兵たちがいっせいに剣を抜いた。金属の鋭い切っ先が肌からほんのすこしのところにあるのを意識して、ケルリックは身を凍らせた。

デーアがいった。「起こしてやれ」

ハチャがケルリックのわきに手をいれ、立たせた。衛兵たちは剣を抜いたまま、彼を連れて階段を昇った。そしてデーアとチャンカーにつづいて、壇の中央にあるくぼみのところへ来た。くぼみは直径一メートルほどの円形で、深さは手幅ひとつ分くらいだ。腰の高さを手すりが取り巻き、一カ所だけ、人が通れる幅で途切れている。暗い壇の反対端には、半円形になったテーブルの輪郭がぼんやり見えている。衛兵たちの抜き身の剣が光を反射させていた。

デーアが随員たちにむかっていった。「エカフ・ダール、円陣のそばへ」

一人の男が進み出て、壇上に昇った。彼が近づいてくると、デーアは円陣の右側をしめした。

「そこから代弁せよ」

そして自分とチャンカーはテーブルのほうへ歩いていき、闇のなかのぼんやりした影になった。しばらくして、闇のなかからその声が漂ってきた。

「セプター・ダール、円陣にはいれ」

ケルリックの知るかぎり、セプターという名前の持ち主は壇上に一人もいない。しかしレブからまえへとうながされたので、隣に衛兵をしたがえ、手すりのあいだからくぼみのなかに降りた。

笛の演奏がはじまった。恋人を愛撫するように音色が夜のなかを流れていく。その調べは甘く切なく、広間を漂った。そしてしだいに遠ざかり、消えた。

影のなかからデーアの声がした。「このなかにセプターの誓約兄弟になる者がいるか」

「わたくしが」レブがいった。

「思うところを述べよ」

ケルリックはようやく、レブがいかに大きな決心をしてその申し出をしてくれたのか気づいた。この寡黙な大男は、人前で話すのが大の苦手なのだ。

レブの声が低く響いた。「もうしあげます。セプターはわたしたちと異なるところも多くもっていますが、人品はそれらの相違以上です。外見の力とおなじくらい大きな内面の力をもっています。坊代のカランヤ苑にふさわしい人物です」

チャンカーが穏やかにいった。「その言葉はしかと聞き、記録した、ダール坊のレブ」

衛兵はお辞儀をし、円陣から出て闇のなかに消えていった。

ベルが鳴らされた。高く澄んだ音が、銀色の空気を震わせるように二度響いた。チャンカーが話しはじめた。詠唱のような節回しで、言葉もテオテク語ではないようだ。古めかしい響きの詩句が催眠術的なリズムでつづく。それが終わると、ふたたびベルが鳴った。光り輝くような音が広間じゅうに広がった。

デーアが話しだした。「わたしの言葉を聞け、セプター。しかし誓約としてそれに答えるまえに、そなたは生涯その誓約に縛られることを念頭におけ」

ケルリックは、それに答えたくても頭が朦朧として、答える言葉など思いつかなかった。

しかしそれは関係なく、エカフがかわりにいった。

「しかと聞き、理解しました」

テーブルに明かりがともった。油の容器からひと筋の炎があがっている。真っ赤な光に照らされたデーアの顔が浮かびあがった。

「ダール坊とコバ星のために、そなたセブターは、円陣にはいって誓約を立てるか」

「はい」エカフはいった。

「両手と精神のなかにコバ星の未来をかかえもち、わが坊をどこよりも高くかかげると誓うか」

「誓います」

「カランヤ苑の規律に永遠にしたがうと誓うか。読み書きをせず、カランヤ苑に属さない者がいる場では口をきかないと誓うか」

冗談じゃないと、ケルリックは思った。

「誓います」エカフがいった。

「その忠誠心をダール坊に、ダール坊のみに、全面的にダール坊に尽くすと、命を賭けて誓うか」

「命を賭けて誓います」エカフはいった。

鈴がつづけざまに鳴らされ、その音色が滝のようにこぼれていった。デーアが油の容器の口に手をすべらせると、炎はまたたいて消えた。

ケルリックはゆらめく空気のなかをたゆたっているような気分だった。無の闇から実体化するようにデーアとその継嗣があらわれ、円陣に近づいてきた。チャンカーは彫刻のほどこされた木の箱を手にしている。そして手すりのところへ来ると、その蓋をひらいた。ベルベットの上に二つの腕帯がのっている。純金らしかった。

デーアがケルリックを見ていった。「そなたの誓約への返報として、わたしはそなたの残り一生についてカラーニにふさわしい生活を保証しよう」

そしてハチャにむかってうなずいた。隊長がケルリックの背後にまわり、リストバンドでつながれた手首をもちあげると、ケルリックは身をこわばらせた。しかし彼女はその連結を解除しただけだった。ケルリックは両腕をまえにまわし、こわばった筋肉をさすった。

「ケルリック」デーアが小声でいった。「両手を手すりにかけるんだ」

両手を木の手すりにおくと、なめらかでひんやりとした感触がつたわってきた。

「そなたに授ける腕帯は、アカシ・カラーニのものだ」デーアがやさしい表情になった。「いつかきみがそれをみずからの意思でつけてくれる日がくるように」

デーアは箱から腕帯をとりだし、ケルリックの片手をとって、それを二の腕の力こぶまですべらせていった。もうひとつの腕帯も反対の腕につけた。

「セブター・ダール」デーアはいった。「そなたはこれで、ダール坊の初段位カラーニとなった」

6　夜の一手

　衛兵隊は、来たときとまったくおなじように、ケルリックを琥珀の間へ送り返した。ひと言も口をきかず、ケルリックの両手首はうしろでつないだままだ。デーアとその随員たちはついてこなかった。塔の階段は永遠につづくかと思うほど長かったが、ケルリックは手すりに手をかけることさえできなかった。

　琥珀の間にはいると、ハチャはその手首の連結をはずし、無愛想にいった。「逃げようとしても無駄だ。外には武装した八人部隊が四六時中立っているからな」

　そして背中をむけ、ほかの者についてくるよう合図してドアへむかった。

　レブがいった。「わたしはしばらく残ります」

　ハチャはすこしだけふりむいて、肩をすくめた。「好きにしろ」

　そしてほかの衛兵たちを連れて部屋を出て、ドアをしめた。

　ケルリックはベッドの端にすわった。「ハチャはいつもあんなに無愛想なのかい？　それともぼくに対してだけかな」

　レブは黙っていた。

「沈黙を誓ったのはエカフだ。ぼくじゃない」ケルリックはいった。

「あなたと会話する権利はないんだ」

「ハチャはしゃべったじゃないか」

「いまの彼女は、あなたを守るカランヤ衛兵隊の隊長であり、デーアから許されているからだ。でも、あなたと会話するわけじゃない。指図するだけだ」

ケルリックはため息をついた。「なにがなんだか、さっぱりわからないな」

「あなたは、ダール坊のほかのカラーニとは話してもいいんだ」レブはいった。「そしてデーアともね。でも娑婆者とは話してはいけない」

「またか」

「なにが？」

「よくその〝娑婆〟といういい方をするけど、特別の区別があるのかい？」

「はっきり区別されているんだ」レブはいった。「カランヤ苑のなかは〝郭内〟、そのほかはすべて〝娑婆〟と呼ばれている」

「そうすると、ほとんどの人間は娑婆者になってしまうじゃないか」

「そのとおり。きみはごく少数のうちの一人なんだ」

「やれやれ」ケルリックはつぶやいた。

レブは椅子にすわった。「ケルリック、ここではたいへんな名誉とされていることなんだ」そこでふいに黙った。「いや、これからはセブターと呼ばなくてはいけないんだな」

「なぜセブターなんだ？」

「セブターは夜明けの神だ。太陽の光でできた肌をもつ巨人だ。空を横断しながら夜を押し返し、太陽の女神サビーナが山のむこうから巨大な鷹に乗って飛んでくるための露払いをする」レブはにっこりした。「だからデーアはその名前が適当だと考えたんだろう」

「ケルリックという名前のどこがまずいんだ？」

「ケルリックはコバ名ではない」

「たしかにそうだ。でもぼくの名前はケルリックなんだ」

「もう名前が変わったんだよ」

ケルリックは首をふった。まるで話にならない。右腕の腕帯に指先をすべらせた。アカシ？　デーアは本当にコーリーに似ている。静かに眠らせておきたい最初の妻の思い出が、亡霊のように甦ってきた。コーリーは大衆に人気のある英雄だった。彼女の死のあとの長くつらい日々、嘆き悲しむ大衆へむけて放送されるさまざまな儀式や国葬の席で、ケルリックは喪服姿で無言で立ちつづけた。わずか二十四歳で男やもめになった彼は、人々の視線を意識し、妻を失った悲しみに引き裂かれそうな心の裡《うち》を隠しつづけた。それから十年かけて、すこしずつ落ち着きをとりもどしていったのだ。ところがそこへデーアがあらわれて、すべてのバランスが崩れてしまった。

ほかのことを考えたほうがいい。彼はレブのほうを見た。「誓約式で話してくれて、ありがとう」

「こちらこそ名誉に思っている」

「そう思ってくれる相手がいてうれしいよ。ラーチはぼくを崖から放り投げたいようなようすだけど」

「ジェビのことがあるからね」レブがいった。

「ジェビ？　たしか、彼女の夫だったね」

「そうだ」レブはすこしおいて、つづけた。「あなたがカランヤ苑に侵入したときに、首をへし折ってやると脅した若者だよ」

ケルリックは顔をしかめた。ラーチが怒るのも無理はない。

部屋のむこう側で入り口のドアがさっとひらき、松明のまたたく明かりを背にしたバルブがシルエットとなって浮かびあがった。その姿が横へ移動して、デーアがはいってきた。誓約式のときとおなじ絹の式服を、ほのかな光のなかで波打たせている。

レブは驚いたようすで立ちあがった。「ええと、その……わたしは失礼します」

レブがむかっていく戸口には、バルブのわきにハチャとラーチもあらわれていた。そこへレブもくわわり、四人の衛兵たちはデーアのようすを見つめた。デーアは戸口とケルリックのあいだで足を止め、ふりかえってにやりとした。

「おまえたちはひと晩じゅうそこに立っているつもりか？」

ハチャはじっと彼女を見た。「坊代――」

「なんだ」

ハチャはなにかいいたそうだったが、やめて、こういった。「ご用のさいはお呼びください。すぐ外におります」

「ありがとう、隊長」デーアはいった。「おやすみ」

衛兵たちはすこし退がり、ちらりとケルリックを見て、しかたないというようすでドアをしめた。

デーアはケルリックにむきなおった。「衛兵たちはきみを信用していないようだ」

「それが正しい態度かもしれませんよ」ケルリックはいった。

彼女はベッドに近づいてきた。「わたしも信用してはいないさ」

「ではなぜここに？」

デーアはベッドわきの小テーブルにおかれたランプを消し、部屋のなかは星明かりだけになった。そしてベッドの上でケルリックの隣に膝をついた。

「もしきみがコバ星から出ていける立場なら、どんな行動をとってもおかしくない。そういう意味で信用してはいないさ。しかしきみの判断力は信用している。わたしを傷つけるようなことはしないはずだ」

「なぜそうわかるんですか？」

デーアは手の甲でケルリックの頰をなでた。それは親愛の情をしめすしぐさなのだと、ケルリックはもうわかるようになっていた。

「きみとクイスを打ったからな」

ケルリックはぐいとその手首をにぎった。そこから突き放そうかという考えも頭に浮かんだが、実際には逆に、いままで何度もそうしてきたように彼女を抱きよせた。星明かりのなかでデーアの目は、大きな黒い池のように見えた。

デーアはケルリックのベストを脱がせ、締め紐を解いてシャツをひらいた。そこからのぞいた胸に手をおいて、つぶやいた。

「きみの肌は本当に金属のようだ。なぜこんなふうなのだ?」

ケルリックはデーアの髪に手をすべらせた。「祖父の先祖は、自分たちの皮膚の反射率をあげるために遺伝子をいじったんです。熱を効率よく放出できるようにね。彼らは日差しがきつくて暑い惑星に住んでいたんですよ」

「遺伝子というのがなんだかわからないが——」笑みを浮かべ、ケルリックをベッドに押し倒した。「〝いじる〟というのは、いい響きだな」

ケルリックが軽く笑い声をたてると、デーアは隣に横たわってキスした。その舌が口をくすぐり、ケルリックはなかに受けいれた。

しばらくして二人は愛撫を中断した。デーアはケルリックの耳もとでささやいた。

「きみは本当に美しい。瞳は濡れた太陽のようだ。容貌の美しさは、神々のなかでもっとも美形の神コザールさえしのぐ」

ケルリックは目をぱちくりさせ、自分もそんな恋人どうしの言葉遊びが上手ならなと思った。しかしデーアは返事など期待していないらしく、シャツを肘のところまで引っぱりおろした。そして胸毛のあいだに指をはわせた。「これほど美しいのに、これほど背が高いとは。スコーリア人の男はみんなきみのように長身なのか?」

「みんなというわけではありませんよ」

六フィート七インチという身長は、どこへ行ってもたいてい高い部類になったし、長身ぞろいのコバ星でも例外ではなかった。ケルリックは自分で袖から腕を抜いて、シャツを脱いだ。そしてデーアがまた彼の身体を愛撫しはじめると、その手をつかんだ。

「デーア」

「なんだ?」デーアは身体をずらして、ケルリックの胸に自分の顔をもっていき、乳首を口でふくんだ。

「ええと……」デーアが乳首にキスしたり軽く咬んだりしてもてあそぶあいだ、ケルリックは暗い天井を見あげていた。しばらくして、いおうとしていたことを思い出した。「ふつうの結婚初夜のようなふりをしつづけるのは無理ですよ」目をとじて、つづけた。「ほかのことをやるのも」

デーアは反対の胸に移った。しばらくして、ケルリックはつづけた。

「ぼくを力ずくでコバ星にとどめることはできませんよ。ISCが捜索隊を出すはずだ」

デーアはキスを中断した。「きみが死んだと思っていれば、そうはしないだろう」上にもどってきて、ケルリックの顔をのぞきこんだ。「もとの世界でのきみは王子だったのだな。だからここでも、わたしの王子の一人にしてやった。それでも不満か？」

「ぼくにはぼくの人生がある」デーアの結んだ髪をほどき、つややかな髪をその身体に広げた。「それをとりもどしたいんです」

「もっといい人生を送らせてやる。もう独りぼっちにならずにすむのだぞ」

ケルリックは親指で彼女の頬をなでた。コバ星にとどまるつもりなどすこしもなかったが、いまにかぎっては、〝独りぼっちにならずにすむ〟のは、大歓迎だった。デーアの式服のまえをひらいて、サテンのスリップをあらわにした。胸は締まりがよく、スリップの下では乳首が固くなっている。ケルリックがそれを揉みしだくと、デーアは目をとじた。それを抱きよせて胸に口づけ、スリップごしに吸った。デーアはため息とうめきの中間のような、満足げな声をたてた。

ケルリックが息を継ぐためにひと休みすると、デーアはズボンのわきをとめた布片をいじりはじめた。

「つつしみ深い着方をしているな。昔風で、わたしの好みだ」

どういうのが〝昔風〟でない着方か、ケルリックには想像がついた。布片をゆるめにとじれば、ズボンの合わせめにそって腰から足首まで男の肌が露出する。こんな挑発的な服をあたえておきながら、見せるようにデザインされた部分を見せないように着ろというのは、なんとも矛盾していた。しかし本人は矛盾とは思っていないらしい。彼女からつたわってくる感情は、欲望と、思ったほどケルリックが〝現代的〟ではなかったという安堵だった。

しかしこの服はまた、要領を知っている女の手にかかればいかようにでもエロチックな脱がせ方ができるようにデザインされているらしかった。デーアは彼の腿や脚を愛撫しながら、時間をかけて布片をはずしていった。おかげでケルリックはひどく昂奮し、ボルトが生理反応の急上昇を警告するほどになった。ケルリックはうるさいノードを黙らせた。

ケルリックがデーアの服を引っぱりはじめると、彼女は起きあがって、まず式服を、つづいてサテンのスリップを脱いだ。その身体は抑揚豊かな曲線でかたちづくられ、締まるべきところは締まり、筋肉質の長い脚へとつづいていた。ケルリックはたいらな腹に指をはわせた。下腹のかすかな妊娠線から、過去の出産経験がわかった。

「美しい身体だ」ケルリックはいった。「どうやって維持してるんですか？」

「朝晩の散歩」皮肉っぽくつけくわえた。「そして侍医との口論かな」

「口論を？」

「心配性なのだ」彼女は微笑んだ。「それが仕事だからな」

デーアはケルリックの服を脱がせおえて、隣に横たわり、その腿の内側に手をはわせた。ケルリックは愛撫を受けながら、彼女の背中に手をまわし、頰をその頭のてっぺんにのせた。やがてデーアは身体をずらして上になり、またがってゆっくりと腰を沈めた。

二人は穏やかに愛しあい、すこしずつ高まっていった。デーアは巧みで、はじめはゆっくり、徐々にテンポをあげていった。ケルリックはカイル能力を使って、自分の反応と相手の感情をつなごうと試みた。デーアのつぶやきはテオテク語だが、乱れてわかりにくく、意味不明のたんなる性愛の声と化していた。

デーアの脳裏に、つかのまひとつの記憶が浮かんだ。黒い髪と黒い目の男のイメージ。アカシの腕帯をしている。そのときだけデーアは動きを止め、顔をあげてケルリックの顔を見た。そしてふたたび顔を伏せて、ケルリックの首すじにうずめ、その記憶にともなうらしい悲しみを鎮めようとした。

頂点に近づきながら、ケルリックは精神を彼女にむかってひらき、よろこびを共有しようとした。そして絶頂の波にのみこまれて五感を失い、彼女の抱擁と銀色の夜のなかを漂った。

そのあと、おたがいの腕のなかでまどろみながら、ケルリックはもう一度デーアの精神に近づこうと試みたが、やはり反応はなかった。デーアはカイル能力者ではないのだ。彼女の愛を感じないわけではないが、やはりどこか不完全燃焼の思いが残った。

それでも、身体は充ちたりていた。こめかみで脈打つ鈍痛だけが、眠りを阻害していた。カイル感覚を使うたびに痛みがひどくなる。やはり脳の障害は悪化しているようだ。

ケルリックは眠るデーアを見ながら、どこまで話したものかと思案した。この星の住人が彼の存在を恐れる理由はもうあきらかだった。コバ星がこうして独立を維持しているのは、ISCにつとめる過労気味の事務職員のだれかが、とるにたらない星から提出された立入禁止令希望の申請をろくに審査せずに通してしまったからだろう。しかし居住不能か、環境がきびしすぎるために隔離せざるをえない場所を想定して用意されたこの分類に、十二坊が統治するこの星はあてはまらない。ISCの注意がここにむいたら、コバ星のはかない独立は雲散霧消するはずだ。王圏に吸収されれば、コバ人はその高度な科学技術を手にいれられるが、同時に軍事的に占領され、王圏法を強制される。またこの世界は王圏の都合のいいように利用されるだろう。

衛兵たちがイクスパーを撃つのをためらった理由は判然としないが、デーアの強い意志はよくわかった。もしもケルリックが彼女を人質にとって、脱出か、坊代の命かという選択を衛兵たちに迫ったら、ためらうことなくケルリックの脱出を阻止せよとデーアは命じているのだ――たとえそのためにみずからが命を落とそうとも。

「だめだ」ケルリックはつぶやいた。

デーアが目をひらいた。「まだ起きてるのか」ケルリックのわきに身体を押しつけた。

「誓約式のときは疲れきったようすだったのに」

ケルリックは笑みを浮かべ、肌のふれあいを楽しんだ。「あなたのおかげで元気がもどったのかな」

デーアの顔がやさしくなった。ケルリックだけに見せる表情だ。「なにか考えごとをしているようだな」

ケルリックは言葉を選びながら話した。「ぼくの体内には、生体機械と呼ばれるシステムが組みこまれているんです」

デーアは肘をついて身体を起こした。「不思議に思っていたのだ。きみが衛兵たちと戦ったとき、その動きはとうていふつうの人間とは思えなかった」ケルリックの顔をじっと見た。「しかし、なぜそのせいで考えこむのだ？」

「整備が必要なんです」本当はそういう問題ではないのだが、弱みをあきらかにしない範囲ではそれがいちばん近い表現だった。

「整備しないと、どうなるのだ？」デーアは訊いた。

「故障して、自分の身体を傷つけるでしょう」

デーアは身をこわばらせた。「ケルリック、わたしにできることがあればなんでもするぞ」

ケルリックは、おやと思った。デーアはいま、自分がいましがたあたえたテオテク語の名前ではなく、ケルリックと呼んだことに気づいているのだろうか。

「必要なものはここでは手にはいりません。コバ星を出るしかない」ケルリックはいった。

デーアは小声で答えた。「きみをこの星から出すわけにはいかない。わかっているだろう」

「拒否すれば、わたしの身体が重大な結果になるとしても？」

デーアは声をつまらせた。「残念だが」

その顔を見ていると、こんなことはいいださなければよかったという思いにかられた。デーアの苦悩が感じられた。またその思い出の一端が見えた。デーアのかつてのアカシの姿だが、今度は冷たくなって葬儀小屋に横たわっているようすだった。

「ああ、デーア」ケルリックはその頬にふれた。「ぼくは死んだりしませんよ」

「コバ星でできることなら、わたしはなんでもする。本当だ」

ケルリックは彼女を抱きよせた。「ただいっしょに横になってくれればいい。こうやって」

やがて二人は眠った。しばらくして、デーアの動きに気づいてケルリックは目を覚ました。目をあけると、彼女は起きあがってスリップに手をのばしていた。

「寒いんですか？」ケルリックは訊いた。

「いや」デーアはスリップを頭からかぶった。「仕上げなくてはいけない書類の仕事が執務室にあるのだ」

「結婚初夜なのに？」

デーアは悲しげな笑みを浮かべた。「ダール坊の政治は待ってくれないのだ」式服を着て、かがみこんで彼にキスした。「おやすみ、わがアカシ」

デーアが出ていったあと、ケルリックはしばらく横になったまま天井を見つめていた。頭のなかで脈打つ痛みは、移動したりいったんおさまったりして、まるで内部の圧力で変化しているようだ。ケルリックは立ちあがり、スイートルームのなかを歩きまわりはじめた。隣の部屋には、まるでプールのような巨大な浴槽があった。緑と金色のタイルが張られ、四隅には三本脚の動物の彫像がある。そちらへ近づこうとしたとき——

いきなり、地震のような激痛が頭を襲った。

ケルリックは息をつめ、バスタブのわきにしゃがんだ。水面に、苦痛にゆがんだ自分の顔が映っている。衝撃波が何度も何度も襲ってきた。ハンマーで殴られるような痛みが、強くなったり弱くなったりしながら、いつまでもつづいた。悲鳴をあげたかったが、声が出ない。動くことも、息をすることもろくにできなかった。

やがて振動は遠ざかりはじめた。痛みはやわらぎ、弱まり、消えていった。しかしそのあとも長いことケルリックは動けなかった。動いたら、またはじまりそうな気がするのだ。

顔にひとすじの光があたった。顔をあげると、部屋のむこう側の窓から夜明けの光がさしこんでいた。

ケルリックは目をとじた。《ボルト》

返事はない。

《ボルト、いったいなにが起きたんだ》

わかりません。わたしは＊＊＊――

《なんだって？》

わたしは損傷しているのです。あなたの脳内の生体電極もおなじく機能不全を起こしています。あなたがいま経験した発作は、それらがあなたのニューロンを異常発火させたためです。こちらでは＊＊＊

《こちらでは、なんだ？》

こちらでは修理できません。生体機械修理設備のある場所へ行かなくてはなりません。でないと、すべての能力を失うかもしれません。

生体機械を失ったら、脱出のチャンスはさらに少なくなる。癒えない傷をかかえていても、いますぐ行動するしかない。さもないと手遅れになるのだ。

ケルリックは寝室にもどって服を着た――誓約式用の挑発的な衣装ではなく、引き出しからもとの自分の服を探し出した。そして出入り口のドアに張りつくと、外の衛兵たちにむかってカイル能力を敏感にしていった。ＫＥＢの信号を生体機械に増幅させたのだ。衛兵たちとのリンクが途切れそうになると、ケルリックは歯を食いしばって痛みに耐えた。そして生体機械ウェブの安全スイッチを解除し、強力な波を脳からあふれ出させた。

ドアの外で悲鳴があがった。ボルトが計算ミスをして、ぶつける力を強くしすぎたのだろう。ケルリックのカイル器官には損傷があるために、精神攻撃が跳ね返ってくる衝撃波から自分を守ることができない。精神をまともに叩かれてうめき声をあげた。視界にもちかちかと星が飛んでいる。苦痛でなかば目が見えない状態で、ドアに何度も体当たりをした。やがてドアは大きな割れる音をたててひらいた。

外の床には衛兵たちが意識を失って倒れていた。ケルリックはよろめく足でそれらの身体をまたぎ、階段へむかった。

7 鷹の飛行

デーアは、背後の窓から斜めにさしこむ朝日を浴びながら、執務机についていた。山積みにされた書類フォルダと、ぎっしりつまった一日分のスケジュールが待っている。市内での会議、坊内での会談、クイスの争局……。デーアはインターコムに手をのばした――そのとき、背後から手がのびてきて、インターコムのスイッチを押しもどし、めりめりという木製部品の折れる音とともにそれをもぎとった。

デーアはさっとふりかえった――ケルリックだった。数歩離れたところから、彼女の頭にスタン銃の狙いをさだめている。その背後ではカーテンが風にはためき、しまっていたはずの窓がひらいている。デーアはケルリックの顔を見つめ、さきほどの腕のなかでの感触を思い出した。いまはまったく別人のようで、彼女を寄せつけない表情だ。

「ジャンブラー銃を返してもらいにきました」ケルリックはいった。

「かき乱すもの《ジャンブラー》?」それはまるで彼自身を形容する言葉のようだ。すくなくともデーアの感情はそういう状態になっていた。いったいどうやって塔から逃げ出したのか。

「ぼくの銃です」ケルリックはいった。「墜落したときに身につけていたはずだ」

彼の腰のあたりで発見した不気味な武器のことを思い出した。「きみの船のなかに残してきた。爆発で破壊された」

実際には、その銃は金庫にしまってあった。坊内の専門家は、機能を失っているといっていたが、とはいえ彼らはスタン銃の専門家でしかないのだ。

ケルリックは他人のひそひそ話に耳を澄ますような顔をしていたが、小声でいった。「知りたいことはわかりました」そしてつづけた。「許してください、デーア」

そして引き金をひいた。

琥珀の間を警備していた衛兵たちが、いまはデーアの机のまえに集合していた。ダビブもそこにいっしょに立っていた。白いセーターのポケットに手を突っこんでいるのは、緊張しているときのいつもの癖だ。

「脱走された」デーアは執務机の反対側に立っていた。麻酔弾の影響でまだ頭がずきずきする。午前中いっぱい意識を失うほどの麻酔薬を撃ちこまれたのだ。「なのにおまえたちはなにをしていたのだ」

「ケルリックによって気絶させられていたのです」ハチャがいった。

デーアは顔をしかめた。「塔の衛兵を一人残らず気絶させ、わたしの執務室に侵入し、わたしも昏倒させ、金庫の中味を奪い、そして姿を消したというのか？　市内衛兵隊もそのたった一人の男を発見できないのか？」

「使える人員はすべて捜索に参加させています」ハチャは答えた。「空港への派遣部隊も倍に増強しました。つかまえてみせます」

「あとで情けない報告をするな」デーアはダビブのほうをむいた。「それからおまえだ。投薬をやめろと、何度もしつこくいってきたな。おかげで逃げられたではないか」

「麻酔薬は彼にとって毒とおなじでしたから」

「ケルリックがおまえのいうとおりひどい健康状態だったのなら、どうしてこんな派手な立ちまわりができたのだ？　発見したら、その場で鎮静剤を打って連れてこい」

「デーア、それはいけません」ダビブは両手をポケットから出した。「どんな薬の蓄積効果があるかわからないのですよ」

デーアはしぼりだすようにいった。「だとしても、やむをえないのだ」

「わたしの仕事は人を治療することであって、害することではありません」ダビブは深呼吸した。「その職業倫理に反することを命じられるのなら、わたしを市内勤務に変えてください」

デーアは髪の結びめからほつれてきた巻き毛を、手でかきあげた。「いいだろう。おまえをケルリックの担当からはずし、市内に配置転換する」そしてハチャのほうをむいた。

「捜索班からは一時間ごとに報告をいれさせろ」

「わかりました」とハチャ。

「よろしい。全員任務につけ」

彼らの背中を見ながら、デーアは深呼吸した。心臓の早い鼓動を抑え、胸骨の奥から首、顎、両腕へ放射しているような痛みをやわらげようとした。衛兵たちは退室するときに、アーチ形の戸口のすぐ下に立っている一人の女にお辞儀をしていった。

「チャンカー」デーアはいった。

継嗣はドアをしめた。「ダビブから聞きました。彼を市内へ配転にしたそうですね」机に歩みよってきた。「デーア、なぜですか。優秀な働きぶりだったのに」

「まあ——意見の相違があったのだ」

「本気で彼を坊から追い出すつもりですか？」

「いいや、ちがう。そんなつもりはない」デーアはため息をついた。「いまはなにもかも混乱している。もしケルリックが宇宙港にたどり着いてしまったら、すべては終わりなのだ」

「ダールから脱出するには空から行くしかありません。ケルリックが帆翔機を狙っているなら、すぐにつかまえられるはずです」チャンカーはすこしおいて、つづけた。「そしてつかまえたら、今度こそはっきりと決着をつけなくてはならないでしょう」

「わたしはすでにジェイムを死の女神に奪われているのだ。ケルリックまで奪われてたまるか」

「殺すか監獄にいれるか、とにかくきちんと始末すべきです」チャンカーはすこし穏やかな口調になった。「わたしから見ても、ケルリックは悪い人間ではありません。それでも、わたしたちにとって危険な存在であることにはかわりないのです」

「つまり――」デーアは腕組みをした。「ハカ監獄に幽閉しろといいたいのだな」

「そのとおりです」

「この世で最強の坊はどこだ、チャンカー？」

「この話とどういう関係があるのか、わたしには――」

「質問に答えろ」

「カーン坊とバーズ坊が最強です」

「カーン坊とバーズ坊。この二坊の関係は、〝反目〟という言葉ですべてあらわせるな。それにつづくのはどこだ？」

「ハカ坊とダール坊です」

「そう、ハカ坊の連中だ」デーアは顔をしかめた。「クイスの天才をバーズ坊の最大の同盟相手にむざむざと渡せというのか。ハカ坊代にこれ以上のプレゼントがあるか？」

「ケルリックがはいるのは、あそこの監獄です。カランヤ苑ではなく」

デーアは両手をおろした。「ケルリックほどの才能をもつ棋士はカランヤ苑にはいるべきなのだ」

「そうできればいいのですが」チャンカーはいった。

なぜそうできないのかと、デーアは思った。

月のない夜闇のなかで、ケルリックは岩場の陰に隠れていた。つづら折りになった岩だらけの山道は、下のほうで平地の耕作された農地に出ている。農地のむこうには、尖塔群の彫刻のようなダール坊が輝いている。飛行場の管制塔の明かりも、さし招くように明滅している――しかし、行けないのだ。たくさんの衛兵が捜索に出ている。市内にも、坊内にも、あらゆるところに。

空腹だった。しかし下の農地で実っている作物も、食べると腹をこわす。おなじ理由でダール坊の泉の水を飲むこともできなかった。ケルリックの力の源は枯れかけていた。腰には重いジャンプブラー銃を吊っているが、使えるようにするには、鍵としての自分の脳を、銃に組みこまれた神経チップと接続しなくてはならない。本人のDNA情報を、生体機械ウェブのフィルターを通してKEBが発信し、それをチップが受信するようになっていて、指紋より精密な判別がおこなえる。おかげで本人だけが銃を撃てるのだ。しかしこの過剰な安全対策が、ケルリックにとっては絶望的なジレンマを生み出していた。カイル感覚と生体機械を使えば、脳の損傷がさらに悪化する。しかしそうしなければ、勝機は近づいてこないのだ。

銃に精神の触手を伸ばした。

つながった――いや、失敗した。

二度めで、触手は銃との接続に成功し、ケルリックの頭のなかにメニューが浮かんだ。

燃料：アビトン
エネルギー残量：1.9eV
電荷：5.95×10^{-25}C
磁束密度：0.0001T
最大半径：0.05M

メニューは揺らぎ、いったん回復したと思うと——ふっと消えた。ケルリックは歯を食いしばり、精神のなかで力こぶをつくるような感じで、銃との接続状態をとりもどした。そしてダールへむかって降りていった。

デーアは空港の手すりにもたれ、朝日を浴びながら考えごとをしていた。隣にはハチャが立って、格納庫をパトロールしてまわる衛兵たちを見ていたが、しばらくして顔をあげ、山のほうを見た。

「永遠にあそこに隠れてはいられません」隊長はいった。「そのうち出てくるはずです」

出てきたら、どうなるのか。デーアは考えた。ケルリックは瓶のなかにとじこめたつむじ風のようなものだ。瓶には次々とひびがはいって、いくら修理しても追いつかない。

バルブが管制塔から出て、二人のほうへ歩いてきた。「ラーチからいま報告がありました。レブといっしょにカランヤ苑を警備していて、異状はないそうです」

デーアはうなずきながら、レブがカランヤ苑を警備しているということの皮肉さを思った。かつては、才能ある棋士はカランヤ苑に入苑するものだったのだ。しかしデーアは、そのクイスの腕をみこんでレブをみずからの衛兵隊にいれていた。身近につとめる衛兵との争局から、坊代は少なからぬ情報を得られるからだ。

そのとき、遠くでいくつかの叫び声があがった。格納庫に衛兵が集まり、半円形の人垣をつくりつつある。

「来たぞ」デーアはいって、走りだした。ハチャとバルブもつづいた。

半円形の人垣にたどり着くと、彼らは最前列へ出た。十歩離れたところに、銃を抜いたケルリックが、格納庫に背中をつけて立っていた。

ハチャがまえに出た。「わかってるんだぞ、ケルリック。その銃は使用不能だ」

「いいや、使える」ケルリックは答えた。「これはビトンの反物質、アビトンを発射するんだ。いいかい、隊長。あなたの身体を構成するすべての電子は、それぞれが何十万個ものビトンをふくんでいる。ぼくが引き金をひけば、あなたは対消滅《ついしょうめつ》するんだ」

デーアはバルブのほうをちらりと見た。「なにをいっているのか、わかるか?」

「いいえ、まったく」とバルブ。

ハチャが一歩踏み出した——すると、ケルリックは銃口をあげた。

衛兵たちがいっせいに引き金をひいた。ケルリックは横へ跳びのいたものの、かなりの弾が命中した。それでも見ためにわかる変化はない。ケルリックは両脚を踏んばって銃を両手でかまえ、八人部隊と自分とのあいだの地面に横に線を引くように発射した。オレンジ色の細い火花が空中をはしり、その火線があたった舗装路面もまたオレンジ色の光とともに爆発して石や土埃を巻きあげた。たちまち滑走路を端から端まで横切る深い亀裂ができた。その縁はしばらく、小さな雪崩のようにぼろぼろとこぼれつづけた。

「なんだ、これは」バルブがつぶやいた。

デーアも息をのんだ。ケルリックの銃は、彼らが考えたよりはるかに強力だった。

ケルリックはデーアを見た。「格納庫内にいる衛兵を外へ出してください」

「そんなものはいない」デーアは答えた。

ケルリックは建物に銃口をむけた。「二秒待って、それから撃ちますよ」

「待て」デーアは大声でいった。「三人小隊、格納庫から出ろ」

三人の衛兵が出てきた。

「全員だ」ケルリックはいった。

「これで全員だ」

「あと五人いる」

「もうだれもいない」とデーア。

ケルリックは指を引き金にかけた。

「やめろ！」デーアはまた大声でいった。「五人小隊、出ろ」

さらに五人の衛兵が姿をみせた。八人が格納庫から離れたのを確認して、ケルリックはバルブにむかって身ぶりをした。

「彼をこっちへ」

「ダール坊からは逃げられないぞ」デーアはいった。

「こっちへよこせといってるんだ」とケルリック。

「だめだ」

ケルリックは黙って隣の格納庫にむかって銃を発射した。格納庫はオレンジ色の光とともに爆発した。

デーアは小声で悪態をつきはじめた。それを見て、バルブがいった。

「要求どおりにしたほうがよさそうです。さもないと、今度は人間にむかって撃ってきかねません」

「どうしても逃がすわけにはいかないのだ、バルブ。どんな犠牲を払っても。帆翔機を捕捉したときに、もしそこにおまえが乗っていても――」デーアはそれ以上いわなかった。

「わかっています」

「わかった。行け」小声でつけくわえた。「幸運の風を祈る」

バルブはデーアの腕に軽くふれた。そして滑走路の亀裂にそって空港の端まで行き、跳んで渡れるくらいに狭くなっているところからむこう側へいった。

デーアはハチャのほうをむいた。「ケルリックが離陸しようとしたら、衛兵たちに妨害させろ。ほかの帆翔機も離陸準備をしておけ」

「すでに乗員を待機させています」

「それから、隊長、もし生きてつかまえるのが無理なときは――」デーアは自分の口から出てくる言葉を、まるで他人がいっているように聞いた。「帆翔機を撃墜しろ」

ハッチのむこうからケルリックの巨体があらわれ、バルブを見おろした。「スタン銃を下におけ」

バルブは武器を滑走路上においた。

「あがってこい」とケルリック。

こちらをむいたケルリックの銃口を強く意識しながら、バルブはタラップを昇った。機内は、ケルリックの大きな身体のせいでひどく狭く感じられた。

ケルリックは機内前部にある操縦席と副操縦席のほうをしめした。「操縦しろ」

バルブは操縦席にすわった。風防ガラスの外を見ると、衛兵たちが滑走路の亀裂にそって走っている。飛行前点検を終える頃には、いくつかの八人部隊が格納庫の外に集合していた。バルブがエンジンをかけると、帆翔機のまえに衛兵たちが横一列にならんで壁をつくった。

ケルリックは操縦席のわきに立ち、銃をバルブの頭のそばにかまえている。「行け」

「無理だ。衛兵たちを轢《ひ》いてしまう」

ケルリックは答えるかわりにスロットルをぐいと引っぱり、帆翔機は突然動きはじめた。

「やめろ！」

バルブはあわてて操縦輪をまわし、衛兵たちは逃げ散った。さいわいだれも下敷きにならないうちに、バルブは機の制御をとりもどした。前方の障害物がなくなったので、タキシングして格納庫の外へ出て、亀裂にそって加速しはじめた。ケルリックは副操縦席にすわり、銃口をバルブにむけている。やがて車輪が滑走路を離れ、帆翔機はテオテク山地の強風のなかへ舞いあがった。

無線機が雑音をたてた。「こちらダール坊のサンライダー号。応答せよ、スカイトレッダー号」

「答えるな」ケルリックがいった。

眼下では突兀《とっこつ》とした山々の風景が広がっている。後方を見るサイドミラーには、空港から離陸してくる帆翔機の群れが映っていた。ダール坊のむこうにそびえたつ山肌を背景にすると、小さな点の集まりにしか見えない。

「スカイトレッダー号」通信機からハチャの声が響いた。「ただちに着陸しろ。さもないと撃墜するぞ」

「追手を振り切れ」ケルリックがいった。

「そんなことできるもんか」バルブはいった。風がスカイトレッダー号をつかまえ、クイスの駒で遊ぶ子どものように乱暴に放りあげた。「無茶だ。着陸したほうがいい」

ケルリックはバルブのこめかみに銃口を押しあてた。「おまえたちがないといいはってる宇宙港へ、いまから行くんだ」

「機内でそれを発射したらどうなる？　帆翔機はばらばらになるぞ」

「いいや、ばらばらになるのはおまえだけだ」

「わたしは操縦しない」バルブは息を殺し、なかば死を覚悟した。しばらくの沈黙ののち、ケルリックがいった。「どけ」

バルブは目を丸くして相手を見た。「なんだって？」

ケルリックは銃を反対むきにもって、棍棒のようにふりあげた。「どけ」

「二人とも死んでしまうぞ」

「五秒のあいだにどかなければ、気絶させる」

帆翔機を一度も操縦したこともなければ、ましてテオテク山地の強風と戦った経験もない素人が操縦輪をにぎり、自分がそのわきで気を失って倒れているという図が、バルブの頭をよぎり、あわてて彼は操縦席から立ちあがった。かわりにケルリックがそこにおさまって、酔っぱらいの賭博師のように帆翔機をよろめかせはじめた。

「わたしがやったほうがいい」バルブは、雲に巻かれた岩山の集まりをしめした。「着陸できる場所を知ってるんだ」

「目的地はぼくの故郷だ」

「行けるわけがない」バルブは副操縦席にすべりこみながら、風防ガラスごしに後方を見た。追撃機に描かれた目や翼がすぐそこまで近づいている。「追いつかれるぞ」

ケルリックは操縦装置をさっと見まわした。そしていきなり、スカイトレッダー号をほとんど垂直に上昇させはじめた。バルブは耳がおかしくなり、はげしいエンジンの騒音のなかで叫んだ。

「高度が高すぎる！」

ケルリックは無視して、帆翔機をそのまま宙返りさせていった。傾いた地平線が風防ガラスのむこうを横切り、機体は裏返しになった。テオテク山地に衝突するか、高度をあげすぎて機体がばらばらになるかだとバルブが覚悟しはじめた頃、ケルリックは機体の上下を正常にもどし、下降をはじめた。さきほどまでの進路とは正反対の方角だ。スカイトレッダー号は追手をふりきって、テオテク山地の上部にはいりこんだ。

そして山の上に着陸した。まわりを岩山や雪渓にかこまれたポケットのようなところだ。コバルト色の空にむかって指のようにそそり立つ細長い玄武岩を、バルブは風防ガラスごしに見あげた。

「宇宙港へ行くんじゃなかったのか？」

ケルリックはエンジンを切った。「ハチャもそう思って追っていくはずだ。そしてふりむいたときには、こっちは影もかたちもないってわけさ」

いちおう筋はとおっている。ここに着陸すれば、パイロットが発見されたいと思って合図でもしないかぎり、発見するのはほとんど不可能だ。しかしケルリックは、ある〝ちょっとした事実〟をみのがしている——宇宙港は砂漠のなかにあるのだ。

「暗くなったら、そこまで操縦していくんだ」ケルリックはいった。

「どこへだって？」

「宇宙港だ」

バルブはぎくりとした。ケルリックにはいつも考えを読まれているような気がする。

「それを拒否したら？」

「拒否はできないさ」

「なぜだ」

「命が惜しいだろう」

反論はできなかった。

ケルリックはシャツの襟をゆるめた。「この飛行機は酸素を積んでないのか？」

「酸素って？」

「空気だ」

どこか機内のロッカーには武器が収納されているはずだ。バルブはいった。「うしろを探してこよう」

ケルリックは銃口をあげた。「すわれ」

バルブはすわった。

「パイロットは非常用の空気をかならず手のとどく範囲においているものだ」ケルリックの声がかすれた。「空気だ、早く！」

切羽つまった調子のその声に、バルブは危険を感じとった。「頭の上のパネルだ」胸をあえがせながらケルリックは隔壁に指をはわせ、把手をみつけると、そのパネルをひらいた。ホースでぶらさがるようにして落ちてきたマスクを、ケルリックは顔に押しあて、大きく息を吸った。

しばらくしてマスクを下におろしたときには、ケルリックの緊張ははっきりとやわらぎ、落ち着いた声でいった。

「ここはずいぶん空気が薄いな」

「薄い？」空気が薄いとか厚いとかいう話は聞いたことがなかった。

「ぼくには酸素濃度が低すぎる」

「空気は元素だ。その中味が変わったりはしない」

「空気は元素の混合物なんだよ、バルブ。酸素と窒素、その他微量の気体からできている」

あまり議論する気はない。「そうかい」バルブは答えた。

「妙な話だな」ケルリックの声はさらにかすれた声になっていた。「きみたちの科学はまだとても未熟な段階だ。なのにこの帆翔機のような高度な機械をつくれるなんて」

「声のようすがおかしいな。医者へ行ったほうがいい」

「行き先は宇宙港だ」

それに対する返事を、バルブはもっていなかった。そこで二人はしばらく黙りこんだ。

ケルリックは定期的にマスクから空気を吸った。

しばらくしてまたバルブがいった。「ひとつ訊いていいかな」

「なんだ」

「きみは兵士なんだろう?」

「そうだ」

「だれと戦ってるんだ?」

「ユーブ帝圏の人買い族だ」

「なんのために?」

「連中が欲しいものを、こっちがもっているからさ」

「取り引きすればいいじゃないか」

人命を失ってまでISCが守りたがるものとは、いったいなんなのか。富か、権力か。なにが彼らを駆りたてているのか。これだけ多くを支配していながら、まだ欲しいものがあるのか。

「みずからの欲望のためだと思うのか?」ケルリックはいった。「もし人買い族がわれわれより早くコバ星をみつけていたら、きみたちの世界はいまとはまったくちがっていたはずだ。彼らがわれわれのなにを欲しがっているか、教えてやろう。人間だよ」

「人間?」

「連中は人間を売り買いするんだ。奴隷になんかなりたいか?　ぼくは死んだほうがましだね」

バルブは返す言葉がなかった。王圏の人々に怖いものがあるとは、夢にも思わなかったのだ。言葉を選びながらいった。

「古暦時代の各坊は、いつも戦争をしていた。坊代は捕虜を奴隷にし、カラーニは価値のある商品として売り買いされたんだ」しかめ面をした。「そんな時代に生まれなくてよかったよ」

「ここでそんなに戦争が起きている印象はなかったけどな」

「いまはね。しかし古暦時代の坊代は、みんな戦士だったんだ。当時の彼らは、相手を絶滅寸前に追いこむまで戦いつづけた。いまは、クイスで戦うんだ」

意外にも、ケルリックはにやりとした。「政治的な敵愾心《てきがいしん》を、駒のゲームに押しこめたわけか。それはすごいな」ちらりとバルブの手首を見た。「それはカシの腕帯なんだろう?」

バルブは袖の下から金色の輪を引き出して、手首のまわりでまわした。「そうだ」もう一度妻に会えるだろうかと、不安になった。

ケルリックはシャツごしに自分の腕帯の輪郭にさわった。「なぜきみのは手首についてるんだ?」

「腕帯とリストバンドはべつのものなんだ。腕帯はきみがカラーニであることの証《あかし》だ」バルブは自分のリストバンドをいじるのをやめた。「もちろん、最近はこれをつけるのをいやがるカシもいるけどね」

「なぜ？」

「古暦時代のカシは、妻の所有物だった。彼女たちの名前が彫りこまれたリストバンドをつけさせられたんだ。だから、このバンドは当時の名残《なごり》だと感じる男たちもいるんだよ」

ケルリックは袖をまくり、ダール坊をあらわす太陽樹の絵文字が刻印されたリストバンドをおもてに出した。

「これもか」

バルブは居心地悪くなった。「まあ——そうだ」

「つまりこれは、ぼくはデーアの所有物だという意味なのか」

「そうだ」バルブはあわててつけくわえた。「ほとんどの者は、アカシの掟は野蛮だと思ってるんだ」

「同感だな」ケルリックはつぶやいた。額から玉のような汗が流れ落ちている。

ケルリックはどうしてそんなに暑そうにしているのかと、バルブは不思議に思った。機内は冷えきっているし、ケルリックが着ているのは着古した薄い服だけだ。むしろ寒くて震えていそうなものなのに。ケルリックのリストバンドの上の皮膚をじっと見た。

「袖をもっとめくってくれないか？」

「なぜだ」

「調べたいことがあるんだ」

いぶかしそうにバルブを見ながら、ケルリックは袖を引っぱりあげた——すると、真っ赤な発疹が腕じゅうに広がっているではないか。

「おいおい、なんだこれは?」ケルリックはバルブを見た。

「ケブター症じゃないかな。たいていは子どものうちにかかるんだけど」

「病気なのか?」

「たいしたことはない。今夜には治るはずだ」バルブはもうしわけない顔になった。「謝らなくてはいけないな。わたしから感染させたんだと思う」

「きみは健康そうじゃないか」

「ああ。でも今朝、レブといっしょに彼の子どもたちを見舞いに病房へ行ってきたんだ。子どもたちは三人ともケブター症にかかってるんだよ」

ケルリックはしかめ面をした。「三十四歳にもなって、子どもの病気にかかるとはな」

「三十四歳だって?」バルブは目を丸くした。「本当にその年齢なのかい?」

「おかしいか?」

「いや、見ためから——もっと若いと思ってたんだ」

ケルリックは肩をすくめた。「生体工学と良質の遺伝子のおかげさ」

「ああ……なるほど」しかしバルブには、なんのことかまったくわからなかった。

「ちびのケルリック、か……」彼はつぶやいた。その声はまるで砂でガラスをこすっているようだ。「ローン系の子。いちばん年下で、いちばん大きな子……」額の汗をぬぐった。

「ああ、暑くて死にそうだ」

夕方になると、発疹は胸と首に広がった。ケルリックは、今度は寒くて震えながら機内を歩きまわった。声はさらにかすれている。

「夜までには治るといってたじゃないか」

「そのはずなんだ」バルブは答えた。「ケブター症がこんなにひどくなるのは初めて見た。病房へ連れていったほうがいいな」

「だめだ」ケルリックはジャンブラー銃を反対の手にもちかえた。「宇宙港へ行くんだ」

「ここからでは燃料がもたない」

「かもしれないが、近くまでは行けるだろう」銃をふった。「操縦席にすわれ」

抵抗するならこれが最後のチャンスだろうと、バルブは思った。立ちあがって副操縦席から離れながら――ケルリックのジャンブラー銃に横っ跳びに跳びつこうとした。

しかしケルリックはさっと銃を引いた。まるで反射的に動くあやつり人形のような、機械を思わせる動きだ。バルブも正確で機敏だったが、ケルリックのほうがさらにすばやかったために、その手は宙をつかんだ。

ケルリックは銃口をバルブにむけた。「すわれ」

バルブは凍りついた。「わたしを撃ちたいとは思っていないはずだ」

「だから撃たないとはかぎらないぞ」

バルブは操縦席に腰をおろしながら、どうすればいいか必死に考えた。ケルリックが宇宙港にたどり着いたらどうなるのか。ローン系に対して危害をくわえた罪で惑星全体が罰せられるという話が、もし本当だったらどうか。ケルリックが家族のなかで最年少で、王族たちの愛情を一身に集める存在だとしたら、その怒りはさらに大きくなるかもしれない。

バルブは誘拐者のほうを見あげた。「宇宙港へは飛ばない」

「飛ばなければ撃つぞ」

バルブは深呼吸した。「じゃあ撃て」

「死んでもぼくを足留めするというのか？」

「そうだ」

ケルリックは、まるでバルブの真意をその脳から探り出そうとするように、じっと相手を見た。そしてふいに銃をハッチのほうにふった。

「救命用の物資をもって外へ出ろ」

バルブは跳びあがるように席を立ち、ケルリックの気が変わらないうちにと、急いで機内後部へ移動した。ロッカーのスタン銃はすでにケルリックの手で捨てられていたので、上着と、救助隊に合図するための照明弾の箱をひっつかんだ。

ハッチを押しあけると、凍てつく風が機内に吹きこみ、バルブの髪を乱した。跳び降りると、帆翔機のまわりの岩には氷がこびりついていた。着陸のときに解けた雪が再凍結したのだ。

しばらくして、吹きすさぶ寒風のなかにバルブを残し、帆翔機は空に飛びたった。

通信機から大きな雑音が響き、ケルリックははっとして目を覚ました。操縦機器をさっと見ただけで、高度が落ちているのがわかった。あわてて機首をあげたところで、ふたたび通信機が雑音をたて、空電のむこうからかすかな声が聞こえた。

スコーリア人の声だ。

「……身許をあきらかにせよ。この区域は立入禁止であり……身許を……」

「ぼくはスコーリア王圏市民だ」ケルリックはいった。さらに熱があがり、声もかすれてろくに話せなくなっている。「聞こえるか？　こちらはスコーリア王圏市民だ」

「……いかなるコバ人の立ち入りも許されてい……身許をあきらかにせよ」

「おい、そっちにはだれかいないのか？」ケルリックは訊いた。

しかしメッセージは単調にくりかえされるだけだ。

帆翔機のエンジンが咳きこみ、息をついだ。計器を急いで点検すると、恐れていたとおりになったことがわかった。不安定な飛行をつづけていたために、燃料タンクが空っぽになったのだ。ケルリックは翼を展張し、鷹のように風に乗って滑空した。赤い砂漠の風景がどんどん流れていく。

ケルリックは風に揉まれながらもなんとか姿勢を維持し、高度をさげていった。最後の瞬間には、両腕で頭をかかえて背中をまるめた。帆翔機の胴体は鉄板の裂けるはげしい騒音とともに接地し、砂をえぐった。ケルリックの身体は、ハーネスを締めているにもかかわらず座席からはじき飛ばされそうになった。機体は横転し、ケルリックは右へ左へふりまわされ、ガラスの割れる音が騒音に拍車をかけた。

最後の振動とともに、帆翔機の横転は止まった。そろそろと顔をあげてみると、風防ガラスは割れ、機内は嵐が吹き荒れたあとのようだ。床一面に装備品が散乱し、ふたつの客席ははずれている。ジャンブラー銃は機体のつぶれた区画にはさまれ、壊れていた。彼のクイスの駒もちらばり、そのほとんどは割れていた。

ケルリックはなんとか席から身体を引き出した。不時着の衝撃で受けた身体の傷と、体内であばれまわる熱病のせいで、足もとがさだまらなかった。がらくたをかきわけながら、機内をよろよろと歩いていくと、ふいに機体が揺れて傾き、ケルリックの身体はハッチのほうへすべっていった。

へこんだハッチは、ひと突きするとはずれて砂の上に落ちた。砂まじりの強風が機内に吹きこみ、あらゆるところが砂だらけになった。ケルリックは腕で目もとを隠しながら、熱砂の上に降りた。

赤い砂漠が広がっていた。見わたすかぎり砂、砂、砂。遠くのほうに巨大な手が埋められているかのように、青白い空を背景に何本かの塔が立っている——

塔?

ケルリックはゆらめく熱気のむこうに目を凝らし、にやりとした。

宇宙港だ。

片足をあげて、おろす。反対の足をあげて、おろす。そのくりかえし……。

身体が砂にぶつかる衝撃で、ケルリックははっと目を覚ました。いつのまにかあおむけに倒れ、暮れなずむ空を見あげていた。星がまばゆい。コバ星には月がないのだが、そんなものはいらない。星明かりだけで充分に明るかった。

「宇宙港……」ケルリックはつぶやき、よろよろと立ちあがってまた歩きはじめた。

砂の錯覚だ。砂漠が嘘をつくことを忘れていた。塔はすぐそばに見えるのに、歩けど歩けど、人をあざけるようになかなか近づいてこないのだ。それでも、本当にすぐそばまできた。いちばん高い塔についたISCのマークも見わけられる。完全無人化された宇宙港でも、規則によって最低一隻は緊急用のシャトル船がそなえられているはずだ。

熱に浮かされた頭ではいろんな考えが渦巻いていた。司令部に着いたら、コバ星についての報告しなければならない。ISCは十二坊について詳しく調査するだろう。コバ星は物的にも、計量しにくい人的あるいは文化的な面でも、あきらかに豊富な資源をもっている。ISCとの最初の接触時にコバ人がもっと協力的だったら、コバ星はいまごろ王圏市民権を得ていただろう。しかし現状ではどうなるか予測がつかない。今回のような不測の行動にはしる傾向を、ISCは脅威の兆候とみなすかもしれない。

デーアはどうなるだろう。王圏法では、いかなる惑星上での結婚についてもISCの裁判権を認めている。立入禁止星もその例外ではない。デーアとの婚姻関係を解消するには訴訟を起こさねばならないだろう。ケルリックがその経緯をあきらかにすれば、彼女は刑法にしたがって起訴されるだろう。ケルリックが王族であることを考えると、彼女には苛酷な判決が待っているかもしれない。データをそんなめに遭わせたくはなかった。そもそも結婚を解消したいのかどうかさえ、自分でもよくわからなかった。

報告書は、頭がはっきりしているときに慎重に書くべきだろう。彼らに命を救われた事実を強調しなくてはいけない。言葉を選ばないとISCと家族の怒りをかい、コバ人を破滅に追いこむことになるかもしれない。熱がさがればもっと頭が働くようになるだろう。

しかし、宇宙へのがれたあとにこの熱病がもっとひどくなったらどうするか。こういう僻地の無人宇宙港に配備されたシャトル船は本当に安物で、最小限の医療機能しか装備していないはずだ。熱病はケルリックの体内システムを破壊し、能力の低下したナノメドでは手に負えない勢いであばれまわっている。なんとか抑えこまないと、ISCにとどけられるのは死体だけということになりかねない。そうしたらコバ星はどうなるのか。

無人のクレーンが貨物を吊りあげる音に、ケルリックの思考は中断させられた。宇宙港内の動きがうかがえるほどそばまで近づいたのだ。

さらに、べつの低いうなりも聞こえる。

エンジン音？

ケルリックはさっとふりむき、空を見あげた。真っ赤な夕日を背景に、一機の帆翔機がシルエットになって浮かび、それがだんだん大きくなってくる。

「くそ!」ケルリックは大声でいった。「もうすこしなのに」

戦闘モードへ切り換え。ボルトが考えた。

ケルリックは帆翔機に背中をむけ、宇宙港へむかって拡張された身体速度で走りはじめた。

警告。ボルトがデータ画面を表示した。**大腿骨、脛骨、腓骨の液圧系が異常です。坐骨生体光学繊維の通信効率が四十八パーセント減。耳介《じかい》側頭部の繊維が異常発火。およそ＊＊＊──**

低いうなりだった背後のエンジン音が、轟音に近づいたと思うと、黒い影が頭上をとおりすぎていった。ケルリックは大声でののしったが、その声はエンジンの騒音と、帆翔機が砂上に着陸する音でかき消された。機体がまだ止まらないうちにハッチがあいて、衛兵たちが跳び降りてきた。バルブもいる。

ケルリックは走る方向を変えようとした。本来ならボルトが地形を分析し、反射動作ライブラリが足の運びを誘導し、液圧系が急激な進路変更に応じた力を配分するはずだった。しかしそのどこかで誤作動が起きたらしく、ケルリックはつまずいて砂の上にひっくり返った。

なんとか身体を起こしながら、夕暮れの光のなかを駆けよってくる衛兵たちの姿を見た。

カイル能力、拡大開始。ボルトが考えた。

《中断しろ!》ケルリックはあわてて考えた。

攻撃準備。

《ばか！》頭のなかで叫んだ。《ぼくの脳をそんなことに使うんじゃない！　やめろ！》

しかし傷ついたシステムをこれまで頻繁に酷使してきたせいで、安全管理プロトコルに不具合が発生していて、ケルリックのカイル中枢から強烈な攻撃の波動が噴き出した。それは脳の限界をはるかに超えており、ボルトにも被害予測が不可能なため、乱れたデータ画面はすべての項目が赤い警告表示に変わった。手綱が切れたまま、ローン系の人間にしかできない強烈な精神攻撃が衛兵たちを襲った。

ケルリックは攻撃を止めようとした。なんとかして接続を叩き切り、悪夢を中断しようとした。しかし傷ついた体内システムは反応しない。衛兵たちとの接続はどんどん深くなり、おたがいの精神が融合していった。

ケルリックはハチャと一体になった。人格の各層が皮膚のように剝かれていく。力、伝統主義、仕事への誇り、夫と子どもへの愛情……。レブの精神は、うごめく複雑なクイスの配列で充たされていた。彼はクイスを考え、クイスを夢み、クイスのなかに生きているのだ。バルブの頭にあるのは、帆翔機の操縦、家族のこと、仕事のこと。ラーチの印象はそのなかで際立っていた。衛兵隊のなかでは新入りで、まだ不安を残している。深いところには夫、カラーニのジェビへの愛情があった。

ウェブ上を飛びまわるウイルスのように、ケルリックの拡大されたシグナルが衛兵たちの精神を食い荒らしていった。最初にラーチが倒れた。神経伝達物質が暴走し、みずからの脳細胞を攻撃しはじめたのだ。彼女が死ぬとき、ケルリックもそのあらゆる瞬間をいっしょに経験し、悲鳴をあげた。五人の精神をつないだ深い接続が切れないのだ。ほかの三人も死にかけているなかで、ケルリックは自分の精神も破壊しつつ、ようやくその接続を叩き切った。

8 方形

「ただいまより、ダール坊法廷を招集する」チャンカーはいった。

公判の間は、板張りの大広間で、時代がかった雰囲気が漂っていた。頭上に吊られた琥珀ガラス製のランプの光が、彼女のまえのテーブルに反射している。背後の手すりで仕切られたむこうには、たくさんのベンチがならぶ傍聴席がある。しかし傍聴人はいない。今回の審理は非公開でおこなわれるのだ。

チャンカーの隣には補佐官のコーブが立ち、眼鏡をかけなおしていた。二人の六歩前には一段高くなった裁判官席があり、黒光りのする長い木製のテーブルのむこうに裁判官がずらりとならんでいた。裁判官たちの法服が衣ずれの音をたてる。今回の審理は、通常の三人ではなく、六人の裁判官が担当している。二人が弁護側、二人が訴追側、二人が中立で、長老裁判官はこの中立の二人にふくまれる。

長老はチャンカーのほうを見た。「ダール継嗣、あなたはデーア・ダールが公務に復帰するまで坊代の代理をつとめることに同意しますか」

「はい」

チャンカーは答えたが、内心は反対の気持ちだった。こんなかたちでとは……。しかし、しかたがない。彼女にとって生涯の師であるデーアは、三日前に砂漠で起きた事件とおなじときに重篤な心臓発作に襲われ、病床で生死の境をさまよっているのだ。

まちがいのない事実はひとつある。ラーチは死亡した。この裁判はおもにそこに焦点をあてることになるが、その判決の影響は彼女の死のみにとどまらない。十二坊の将来さえ左右しかねないのだ。

「ではははじめよう」長老はいった。チャンカーとコーブが着席するのを待って、つづけた。「各出席者を廷内へ」

裁判官席の左側にあるドアのかんぬきを、一人の補佐官が抜いて体重をかけた。ドアは重々しい木の響きとともにゆっくりとひらいた。

はじめに尋問官が入廷してきた。青紫色の官服をまとった長身の男で、銀髪をうしろになでつけている。そのあとに証人がつづいた。市内の衛兵、空港職員、ローカ医長とダビブ医官、ハチャ隊長。ハチャは青ざめた顔だったが、足どりはしっかりしていた。

最後にケルリックがはいってきた。

黒い囚人服を着て、衛兵の八人部隊にかこまれている。両手首に輝くカランヤ・リストバンドの上には鉄の手錠がはまり、手幅四つ分の長さの鎖が左右をつないでいる。その姿を見て、チャンカーは心を痛めた。今回のことは、ダール坊にとってもケルリックにとってても大きな損失だった。ここはケルリックが欲望と恐怖の対象とされる世界であり、そこへ墜落してきたことが彼の不幸だった。

尋問官はチャンカーの右隣の席につき、証人たちは補佐官の案内で傍聴席についた。左のほうに方形被告席がある——木製の手すりで四角くかこまれたなかに、一脚の椅子がおかれている。衛兵たちはケルリックをその椅子にすわらせ、自分たちは手すりのまわりに立った。

長老がいった。「開廷のまえに、この裁判について申し立てることのある者は？」

意外にも多くの人数が傍聴席の手すりに近づいてきたのを見て、チャンカーは不安になった。ほとんどの市民は事件について知らないはずなのに、なぜこんなに申立人がいるのか。チャンカーは、事件の扱いについて宗主に報告する以外、外部には洩らしていなかった。ケルリックの素性が世間に知れると、パニックを惹き起こしかねないからだ。ラーチの死の事実はクイスをつうじて伝わってしまったが、それは帆翔機を盗んだダール市民を逮捕しようとして殉職したのだと、一般大衆は思いこんでいる。事件の全容を知っているのは、長老衆、上級の補佐官、デーアの親族など、ごく一部だった。

最初に四人のグループが申し立てに出てきた。女性男性それぞれ二人ずつだ。

「身許をあきらかにしたまえ」長老はいった。

「イェバです」最初の女がいった。「デーア・ダールは坊代就任より二十年前、協同育児舎につとめていらっしゃいました。その当時、わたしの第一保母でいらっしゃいました」

「タボルです」最初の男がいった。「育児舎時代のダール坊代は、わたしの保母でいらっしゃいました」

「サビアです」二人めの女がいった。「わたしもダール坊代が保母でした」

最後に若い男が発言した。彼は、黒い池のような大きな目で親しげに裁判官たちを見た。「ジェイムソンです。デーア・ダールの息子です」

チャンカーははっとして彼を見た。それがジェイミーだとわかるまでに、しばらく時間がかかった。いや、もう〝ジェイミー〟ではない。大人になったデーアの一人息子だ。

「では、申し立ての内容は？」長老がいった。

イェバは手にした書面を読みはじめた。「もしダール坊代が心臓発作のために亡くなられたら、セプター・ダールは、ラーチ・ダール殺害だけでなく、坊代の殺害についても裁かれるべきです」

チャンカーは思わず悪態をつきそうになった。自分たちの要求がいったいどういうことか、わかっているのか。本人たちが認めるかどうかはともかく、ケルリックは彼らの義父にあたるのだ。しかし中立人たちの目に映っているのは、あくまで征服者の代表であり、悪夢の化身なのだろう。ジェイムソンを見て、チャンカーは深い悲しみを禁じえなかった。彼とケルリックは、知りあう機会があればとても親しくなれたかもしれない。しかしもう不可能だ。

「諸君の要求ははなはだきびしい」長老はいった。「その根拠はなんだね？」

「根拠は、被告の行為がダール坊代の病状の直接原因であるからです」イェバはいった。

長老は彼女を見た。「これは殺人事件の裁判ではないのだ。砂漠でどんなことが起き、ラーチ・ダールはなぜ死にいたったかを解明し、それに対してわたしたちはなにをすべきかを決めるために、こうして集まっているのだ」すこし黙って、つづけた。「ここでの判決のもたらす影響の大きさを考えると、きみの申し立ては裁判官団の非公開審議にかける必要がある」

「わかりました」イェバはいった。「決定を待ちます」そして申立書を法廷の補佐官に手渡し、もとのグループにもどった。

次の申立人は、チャンカーにも見覚えがあった。カランヤ苑代弁人のアバーナ・ダールだ。ラーチの死をその夫のジェビに伝える職務は、さぞつらかっただろう。ジェビが代弁人との面会を求めてきたときは、ラーチの親族にメッセージを託したいのだろうと思ったのだが、そうではなかったようだ。アバーナがここにあらわれたということは、よろこばしくない驚きだ。

補佐官のコーブが低い声でチャンカーにささやいた。「黙って見ておられるつもりですか？　もしジェビが、ラーチ殺害の処罰としてセプターの死刑を求めたら？」

チャンカーは髪をかきあげた。「ジェビには申し立てをする権利がある。わたしたちが介入せずにすむことを祈ろう」

アバーナは発言した。「わたしはカラーニのジェビの代理で申し立てます」

「どんな内容だ？」長老は訊いた。

「ジェビの求めはこうです」アバーナはいった。「もしも裁判官団が被告を無罪放免とするなら、そのときはセプターをダール坊カランヤ苑に住まわせてほしくない。もしそれも認められないなら、ジェビはダール坊を離れ、べつの坊のカランヤ苑に住みたいとのことです」

長老は顔に同情の色をあらわし、ちらりとダール継嗣のほうを見た。チャンカーはほっとしてうなずいた。

長老はアバーナのほうをむいた。「ジェビに、申し立ては承諾されたとつたえるように」

アバーナはお辞儀をした。「ありがとうございます、長老」

最後の申立人は、赤銅色の巻き毛を背中にたらした女だった。協同育児舎の保母であることをしめす青いジャンプスーツを着ており、いかめしい法廷の雰囲気のなかで居心地悪そうだった。

女は深呼吸した。「わたしはチャラ・ダールです。ダール坊の各居住舎——すなわち女性舎、男性舎、夫婦舎、親舎、協同育児舎の、それぞれの代表としてまいりました」緊張したようすで書類をめくり、その一枚を読んだ。「この裁判がひらかれる契機となった事件は忌むべきものですが、ぜひ申しあげたいことがあります。それは、死刑は何世紀もおこなわれていないということです。セプター・ダールがもしそのような判決を受ければ、わたしたちは野蛮な生き方をしていた大むかしに逆もどりしてしまいます。そのような裁定をくださぬよう、強く求めます」

イェバがさっと立ちあがった。「この小娘の主張に異議があります――」

「不規則発言はやめたまえ」長老がいった。

「もうしわけありません、長老」イェバはいった。「しかしこの娘は各居住舎の代表といいながら、実際には一部の子どもっぽい意見を述べているだけです」

チャンカーは立ちあがった。それを見て、申立人たちは黙りこんだ。チャンカーはイェバを見ていった。

「ではきみは、自分が各居住舎を代表しているというつもりか」

「ダール継嗣」イェバはお辞儀をした。「わたしがいいたいのはこういうことです。裁判官団のまえで審理されているのは重い罪であり、その犯人はおなじく重い罰を受けるべきです」

犯人……。この申立人はあたかもケルリックの有罪が決まったかのような口ぶりだ。審理がはじまってもいないのに、勝手に自分たちで判決を出してしまっている。そんなことでは、方形被告席にすわる人物は公正な審理を受けなくてはならないという裁判の原則そのものが崩れてしまう。ここは法廷を落ち着かせ、人々の頭を冷やす時間をもうけるべきだろう。チャンカーが長老のほうをむくと、彼女も継嗣の無言のメッセージを理解したらしく、うなずいた。

長老はイェバを見た。「陳述したいことがあるなら、明日午前の開廷のまえに述べるように」そしてチャラのほうをむいた。「きみの申し立ては考慮する」

チャラとイェバはうなずいた。全員が着席すると、長老は木槌をとり、裁判官席の上にある小さな銅鑼《どら》を叩いた。

「ただいまより開廷する」そして尋問官のほうをむいた。「エビド・ダール、まえへ」

尋問官は裁判官席のまえに立った。

「証人を尋問するにあたって、公明正大であることを誓うか」長老は訊いた。

「誓います」とエビド。

「一人めの証人を呼びたまえ」

市内衛兵隊の兵士たちの証言が午前中いっぱいつづき、昼の休廷のあとは、空港職員が尋問された。証人たちはケルリックの行状を次々に述べていった。格闘、脅迫、攻撃、誘拐——それは、方形被告席にすわる無口な男とはあまりにもふつりあいな、暴力一色の図だった。


「つまり、この法廷に提出されている一件は、現暦時代以降、前例のないものなのです」イェバは結論をいった。「ゆえに、そこには前例のない判決が必要です。昨日は、被告の行為とおなじやり方でわたしたちが被告に報いれば、わたしたちは野蛮な時代に逆もどりするという主張がありました。それに対してはこう反論しなくてはなりません。もしこの罪が処罰されなかったら、わたしたちはどんなメッセージを発していることになるのか。

〝殺人を犯してもお咎《とが》めなし〟、ということでしょうか？」

証人たちのあいだでつぶやき声が広がった。長老はそれがやむのを待って、話した。

「いうまでもなく、そのようなメッセージは避けねばならない。しかし忘れてはならないが、セブター・ダールはまだ有罪とも無罪とも決まっていないのだ」

「わかっています、長老」イェバはいった。しかし彼女が席にもどっていくと、ほかの証人たちはうなずいて賛意をしめした。

長老はエビドのほうを見た。「次の証人を喚問したまえ」

「ダビブ・ダールを呼びます」エビドはいった。

ダビブが裁判官席のまえに立つと、長老は訊いた。「証人は法廷において真実を述べねばならない。そのように誓うか」

「はい」ダビブは答えた。

「すわりたまえ」

裁判官席の左にある方形証言席は、ケルリックのすわっている場所とほとんど変わらない。ただし、その手すりのまわりに衛兵は立っていなかった。ダビブが着席すると、エビドがいった。

「医官、あなたはどんな立場でセブター・ダールとかかわったのですか？」

「わたしは彼の担当医でした」ダビブは答えた。

「〝でした〟というと、いまはそうではないのですか」

「ダール坊代の命令によって担当からはずされました」

「なぜですか？」

ダビブはしばしためらった。「彼の治療方針について意見の食い違いがあったからです」

「どのような食い違いが？」

「彼の体調を悪化させるような薬を、坊代が投与しろとおっしゃったのです」

エビドは眉をあげた。「ダール坊代がみずからのアカシに毒をもったというのですか？」

ダビブは顔を赤くした。「もちろん、そうではありません。薬というのは鎮静剤です。強力ですが、適切な管理下で使えば安全です。いえ、コバ人に対しては安全です。しかしケルリックは――いえ、セブターは、コバ人ではありません」

訴追側の裁判官の一人がエビドを手招いた。エビドは彼女と話して、またダビブにむきなおった。

「問題の薬をあなたが最後にセブターにあたえたのは、いつですか？」

「宣誓式の当日です」ダビブは答えた。

「そのあとセブターは、塔の最上階にある鍵のかかった部屋から脱走し、衛兵を全員気絶させ、ダール坊代をスタン銃で撃ち、空港を破壊し、パイロット一名を誘拐し、宇宙港めざして飛び立ったというわけですね」

ダビブはさらに顔を赤くした。「そうです」

「これらの出来事を考えて、それでもあなたはセブターが薬で体調を崩していたと思いますか？」

「彼がどうやって薬を無効化したのかはわかりませんが、それまで悪影響をあたえていたのはたしかです」

中立の裁判官がエビドのほうに身をのりだした。エビドはその話に耳を傾けたあと、またダビブにむかっていった。

「その薬の副作用によって精神障害が惹き起こされることはありますか？」

「薬は体調を悪化させていただけで、精神には影響していませんでした」ダビブは答えた。

「しかし可能性としては？」

「わかりません」

「食事と薬に対するセブターの有害反応は、精神的なところにそもそもの原因があったということは？」

「それはないと思います」

エビドは身をのりだした。「では、目や肌の色を変えただけで、鎮静剤に対する身体の反応が劇的に変わりますか？」

「わかりませんが、そんなことはないでしょう」

「しかし――」エビドはたたみかけた。「セブターとあなたやわたしとのちがいは、そういった色だけなのですよ。なのに、わたしたちにとって無害な物質が彼だけに有害ということがありえますか？」

「彼がわたしたちに似ているのは、表面だけです」ダビブは拳で椅子を叩いた。「どういえばわかるんですか。セブターはよその坊から来たのではない。よその世界から来たんですよ」

「お若い医官」長老がいった。「冷静に証言するように」

ダビブは彼女にむかって顔をしかめた。

訴追側の裁判官がエビドを手招いた。エビドは耳を傾け、ダビブのほうをむいた。

「あなたはいまでもダール坊の職員ですか？」

ダビブは身をこわばらせた。「いいえ」

「ではどんな職業にあるのですか？」

「市清掃管理局の専属医です」

「ダール坊代はあなたを坊の仕事から解任なさったのですね」

ダビブは硬い口調で答えた。「はい」

「わかりました」エビドは確認を求めるように裁判官たちのほうをちらりと見た。「以上で質問を終わります、医官」

チャンカーは顔をしかめた。審理が進むにつれて、エビドはどんどん公明正大ではなくなってきているようだ。彼女は立ちあがった。長老がうなずくと、チャンカーはいった。

「ダール坊代はダビブを侍医の一人として呼びもどすという、明確な意思をもっていらっしゃいました。そのことを公判記録に書いておいていただきたいと思います」

「よろしい」

長老は書記のほうをちらりと見た。書記は裁判官席の右側で、縦溝のある支柱に丸い天板が特徴的なクイス卓のまえにすわっていた。彼は鵞ペンをインクにひたし、チャンカーの言葉を羊皮紙に絵文字で記録した。

次の証人はローカ医長だった。

「症状はかなりひどいものでした」ローカは、ケルリックのケブター症について質問されて、こう答えた。「こちらへ運ばれてきたときは熱がとても高く、氷で冷やさなくてはならなかったくらいです。手当てをしなければ命がなかったでしょう」

「それほどひどくなった原因はわかりますか？」エビドは尋ねた。

「たぶん、わたしたちが生まれつきもっている抗体を、彼はもっていないからでしょう」

「感情的ストレスから人が病気になることはありますか？」

ローカはすこし考えた。「ありえます」

「それが原因で衛兵を攻撃したということは？」

「彼がラーチ・ダールを殺したやり方を説明するには、それでは不充分です」医長は青ざめた顔でいった。「彼女の脳は、血管がすべて破裂していたのです」

申立人と証人たちのあいだにざわめきが広がった。エビドはそれが静まるのを待って、告げた。

「質問は以上です、医長」

ローカが証言席を離れると、エビドはチャンカーにむかってお辞儀をした。

「次は、ダール坊代代理の証言を求めます」

つまりこれは、坊代か、あるいはその継嗣が法廷に呼び出されるまれな事件のひとつというわけだ。たしかに、今回はふつうの裁判ではない。

チャンカーが証言席につくと、エビドがいった。「ダール継嗣、衛兵たちを発見するまでの経緯を教えてください」

「わたしは、バルブを発見した二機の帆翔機の片方に乗っていた」チャンカーは話しはじめた。「バルブはもう一機の操縦席に乗りこむと、ダール坊代とわたしが乗った機をたちまち引き離していった。追いついたのは夜で、宇宙港のそばだった」

「そのとき衛兵たちは？」エビドが訊いた。

「近くの地面に倒れていた」

「セプターはなにをしていましたか？」

「砂の上にしゃがんでいた」

「それだけですか？」

「なにもできないようすだった。茫然自失の状態だったのだ」

エビドは眉をひそめた。「では、ダール坊代の心臓発作はなにが原因で起きたのですか？」

「発作が起きたのは、ラーチが死んでいると気づかれたときだ。坊代は遺体のわきにひざをついた」チャンカーはその記憶を冷静に呼び起こそうとした。「そして、〝だめだ、まだその準備はできていないのに〟といったあと、倒れられた」

「〝その準備〟とは、なんの準備でしょうか」

「心臓発作を起こしていることを自覚されていたのだと思う」チャンカーは小声になった。「まだ死ぬ準備はできていないという意味だったのだろう」

「セブターの反応は？」エビドは訊いた。

「坊代の声を聞いてはっとしたようだった。そして彼女のほうへ近づこうとした。しかしほとんど動けなかった」

エビドはチャンカーをじっと見た。「ダール継嗣、あなたの陳述書によれば、セブターを個人的によく知っているのは、ダール坊代と衛兵たちをのぞけば、イクスパー・カーンだけなようですね。しかしカーン宗主は、その継嗣であるイクスパーに証言させることをこばんで――」

「イクスパーが、な、なんだって？」ケルリックの声が、いきなり廷内の空気を震わせた。

それからあたりはしんと静まりかえった。長老は顔を赤くしてチャンカーのほうを見おろした。

「ここは坊代代理に……」

チャンカーはその求めに、ケルリックの不規則発言とおなじくらいに驚かされた。というのも、証人が方形被告席にすわっている人物と話すことは法で禁じられているからだ。しかし、しばらくしてのみこめた。カラーニと言葉をかわせるのは坊代代理だけなのだ。チャンカーは足早にケルリックに近づいた。「困るな。証言のじゃまをするのは絶対に許されないんだ」

ケルリックはまえの手すりをにぎりしめていた。「イクスパーは宗主の世継ぎなのか？」

「世継ぎというとすこしちがうが、宗主の後継者である継嗣という地位にある」

「なぜ彼女は証言しにこないんだ？　証言してくれれば裁判の流れを変えられるのに」

「セブター、いまはそんなことを――」

「ぼくの名前はケルリックだ」

「こういう不規則発言は裁判官たちの心証を悪くするだけだぞ」

ケルリックは、死を予想している男の表情でチャンカーを見た。「心証？　彼らは最初からぼくを有罪だと決めつけてるんだ」

チャンカーはじっと彼を見た。そして裁判官席にもどり、長老にいった。

「休廷にしたほうがいい」

補佐官のコーブは、小部屋の壁をぐるりととりまくベンチに腰かけ、室内をせわしなく歩きまわるチャンカーを見ていた。上部がアーチ形になった窓から日がさしこみ、コーブの眼鏡をひからせていた。

「ケルリックのいうとおりだ」チャンカーはいった。「裁判官たちは彼を有罪だと決めてかかっている。エビドももう、死刑を求める申立人たちとおなじで、すこしも客観的ではない」

「彼らは恐れているのです」コーブはいった。

「だからといって、こんな茶番の言い訳にはならない」チャンカーは足を止めた。「なぜここにイクスパー・カーンがいないのか。重要な証言ができるのに」

「わたしたちの証人召喚を断るなんて、カーン宗主はどうしてそんなことができるんでしょうか」

チャンカーは顔をしかめた。「宗主だからさ。それだけだ」

「長老と話してみてはいかがですか？」

「そうだな。彼女の補佐官と連絡をとってみろ。審理再開のまえに会えるかもしれない」

窓に近づき、市街上空にゆったりと弧を描いて舞う鷹を眺めた。「コーブ、おまえは鷹類を見たことがあるか？」

コーブは眼鏡をなおした。「それは、ええ、もちろん。ダール峠の上の峰は鷹の巣だらけですから」

「ふつうの鷹ではない。巨大な鷹だ。わたしたちの先祖がその背中にまたがり、空を飛んだやつだ」

「その鷹は、とうに絶滅しています」

チャンカーはふりむいてコーブを見た。「伝説では、鷹は一人の戦士を選び、その戦士にしか身体にふれさせなかったという。そして自分をつかまえようとする者をみな殺しにした」

コーブはじっとチャンカーを見た。「なぜいまそんな話を？」

「なぜなら、巨大な鷹は絶滅していなかったからさ、コーブ。一羽が星の世界から降りてきたのだ」チャンカーは二の腕をさすった。「わたしたちはその鷹を誓約という檻にいれ、金の足枷をして飛べなくした。そして自分たちのやったことに恐れおののき、いっそ殺してしまおうと考えはじめているのだ」

長老裁判官は、休廷のあいだ自室の椅子にかけてあった法服をとりあげた。

「あなたのおっしゃっていることは、チャンカー、異例という表現ではたりないくらいたいへんなことですよ」

「では、ほかにだれかセブターの弁護をする者がいるか？」チャンカーは訊いた。「カーン継嗣ならできるが、宗主がそれを禁じてしまった」

「ダビブは弁護する立場でしたよ」

「しかしエビドによって、いかにも愚か者に見えるように話を誘導されてしまった。この審理には訴追する者ばかりで、弁護する者がいないのだ」

長老は法服をはおった。「弁護する余地がないからかもしれませんね」

長老は中立の立場のはずなのに、そんないい方が許されるのか。チャンカーはいった。

「あるいは、弁護する者などあらわれてほしくないとみんな思っているからではないか」

「セプターを証言席にすわらせれば、彼は誓約を破ることになりますよ」

「坊代代理であるわたしには、それを許す権限がある」

部屋のドアがノックされた。「長老――」少女の声がした。「ほかの裁判官の方々は入廷を待っておられます」

「わかった」長老はチャンカーのほうを見た。「ご提案についてはもうすこし考えさせてください」

法廷で審理が再開されると、エビドはハチャを召喚した。衛兵隊長が証言席につくのを見ながら、チャンカーは重苦しい気分になっていった。ダール坊のなかでもハチャの言葉には重みがある。そして彼女は当初からケルリックを嫌っている。その証言は被告にとってとどめの一撃になるかもしれない。

エビドはいった。「隊長、あなたはラーチ・ダールの死を目撃した唯一の証人です。なにが起きたか話してもらえませんか」

「セプターはわたしたちの精神に働きかけました」ハチャはいった。

「脳にむかって働く武器をもっていたということですか？」

「いいえ、なにももっていません」

「身体的な暴力ですか？」

「いいえ、彼は一歩も動きませんでした」

「ではどうやってラーチ・ダールを殺したのですか？」

「わかりません」ハチャはいった。「あれはたまたま起きた事故です」

エビドは眉をひそめた。「つまりラーチは、〃たまたま〃脳のすべての血管を破裂させて死んだというのですか？」

「ちがいます」とハチャ。「そういうことをするつもりは、セブターにはなかったという意味です」

「ではなぜラーチ衛兵は死んだのですか？」エビドは訊いた。

「セブターはただわたしたちを気絶させるつもりでした。しかし彼は、いったんつながった精神接続を切れなかった。そこで無理やり叩き切ったのです。そのさいにみずからの脳を焼きつかせて」

「ああ」エビドは肩の力を抜いた。「なるほど」笑みを浮かべそうな顔になった。「つまりあなたは、なんというのかな——テレパシーを、彼が使ったと考えているのですね」

「それがなにかはわかりません」

「ラーチ・ダールはひどい脳内出血を起こしていました」エビドはいった。「被告の武器があなたの脳にも影響をあたえて、そのような精神的な力が存在すると信じこませているということはありえませんか？」

「彼はなにも武器をもっていませんでした」

「あなたに武器と認識できるようなものはもっていなかった、といったほうが正しくありませんか？」

ハチャは鼻を鳴らした。「そんな奇想天外なことがありますかね。目に見えない銃が脳の血管を破裂させたなんて」

エビドは身をのりだした。「だれが調べても働かないと思われていた銃が、被告がふれたとたんに火を吹き、滑走路に巨大な穴をあけて格納庫を粉々に吹き飛ばしたんですよ。そのほうがよほど奇想天外でしょう」

「そのとき彼はわたしたちにむかって撃ったりしなかった」

エビドは隊長をじっと見た。「自分を見のがしてくれたことを、彼に感謝したい気持ちがあるのかもしれませんね」

「わたしがセプターを弁護するのは、彼が殺人犯ではないからです」

「殺人ではない？」エビドは訊いた。「市内衛兵隊の隊員が——あなたの部下が——死んだのですよ？」

ハチャは身をのりだした。「セプターはみずからを犠牲にしてわたしたちを救ったのです。そうしなければ、わたしたちは四人とも死んでいたでしょう」

エビドは語調を強めた。「殺人と犠牲は異なるでしょう」

「ラーチの死は事故なんです」

「どうして殺人犯を弁護するんだ」だれかが叫んだ。

　傍聴席を見やって、ハチャは声を荒らげた。「わたしはラーチの死を一生悲しみつづけるだろう。しかしセブターを殺したからといって、彼女が生き返るわけではない」そして裁判官席のほうをむいた。「もしセブターを死刑にしたら、そのときはあなたがたが殺人犯だ」

　裁判官の一人が顔を赤くした。「なんという失礼な非難だ！」

「なんてことだ」チャンカーはつぶやいた。

　傍聴席の騒ぎはしだいに大きくなっていった。証人たちの何人かは立ちあがり、恐怖から生まれた敵意をこめた目でケルリックをにらんでいる。手錠をかけられたケルリックの姿を見て、チャンカーの頭に浮かんできたのは、鎖につながれた男を群集がリンチにする醜いイメージだった。

　彼女は裁判官席に歩みよった。「休廷にしろ、早く」

　長老はすっくと立ちあがって、木槌で銅鑼を叩いた。大きな音が喧噪を圧して響きわたった。

「ここは法廷だ。大声コンテストではない」長老は怒鳴った。廷内が静かになると、つづけた。「明日の朝まで休廷する。今後ふたたびこのような混乱が起きたときには、審理をいっさい取りやめるから、そのつもりで」

「以上の理由から——」長老裁判官は結論をいった。「セプターに思うところを述べる機会をあたえることにする。発言に口をはさむ者は退廷させる」

チャンカーは傍聴席を見た。傍聴人たちは、昨日自分たちがさらけだした暴力的な一面を恥じるかのように、黙ってすわっている。

ケルリックは証言席にすわっていた。目もとにかかった巻き毛をかきあげようとしたとき、袖がずり落ちて、カランヤ・リストバンドと手錠がのぞいた。冷たい鉄と組みあわされた金の環。証人たちのあいだから困惑のつぶやきが洩れた。

ダール坊は今後これによって有名になるのだろうかと、チャンカーは思った。カラーニを鎖でつないだ坊として。

ケルリックは深呼吸した。「わたしはここに——痛恨の思いで立っています」

その声は低く、かすれ気味で、軽くはずむような抑揚があった。ふつうの男の口からこんな声が出てきたら、うっとりと聞き惚れるだろう。カラーニの口から聞いたら、心をかき乱されてしまうだろう。伝説に、女王のアカシを口説いてひと言だけしゃべらせた戦士が、その声に魅了され、けしてその男が手にはいらないことをはかなんで自害したという物語があるが、チャンカーはケルリックの声を聞きながら、さもありなんと思った。

しかし最初の言葉をしゃべったあと、ケルリックは黙りこんでしまった。長老はしばらく待っていたが、とうとうダール坊代代理にむかって身ぶりをした。

チャンカーは証言席に近づいた。「ケルリック、どうしたのだ？」

ケルリックは大きく息をついた。「だめだ、できない」

「なぜできない」

「人前で話をするのは――もともと得意ではなかった。ぼくは戦士であって、演説家じゃないんです。それにくわえていまは――脳の神経に障害が起きている。脳のなかの電極が損傷してるんだ。神経ニューロンを異常発火させている」

「電極というものは知っているが、あんな大きなものが脳のなかにはいるわけがない」

「とても小さい電極なんです。肉眼では見えないくらいに」

王圏はやはり驚異的な技術をもっているらしい。しかしそのために彼はどんな代価を支払わされているのか。

「しかし、わたしにむかっていま話しているではないか」

ケルリックは手錠をつないだ鎖をねじった。「人前で話そうとすると――いきなり緊張するんです。そうすると――脳のなかでなにかが電極に影響をあたえ、ニューロンが異常発火をはじめる。そのせいでどもったり、思考が途切れたりしてしまう」

ケルリックのこの反応が、カラーニとしての沈黙の誓約とは無関係であることは頭でわかっていても、チャンカーは論理よりも深い本能の部分をくすぐられた。彼が言葉につまるたびに、カランヤの誓約を破ることへのためらいがそうさせているように見えるのだ。そんなケルリックを守り、保護し、なにも心配することはないのだといって抱きしめてやりたくなった。

それはじつは、ケルリックにとってきわめて効果的な自己弁護になっていた。

「このまま話したいことを話したほうが、きみのためになるぞ」チャンカーはいった。

ケルリックは膝でてのひらをこすった。「やってみます」

坊代代理が席にもどると、ケルリックは話しはじめた。

「ダール坊代と衛兵たちは――わたしの命を救ってくれました。そのことは心から感謝しています。ラーチを――ラーチを死なせるつもりなんて、毛頭なかった。もし――もしもやりなおせるなら――もしも過去へもどれるなら……」

チャンカーはため息をついた。たくさんの〝もしも〟だ。

ケルリックは被告の死を望む申立人たちのほうを見やった。「デーアはわたしの妻です。自分の妻を殺すなんて、まさか――そんなことは考えもしない」

ジェイムソンの頬に小さく赤みがさし、イェバさえも悄然としたようすだ。

ケルリックは息をついて、つづけた。「わたしの頭は傷ついています。そのことは――ここの医者に説明しました。はっきりとした傷なのです。治療しなくてはいけない――いまはなおさら、治療が必要なんです。それから――食べもの、水……。ここではろくに食事もできない」

巻き毛をかきあげると、古暦時代の伝説からあらわれたカラーニのようだった。

「砂漠では――ハチャ隊長が説明した精神の接続は――本当です。わたしは――わたしの身体は——不具合を起こしていました。わたしは衛兵たちと一体になっていた」青ざめた顔で息をのんだ。「ラーチが死んだとき——わたしもいっしょに死んだんです。止められなかった」声がゆがんだ。「わたしは残り一生、死にゆく彼女の記憶をかかえていくんだ」

そして、聞こえるのは書記の鵞ペンが羊皮紙をひっかく音だけになった。

ケルリックの言葉の重みをみんなはわかっているのだろうかと、チャンカーは思った。どんな法廷にもできないような重い宣告を、彼の精神はみずからにくだしたのだ。ケルリックは死ぬまでラーチの記憶を背負って生きていかなくてはならないのだ。

ケルリックの話したいことが終わったとわかると、長老は低い声でいった。「当法廷は、裁判官団が結論に達するまで休廷とする」

金属のぶつかる音で、ケルリックは目を覚ました。寝台から顔をあげて闇をすかし見ると、独房の外の廊下のつきあたりに明かりが見えた。明かりは近づいてきて、衛兵が掲げもつランプであることがわかった。そのとなりをハチャ隊長が歩いている。

二人は独房に近づき、衛兵が鉄格子のあいだからなかをのぞいた。「眠ってると思いますけどね、隊長」

ケルリックは起きあがり、寝台の端から両脚を床におろした。衛兵はぎくりとしたようすで囚人を見て、ハチャのほうをむいた。

「あなたをここにいれたことが知れると、わたしは熱い蠟の池に落ちた蝿みたいに、えらいことになるんですよ」

「長居はしない」ハチャはいった。

衛兵はなにやらぶつぶついいながらドアをあけ、廊下をもどっていった。ハチャは残った。

隊長は独房にはいってきた。「レブとバルブからのメッセージをつたえにきた」

「どんな?」ケルリックは訊いた。

「命を救ってもらってありがとうということだ」静かにつづけた。「わたしも感謝している」

隊長がどんな用件で来たのか見当もつかなかったが、すくなくとも感謝されるとは思っていなかった。

「二人はだいじょうぶなのかい?」ケルリックは訊いた。

「ああ。二人とももう病房を出ている」ハチャは寝台の反対端に腰をおろした。「ケルリック、わたしはあんたを理解できないし、今後とも理解できないだろうと思う。しかし、あそこでなにが起きたかはわかっているつもりだ。宇宙港へ行こうとするあんたの行く手をはばむのは、わたしたち四人だけだった。コバ星から脱出したければ、あのままわたしたちを死なせればよかったはずだ」

ケルリックは静かに答えた。「むかし、もし自分がそういう情況に追いこまれたらどうするだろうかと考えたことがあるんだ。ぼくは、自分が生き延びるほうを選ぶにちがいないと思っていた」そして、苦々しい口調でつづけた。「でもなぜかそうしなかった。そしてそのために、今度は自分が死ぬはめになりつつある」

ハチャは彼をじっと見た。「わたしたちの慣用句に、〝チャビアト・キン〟というものがある。古書法よりさらにさかのぼる古代言語からつたわっている。直訳すれば、〝その日は保護されている〟とか、〝見守られている〟とかの意味だが、実際にはもっと深い内容がある。命の守護者という霊的な意味がこめられているんだ。わたしたちの祖先がこの言葉を使うときは、他人を守るために戦士が投げ出した命という意味だった」ランプの光がその顔をゆらめかせた。「いま、わたしとあんたとのあいだには、それがある」

さきほどの衛兵がまた戸口にあらわれた。「勤務交代の時間なんですよ、隊長。早く出てもらわないと、困ったことになるんです」

ハチャは立ちあがり、低い声でいった。「忘れないぞ、ケルリック」

そして独房から出ていき、ドアは金属の響きをたててしまった。

立ちあがって法廷を見まわす長老裁判官の顔には、疲労の色が濃かった。

「本日は当法廷において、セプター・ダールの件について判決をいいわたす」

コーブとともにすわったチャンカーは、思わず膝においた拳をにぎった。緊張で廷内は静まりかえった。

長老はつづけた。「セプターの行動がダール坊代の発作につながったことは事実である。しかし彼女の心臓の状態も、その決断も、セプターが責任を負うところではない。ゆえに、坊代の病気からくるいかなる不幸についても、セプターは無罪である」

「なんだって！」

イェバ・ダールが立ちあがった。しかし二人の衛兵が壁ぎわから離れて近づいてくると、イェバは紅潮した顔でそちらをかわるがわる見て、黙ってすわった。

長老は証人たちのつぶやき声がおさまるのを待って、つづけた。「セプターの能力について、わたしたちは完全に理解することはできない。彼がそれらを誤って使ったのかどうか、見きわめる知識もない。ラーチの死についての判断材料は、セプターの人となりをつたえる証言と、被告が裁判官団にむかっておこなった陳述に対するわたしたちの見解しかない」

長老はそこで間をおいた。廷内のすべての人が彼女の言葉を聞こうと身をのりだしているのを、チャンカーは肌で感じた。

「当法廷は――」長老はいった。「被告にラーチ・ダールを殺害する意図はなく、その死は過失による故殺と裁定する」

故殺の場合の刑罰はさまざまだが、最高でも長期投獄だ。チャンカーはケルリックが助命されたとわかって、自分でも驚くほど安堵していた。

「その量刑にあたっては、当法廷は前例のない情況に直面した」長老はつづけた。「もしセプターが脱走すれば——いや、軍事政権であるスコーリア王圏において、第三位の王位継承権をもつケルリクソン・ガーリン・バルドリアが、もし万一脱走するようなことがあれば、コバ星全体がその影響をこうむる」張りつめた声でいった。「カラーニに刑の宣告をするのは不本意であり、まして何世紀も放棄されていた因果応報的な刑罰を復活させたいとも思わない。そして被告が善良な人格者であることもあきらかだ」重荷に耐えているような口調だ。「寛大な処置をしたい希望に反して、ここはわたしたちの世界の安全も熟慮しなくてはならない」

最後の言葉が廷内に響いた。

「そこでダール坊法廷はセプター・ダールに、刃付き円盤による死刑を宣告し、旬日《じゅんじつ》第五日、夜の第一時に執行することを命じる」

9　女王のアーチ

イクスパーは、数多くの窓から日差しがさんさんと降りそそぐ日光の廊下を歩いていた。廊下のむこう端でアーチ形のドアがひらき、美しいかたちをつくった。それがふたたびしまると、廊下にはジャールト・カーンの姿が残された。

「イクスパー」宗主は彼女を呼んだ。「探していたのだ」

イクスパーはジャールトのそばへ行った。「ついさきほどまで物理の個人授業を受けていたのです」

宗主は彼女とならんで歩きだした。「アブタク・バーズがここを訪問するそうだ」

イクスパーはバーズ坊代のことを思い出した。鉄灰色の女で、みずからの力をよく知り、それをしばしばカーン坊にぶつけてくる。

「なんの用件で？」

「いい質問だな。アブタクに訊いたら、ミエサ高原の採掘権について話しあうためと答えるだろう」ジャールトは鼻を鳴らした。「しかし本当の理由は、厄介事を惹き起こすためだ。いつものようにな」

ジャールトがバーズを訪問するときは、バーズ坊代も部下にむかっておなじことをいっているのではないかと思って、イクスパーは思わずにやりとしそうになった。

「継嗣も同伴で？」

「そうだ。スターナも来る。バーズ坊代は、おまえとスターナに争局させてはどうかともいっていた」

「わたしがまだ評議会クイスを打ったことがないのは、むこうもご存じでしょうに」

「スターナが年齢でも経験でもおまえに倍することもな」ジャールトはしばし黙った。

「断っても、なんら不名誉ではないのだぞ」

そして、バーズ坊に負けを認めると？「受けて立ちましょう」

ジャールトは賞賛のまなざしで継嗣を見た。「アブタクはおまえのクイスの才能を知らないのだ。スターナのまわりに駒の螺旋をつくってやれ」

イクスパーはその螺旋というのがどういうものか知らなかったが、自由時間をすべて費やしてでもその準備をするつもりだった。

「テブが驚くでしょう」

「テブというのは？」

「わたしの数学の個人教師です」

「ああ、彼か」ジャールトは笑顔になった。「どんな男なのだ？」

テブの話題になると、イクスパーの口調は熱っぽくなった。「とても美しいんです。瞳は茶色で、ハゼル鹿の目のようです。光の角度によっては金色に見えるくらいです」

ジャールトの笑みが消えた。「そのことは忘れたと思っていたのだがな」

「そのこと、というと？」

「あのスコーリア人のことだ」

イクスパーは身をこわばらせた。それから廊下の端まで、二人は黙りこくって歩いた。日光の廊下のつきあたりにある控えの間に一人の補佐官が待っていて、宗主にお辞儀をした。

「建設現場の監督が面会したいと参っております。職人の契約についての用件だとか」

「わかった」ジャールトはイクスパーのほうをむいた。「ミエサ高原採掘協定についてのファイルはわたしの机のなかにある。アブタクが到着するまえに目を通しておけ」

イクスパーは一人でジャールトの執務室にはいった。角部屋で、日差しがとても明るくさしこんでいる。肘掛け椅子は上等な年代物の革張りで、床には絨毯が敷かれ、壁には本棚がならんでいる。机のいちばん上の引き出しには、何種類もの鵞ペンと、インク瓶が二つと、振り子時計がはいっていた。ミエサ高原のファイルは隅にしまわれていた。

イクスパーがファイルを手にしたとき、ドアがひらいた。ふりかえると、一人の補佐官がはいってくるところだった。

女はお辞儀をして、「カーン継嗣」と挨拶すると、イクスパーに手紙を渡した。「早朝に、一機の帆翔機がこれをとどけにきました。パイロットによると緊急の内容で、あなただけに開封してほしいとのことです」

　なんだろうと思って、イクスパーは封筒の裏を見た。片隅に太陽樹をかたどったダール坊の紋章の金箔印が押されている。ダール坊のだれがカーン継嗣にこんな親書を送ってくるのか。ケルリックだろうか。補佐官が退室すると、すぐに封を切った。

　メッセージはハチャ隊長からだった。


　ジャールトが自分の執務室にもどってドアをあけてみると、部屋のまんなかにイクスパーが立って、こちらを見ていた。少女はくしゃくしゃにした紙を手ににぎっている。

「嘘だ」イクスパーはいった。

　ジャールトは眉をひそめた。「なんのことだ?」

「嘘だ」いつもは陽気なイクスパーの声が、いまは怒りで陰っていた。

「いったいなにをいってるんだ」

「もう殺したんですか?　コバ星の利益のために、彼を殺害したんですか?」

　なるほど、イクスパーの耳にはいったらしい。こんな厄介事の原因をつくったやつはすぐに後悔させてやる。

「だれからそんな話を聞いたんだ?」

「べつに。ミエサのファイルが机のなかになかったので、探したんです。そうしたらこういうものがみつかりました」イクスパーはにぎりしめた紙をかかげてみせた。「どうして裁判のことを教えてくださらなかったんですか。わたしは証言したのに」

ジャールトはドアをしめた。「ケルリックのことはあきらめろ」

「いやです！　今夜処刑だなんて、ひどすぎます！」

ジャールトは歩みよって、その拳から紙をもぎとった。チャンカーが裁判のあとに書き送ってきた手紙だった。

「有罪か無罪かの判断は、経験ある人々にまかせればいい」

「わたしは彼を知っています。だれよりもよく」

ジャールトはイクスパーの肩に手をおいた。「おまえは自分の見たいものを見ているだけだ。保護者を必要としている美貌の王子か。それは現実の姿ではない。まったくちがうのだ」

イクスパーは宗主の手をふりはらった。「つねづねおっしゃっている正義という言葉は、どこへいったんですか？　あなた自身がしたがわない言葉に、どうしてわたしがしたがえるんですか？」

ジャールトは窓ぎわにあるクイス卓をしめした。「すわれ」

イクスパーと一局打つことにしよう。生成するさまざまな配列が、王圏とはどんなものかを語り、コバ星が占領支配されるとはいったいどういうことかを、言葉よりはるかに克明に描写するはずだ。

二人は席につき、たがいの駒袋をあけた。ジャールトは卓の中央に球をおいた。黄金の球――ケルリックだ。そしてイクスパーを見て、少女の応じる手を待った。

イクスパーは争局を通じて説得を試みてくるだろう。ケルリックを生かしておくべきだという結論に導こうとするだろう。しかし少女は、師が本気で打つクイスの力に直面したことがないのだ。ジャールトがカーン坊をおさめているのは、偶然ではない。容赦のない宗主の駒の力に対抗できる者はいないのだ。まして子どもに立ちむかえるわけがない。そんな壮絶な争局の圧力に、できればまださらしたくないと思っていたが、しかしイクスパーもそろそろ大人に近づいている。政治力学をまなんでもいい齢だ。少女はこれまでずっと自由な環境で育っているし、支配者に従属させられることの本当の意味を、歴史の授業だけから理解するにはまだ幼すぎる。恋でのぼせあがって、ケルリックの本当の危険が見えていないのだ。

イクスパーに現実を見せてやろう。そうすれば、ケルリックが死なねばならない理由がわかるはずだ。


息せき切って走ってきた補佐官が、チャンカーの私室のテーブルに身をのりだした。

「空港の管制塔から連絡です。一機の帆翔機が、あらゆる速度記録を塗りかえそうな勢いで接近中です」

チャンカーは、ろくに喉をとおらなかった夕食などすぐに放り出して、補佐官といっしょに出発した。夜の帳《とばり》がおりはじめた市街を、長身の人影がいくつも横切っていった。空港に着いたときには、ちょうどその帆翔機が、まばゆい照明のなかで強風にあおられながら降下してくるところだった。機体には、翼を広げて帆翔する巨大な鷹類の図——カーン坊の紋章があった。

帆翔機が着陸すると、すぐにハッチがひらき——コバ星の宗主が夜のなかに歩み出てきた。

チャンカーは強風に対して身体を傾けながら、滑走路を横切っていった。そしてジャールトにお辞儀をした。

「ようこそわが坊へ」

ジャールトの顔には影がさしていた。「処刑は？　終わったのか」

「いいえ。いまから一時間後です」

宗主はいった。「まず当人に会いたい」

拘置所のドアがひらく金属的な音が響き、ケルリックは顔をあげた。独房の外の廊下に、石の床を踏むブーツの音が響く。ケルリックは立ちあがり、独房の高窓を見た。鉄格子のあいだに輝く星。さようならと、頭のなかでいうと、死刑執行人たちのほうをむいた。

チャンカーが、衛兵の八人部隊とともに廊下を歩いてくる。知らない顔の女もいっしょだった。長身痩軀で、ズボンも上着も黒ずくめのいでたちだ。

衛兵が独房の鍵をあけると、痩せた女はほかの者たちにむかっていった。「二人だけにしてくれ」

チャンカーがいいかけた。「安全を考えますと――」

「二人だけにしてくれ」女はくりかえした。

その強い視線を受けて、チャンカーと衛兵はもときた廊下をもどっていき、つきあたりのドアから外に出た。痩せた女とケルリックだけが残された。

「さて」女は独房のなかにはいってきた。「きみがケルリクソン王子か」

自分の称号をコバ星の言葉でいわれると、すこし奇妙な感じがした。ケルリックは答えた。「そうです」

「わたしはカーン宗主だ」

どういうことだ。わざわざ処刑を見物しにきたのか。「イクスパーも同伴して?」

「イクスパーのことなど心配しなくていい」

「もし彼女が来ているのなら――処刑を見てほしくないんです」

「きみはもう充分にイクスパーの頭を汚染している。それをこれ以上ひどくさせるつもりはない」

「お一人で処刑の立ち会いに?」

「そうではない」ジャールトは漆黒の瞳でケルリックを見た。「わたしの継嗣の心をとらえ、死刑執行の猶予をあたえよとわたしを敢然と説得させたのは、いったいどんな男かと見にきたのだ」

はじめ、その言葉は音として聞こえるだけで、頭のなかで意味をなさなかった。しかしゆっくりと精神にしみこんでいって、希望の火花とともにそこにおさまった。

「猶予？」

「死刑執行はわたしが停止した」ジャールトはいった。「きみの刑は、ハカ監獄での終身刑に変わった」

II
ハカ坊

10 ルビーの楔

砂漠は風で動く。地平線のむこうから寄せてきた赤い砂の波は、テオテク山地にぶつかってくだけている。帆翔機が高度をさげていくと、一部が砂漠の平原に広がり、一部がテオテク山地によりかかっているハカ坊の姿が、砂嵐のむこうから見えてきた。薄い夕日の色をした塔は崖から削り出したもので、四角くひらいた窓が目のようだ。帆翔機がそばをとおると、それらの窓から目を丸くしてこちらを見ている人々が、ケルリックには見えた。

外から機内へと目を転じた。衛兵たちが八つの座席を埋めているが、ケルリックの視線が探しているのは彼らではない。デーアはパイロットのうしろの席で、その隣がチャンカーだ。窓の外を眺めるデーアの顔は、もの思いに沈んでいるようだ。

帆翔機は砂の渦巻く大地をかすめ、空港に着陸した。最初にデーアが降り、チャンカーがつづいた。二人とも上着のフードをしっかりとかぶり、吹きつける砂から顔を守った。それからダール衛兵隊がケルリックを連れて降りた。

滑走路上にはハカ衛兵隊の八人部隊が待っていた。大女ぞろいの八人は、黄色の軍服にくすんだ色のブーツという姿だ。肌も目の色も黒く、房飾りのついた砂除けのスカーフで頭をつつんでいる。ふつうのスタン銃のほかに、前腕ほどの刃渡りがある短剣を帯びていた。

ハカ坊の衛兵たちがケルリックをかこむと、デーアが近づいてきた。荒れ狂う風の音のせいでその声は聞こえないが、唇の動きでなんといったかはわかった――〝さようなら、わが夫よ〟

ケルリックも小声で答えた。「さようなら、わが妻」

そして衛兵たちの手で砂嵐のなかへ連れていかれた。

山は砂漠から階段状に立ちあがり、大地と空のあいだに屹立している。ふもとの小さな峰は平坦な砂漠から間隔をおいてつきだし、ちょうど岩だらけの海岸線のようだ。風によってもうもうと巻きあげられた砂が、ごつごつした岩肌に降りそそいでいる。

衛兵にとりかこまれたケルリックは、服や髪や腕帯や手錠の下にはいりこんでざらざらする砂のことなど気にもとめず、悄然として歩いていた。終身刑。仮出獄もありえない。その暗澹たる気持ちのなかにさしこむ唯一の光は、回復しているらしいデーアのようすだった。そのおかげで、もしかしたらこの窮地からなんとか脱出できるのではないかという、根拠のない希望さえもてた。

衛兵たちは、砂漠から突き出た小さな岩山にケルリックを連れていった。金属の扉がひらいて、鉄灰色の壁にかこまれたトンネルがあらわれた。そこを通っていくと、広い洞窟に出た。なかは小部屋に区切られているが、天井はとても高く、暗くてよく見えない。

連れていかれた小部屋のひとつには、書記台のまえで待つ事務員がいた。

「セブター・ダール？」彼女は訊いた。

「そうだ」衛兵隊長は、砂嵐のなかで顔を守っていた房飾りつきのスカーフをとった。

「四号監舎にいれる」

「所持品は？」と事務員。

「腕帯」隊長は答えた。「それから手首と足首のバンドだが、溶接されていてとれない」

「こいつはカラーニなんですか？」事務員はしげしげとケルリックを見ていたが、やがて思い出したように隊長にむきなおった。「腕帯はここではずしてもらいましょうか」

ケルリックは両手をあげた。衛兵から手錠をはずされると、ケルリックは自分で腕帯をはずして事務員に渡した。事務員はそれを書記台にそっとおき、灰色の囚人服をとりだした。

隊長は囚人服を受けとり、ケルリックのほうをむいた。「脱げ」

ケルリックは衛兵隊のほうを見た。女たちはじっとこちらを見ている。なるほど、プライバシーなどないらしい。ケルリックは歯ぎしりしながら服を脱いだ。事務員と衛兵のうち何人かは目をそらしたが、残りはじろじろと見ていた。脱ぎおわると、そのままじっとした。むきだしの皮膚から乾いた空気のなかへ汗が蒸発していく。

隊長が手をふった。「反対をむいて、壁に手をつけ」

ケルリックはきっと相手を見た。なにを検査するというのか。じっと動かずにいると、衛兵たちが短剣の柄に手をかけた。しかたなくケルリックは背中をむけて、壁にてのひらをつけた。監獄の運営について不愉快な噂は聞いていた。仕返しされる恐れがないのをいいことに、衛兵たちのこんな所業がまかりとおっているらしい。

ケルリックとおなじくらいの背丈がある女の隊長は、わきに立って肩に手をおいた。その指先を肌にすべらせて、つぶやいた。

「本当にこの金色は剝げ落ちないんだな」背中から腰へと手を動かしながら、ケルリックだけに聞こえるように耳もとでささやいた。「これがカラーニの手触りか」腰をなでながら、つけくわえた。「牢獄にいれてしまうとは、なんとも惜しいな」

ケルリックはなにもいわず、目のまえの壁を見つめながら、ここではないどこかにいる自分を想像しようとした。

隊長はその素っ裸の身体に本当になにか隠されているとでもいうように、念入りに肌をなでまわしたあと、囚人服を渡して着させた。

その洞窟のあとは新しいトンネルに連れていかれた。くねくねと何度も曲がって出たところは、また砂嵐のなかだった。そそり立つ岩山にかこまれた小さな盆地のようなところで、そのまんなかに立ついくつかの建物は、吹きつける砂になかばおおい隠されていた。

むこうには高い山が空へむかってそびえている。

ケルリックはそのなかの四つめの建物に連れていかれた。なかにはいると、廊下のつきあたりに分厚い扉がある。それをあけると、さらに第二の扉。そのあいだにはいって、最初の扉がしまってから、ようやく第二の扉はひらいた。巨大なエアロックのようなものだ。そのむこうは、幅の広いアーチの下をとおる通路で、壁ぎわには砂が積もっていた。隊長は三つめの部屋に連れていった。

「ここだ。おまえの住《す》み処《か》だ」

住み処……。残り一生の、だろうか。衛兵が去ってから、ケルリックは部屋にはいってみた。幅が十歩ほどの砂岩の部屋で、床にじかにおかれた貧しい寝床には毛布が一枚。天井の天窓にはめられた鉄格子のあいだから、日の光が斜めにさしこんでいる。ケルリックは通路にもどった。エアロックのそばの部屋には人の気配があった。寝床の上のシャツ、床にころがった駒袋、隅におかれた素焼きの壺。

ふいに部屋のアーチ形の出入り口に、肩まで黒い巻き毛をたらし、ぼさぼさの髭をはやした大男がのっそりとあらわれた。

「のぞき見が好きなのか、ほら吹きにいちゃん」

「なんだって？」ケルリックはいった。

「なんだ、おつむが鈍いのか？　噂じゃ、こいつはカラーニだっていうが」大男は笑った。

「ほらだな、まったく。ほらだ」ずいと歩みより、ケルリックの顔から手幅ひとつ分のところまで鼻先を近づけた。「その肌が気にくわねえな」

「だからどうだっていうんだ」ケルリックは答えた。

「おやおや、風より強そうな態度だぜ」大男は鼻を鳴らし、くるりと背をむけて去っていった。

ケルリックは首をふり、自分の部屋にもどって寝床にもぐりこんだ。うとうとしても、もの音がするたびに目が覚めた。

日が暮れはじめた頃、部屋にはいってくるだれかの足音が聞こえた。そいつが寝床のわきにしゃがんだところで、ケルリックはぱっと目をひらき、頭の上におりかけていた手の手首をさっとつかんだ。天窓を背景にしてシルエットになった顔は、あどけなさの残る十代の少年だった。

少年は自分の手首を引っぱった。「放してくれよ。あんたがどんなやつか見にきただけなんだから」

ケルリックはその手首を放して起きあがった。「どんなやつかは、もうわかったろう」

少年はあとずさりした。「あんたはゼブより大きいね」

「ゼブというのは？」

「ゼブ・シャゾーラさ。あんたが鷹のくちばしどもに連れてこられたときに、ここにいた」少年はしかめ面をした。「あいつのせいで、みんなおいらのことを〝ちびのほら吹き〟って呼ぶようになったんだ。そんなふうにいわれると頭にくるけど、みんなおいらよりでかいから、黙ってる。でも本当はチェドって名前があるんだ。チェド・ラサ・ビアサだ」

この星へ来て初めて聞くミドルネーム入りの名前だ。たぶんこの少年はラサ坊で生まれて、その後、ビアサ坊に移ったのだろう。

「ラサ坊はたしか、二級坊だったな」

「あたりまえのこと、いうなよ」チェドはほの暗い光のなかで目を凝らした。「あんたの肌は金属みたいに見えるな」

肌の色についてあれこれ釈明するのに飽きているケルリックは、肩をすくめただけだった。

「アーカ坊出身かい？」チェドは訊いた。

「なぜアーカ坊出身だと思うんだ？」

「アーカ坊の連中はへんなしゃべり方をするって話だからさ」

「ぼくの言葉はスコーリア訛りだ」

「そうかい」チェドは笑った。「じゃあ、おいらはさしずめハカ坊代だな」寝床のそばにすわった。「本当はどこから来たんだい？」

議論してもしかたない。「ダール坊だ」

「ハカ坊の親玉は、今夜はうれしい爪猫だろうな」

「ぼくが牢獄にはいると、なぜハカ坊代がうれしいんだ？」

「あんたはおつむが鈍いのかい？」

ケルリックは顔をしかめた。「じゃあぼくのおつむは空っぽだってことにしておこう。そこを充たすようなことを教えてくれよ」

チェドは身をのりだした。「いいかい、ダール坊がくそまみれになれればカーン坊もくそまみれになって、カーン坊がくそまみれになればハカ坊はピンク色になるじゃないか。だからハカ坊はうれしい爪猫だっていってるんだよ」

「やれやれ」この監獄にまともなテオテク語を話すやつはいないのか。

「あんた、刑期は？」チェドが訊いた。

「終身だ」

少年の笑顔が消え、〝あんた、いったいなにをやらかしたんだ？〟という無言の問いが感じられた。ふいにチェドは口をぽかんとあけた。

「おい、あんた、駒袋はどこにもってるんだ？」

帆翔機を不時着させたときにつぶれたんだと、ケルリックは思った。デーアからの贈り物を失ったのは残念だった。

「もってないんだ」

「だれでもひと揃いもってるもんだぜ」チェドはケルリックの刑期よりも、駒をもっていないことに驚いているようだった。「そのくせゼブに、自分はカラーニだっていったのかい？　駒をもってないカラーニか。そりゃ本当にほらだ」ケルリックの腕に手をのばした。

「あんたがカラーニじゃないってことを証明してやるよ」

反射的にケルリックは少年の手をはねのけたが、その動作で袖がめくれ、カランヤ・リストバンドが薄暗い光のなかにあらわれた。

「リストバンドだ！」チェドはいった。「盗んだのか？」

「こんなもの盗んでどうするんだ」

少年はしげしげとその金のバンドを見た。「古いな。大むかしのだ。たいへんな価値があるはずだ」顔をあげた。「足首にもつけてるのかい？」

「ああ」

「本物の金で、ハカ坊とおなじくらい古い。眠るときは用心したほうがいいぜ」

「溶接されてるんだ。とれやしない」

チェドは肩をすくめた。「コバ星じゅうの金塊をおいらのまえに積まれても、ここにいるかぎりはなんの役にも立ちゃしない。でもこいつを手にいれるためなら、あんたの手足を切り落とそうと考える異常者はいくらでもいるぜ」

「なるほど」ケルリックはつぶやいた。「それはたいへんだ」

客人が最高のもてなしを受けられるようにするために、ハカ坊代は努力を惜しまない。デーア・ダールにはそのことがよくわかった。二人がむかいあっているテーブルはつやつやと光り、ワインの酒杯はクリスタル製で、料理はクリーム雉《きじ》だ。そばには美貌の若者が立ち、いつでもグラスを充たしてくれる。ラシバ・ハカの意図するメッセージはあきらかだ。富でも、権力でも、威光でも、ダール坊よりハカ坊が上だといいたいのだ。

上等な料理にもかかわらず、デーアは手をつけただけだった。疲れて食欲がないのだ。テーブルのむこうにすわる女の生気にあふれた美しさを見ていると、なおさらそうなった。ラシバ・ハカは砂漠の女神だ。若さがきらめいている。髪は黒いサテンのようにつややかで、両端が吊りあがった目は黒いオパール石のように輝き、肌はジャバクリームのように黒くなめらかだ。

「食事はお気に召しましたか、ダール坊代？」ラシバが訊いた。

「すばらしい料理ですね、ハカ坊代」デーアはいった。

「おたがいにこうしてゆっくりできるのはさいわいですよ」ラシバは笑みを浮かべた。

「坊代にもときには休息が必要ですからね」

「たしかに」デーアは坊代就任直後の何年かを思い出した。「しかし何年かすれば、坊代の仕事にも慣れて楽になるものですよ」

ラシバの笑みに、わずかに棘があらわれた。「おや、この仕事が楽でないと思ったことはありませんが」

ずいぶん愛想のいいやりとりだ。デーアはこんな苦行を早く終えたかった。

「飲みものをもってケジの間へ移動しませんか」ラシバがいった。「あそこのタペストリーをお見せしたいのです」

ダール坊の医者たちから酒類厳禁といわれているのだが、デーアは忘れることにした。食後のジャイ酒を断りなどしたら、こちらの健康不安をラシバに見透かされてしまう。快活な笑みを浮かべて答えた。

「では、グラスをもって退がるとしましょう」


ハカ坊代のラシバ・ハカは、打ちそんじたクイスの駒のような気分だった。ダール坊代の圧倒的な存在感のまえでは、自分の未熟さがひどく意識された。デーアをケジの間へ案内しながら、壁のタペストリーを見まわした。巨大な鷹類にまたがって飛ぶ戦士や、カランヤ苑の儀式や、合戦の図など、古暦時代のさまざまな場面が色彩豊かに描かれている。彼ら古代の戦士の獰猛さをすこしでも吸収して、強力無比なるダール坊の女王に対抗する力にできればいいのだがと、ラシバは思った。

デーアはタペストリーを見てまわった。「美しいな」

「ケジ坊からの贈り物です」ラシバはいった。「千年以上前、砂漠戦争でケジ坊とハカ坊が同盟を結んだときに、ケジ坊代から贈られたのです」

「細密な描写だ」金や赤や青の糸で編まれた図柄にデーアは見いった。「ケジ坊があの戦争で滅びたのは残念だな」

ラシバは身をこわばらせた。ケジ坊と同盟関係にあったハカ坊をおとしめるつもりかと思ったのだ。自分のその反応を隠すために、ラシバは壁のインターコムのほうをむいてスイッチを押した。

「ニダ?」

補佐官の声が宙に流れた。「はい、坊代」

「ダール坊代とわたしはケジの間でジャイ酒を飲むことにする」

「すぐにおもちします」ニダは答えた。

インターコムを切ったラシバにむかって、デーアは笑みを浮かべた。「おたがいにすわりましょうか」

非の打ちどころなく礼儀正しいその口調が、彼女を立たせたままにしていた主人役の計り知れない無礼さをきわだたせているようだった。

「もちろんですとも」ラシバは答えた。「すわりましょう」

そうやって、むかいあった肘掛け椅子に腰をおろしていると、酒をもった侍者がはいってきた。若い男は二つのグラスにジャイ酒をつぎ、デカンターをあいだのテーブルにおいて、部屋から退がった。

デーアはグラスをとった。「さて」ラシバの腰に吊られたクイスの駒袋に目をやった。

「軽く一局いかがかな?」

軽く一局? 二人の坊代がクイスを打つときは、軽い一局などありえない。デーア・ダールの腕は有名だ。ハカ坊の若い坊代など歯牙にもかけないだろう。

「まあ、またべつの機会に」ラシバは答えた。

「ダール坊の改修はどんな具合ですか?」

デーアはうなずいた。「またべつの機会に、な。相応の力がついたときに」

相応の力がついたときに……。なんと辛辣な。ラシバはしいて冷静をよそおった。「ダール坊の改修はどんな具合ですか?」

「順調ですよ」デーアは椅子に深くすわりなおした。「カーン宗主がセブターに恩赦をあたえてくださったら、アカシ用スイートも使用再開するつもりです」

ラシバはジャイ酒を噴き出しそうになった。恩赦だって?デーアは頭でもおかしくなったのか。

落ち着きをとりもどすと、わずかに懐疑心をまじえた穏やかな口調でいった。「なぜセブターに恩赦があたえられると?」

「セブターは監獄などにはいっているべき人間ではないからです」

デーアはいったいなにを考えているのだろう。ジャールト・カーンがセブターに恩赦をあたえるなど、ありえない。ラシバは探りをいれてみた。

「たしかに監獄はカラーニのいるべき場所ではありませんね。才能の無駄だ」

「そうです」デーアはジャイ酒に口をつけた。「なにしろ彼は、わずか一季で、娑婆クイスを完全に身につけたのですから」

ラシバは鼻を鳴らしそうになった。こちらをなにも知らないやつとでも思っているのか。

「そんな才能の持ち主はめったに聞きませんね」

「ええ、めったにいません。しかしまれにはいるのです」

まあ、そうともいえるが……。しかし、なぜそんな自慢話をするのだろう。それによってデーアにどんな利益があるのか。たとえそれが本当だとしても、その天才セプターは、いまはハカ坊のものなのだ。なぜそんなことを知らせたがるのか。

もちろん、〝天才〟は扱いがむずかしい。もしハカ坊がセプターを再訓練し、ハカ坊のクイスを教えこんだあとに、ダール坊に送り返せば、デーアは大よろこびだろう。坊代がべつの坊代より優位に立とうとしたら、相手のクイスに精通したカラーニを手にいれるのがいちばんてっとりばやいのだ。しかし、それは机上の空論にすぎない。セプターが恩赦を受けるなどというのは、砂漠が立ちあがって歩きだすのとおなじくらい、ありえないことだ。

とはいえ……書類上では、セプターはハカ坊で刑に服するとされているだけだ。ハカ坊のどこでとは指定されていない。カランヤ苑にはいってはならない、とは条文のどこにも書かれていない。

ラシバはその点を考えてみた。べつの坊からカラーニを買おうとすると、坊代はその契約のために法外な値段を支払わされるものだ。しかし、いまここで、セプターをハカ坊のカランヤ苑にいれて、刑期とおなじ期間にわたってクイスを教えこむと同意したら、どうだろうか。ダール坊でのセプターの契約をただで手にいれるのとおなじことだ。もちろん、もし彼に恩赦があたえられれば、セプターはダール坊へ帰ることになる。デーアはハカ坊における彼の契約をただで手にいれられるわけだ。しかしそんな恩赦の可能性が皆無にひとしいことを考えれば、この合意で利を得るのはハカ坊のみだ。

ラシバは言葉を選びながら話した。「セプターが自分の秘めた力に気づかないのは、もったいないと思いますね」

デーアはじっと相手を見た。「そうですね」

「ここで仮定として、いろいろな選択肢を考えてみませんか」

「どういうことでしょうか、ハカ坊代」

ラシバは自分のジャイ酒をひと口飲んだ。「たとえば、カランヤ苑への暫定的な誓約入苑を考えてみましょう。期間は、彼がべつの場所に滞在していたはずの期間」間をおいて、つづけた。「たとえば、監獄ということにしましょう。再訓練が可能であるという前提で」

「それで」

「刑期が終わったら、彼の暫定誓約も解除されるわけです」

デーアはそっけなく答えた。「あまり得な取り引きとはいえませんね。彼の刑期が終身であれば。最初の坊代はみずからの所有する天才を、ライバルの坊代にただでくれてやることになるのですよ」

「そうですね」ラシバはいった。「しかしもし恩赦があたえられたら、最初の坊代はライバルからただでカラーニをもらえる。両者にとって賭けの要素があるわけです」

ダール坊代は長いこと黙っていた。相手を観察しているのか、考えているのか、たんに効果を狙って沈黙しているのか、ラシバにはわからなかった。ようやく話しはじめたとき、その口調は意外にも穏やかだった。

「価値ある賭けといえるでしょう。もしそれで、彼が監獄から出られるのなら」

ラシバは目を丸くした。こんな条件は、デーアは一蹴すると思っていたからだ。あきらかにハカ坊に都合のいい内容ではないか。なるほど、そうか。ダール坊の強力な女王にも弱点があったわけだ。セブターだ。デーアはこの男を愛するあまり、もし監獄から出られるのなら、彼が最大の政敵のカランヤ苑にいれられるのもやむをえないと考えているのだ。

ラシバはジャイ酒をおいた。「この仮説を具体的な条項として話しあったほうがよさそうですね」

その夜のうちに、二人は書類を書きあげ、サインした。あきらかにハカ坊に有利な合意文書だ。しかしそれが完成したとき、ラシバはむしろ、敵の術中にはまったような気がしてならなかった。


眠っていたケルリックは、ふいにだれかの手で腹ばいにひっくり返され、闇のなかで目が覚めた。いくつもの手がケルリックの手足を押さえ、喉にナイフがあてられた。手足のカランヤ・バンドを探る指がある。

「じっとしてろ」ゼブがいった。「じっとしてれば、痛いめにはあわせねえ」そこで笑った。「すくなくとも、抵抗したときのおまえの運命よりはましなはずさ」

ケルリックの身体の制御が反射動作に切り換わった。たとえこの傷ついた拡張機能がまったく働かなくても、ケルリック自身の格闘テクニックだけでお粗末な盗賊どもなどあっというまに倒せただろう。三人のうち二人を瞬時に気絶させ、ゼブをあおむけに倒してその胸を膝で押さえ、拳をふりあげた。

「本気じゃねえんだ」ゼブはあえいだ。「ただの冗談だよ、ただの」

「次はその腐った頭を叩き割ってやるからな」ケルリックはいって、このシャゾーラ坊から来た男を気絶させた。

戸口のむこうで一本の腕がさっと動いた。チェドだとわかったときは、ケルリックはもう相手をつかまえていた。

「放せよ」チェドは強気でいった。「でないと、ハカじゅうの人間に聞こえるくらい大声で叫んでやるぞ」

ケルリックは放してやった。「おまえを殴りはしないよ」

「ああ、あんたがあいつらを倒すところは見てたよ」

チェドは左右を見て、さっと自分の部屋にはいり、寝床のそばにしゃがんだ。そして空中に火花が散ったと思うと、一本の蠟燭をかかげて立ちあがった。

ケルリックは部屋の入り口に立った。「どこで蠟燭を手にいれたんだ?」

「ボニからさ」チェドは部屋の奥へ退がり、壁に背中をつけてすわった。「彼女は衛兵の一人だけど、信用できるんだ。ゼブたちとはちがう」

「あいつらは、おまえを狙ってるんだろう？」

「あんたには関係ないさ」

「いいや、関係ある」

チェドは膝をかかえた。「どうしようもないよ。おいらはあんたみたいにでかくないし、喧嘩も弱いんだから」

「当局に訴え出ることはできないのか？　告訴するとか」

「告訴だって？」チェドはうすら笑いを浮かべた。「ばかばかしい」

「やってみなければ、ばかばかしいかどうかはわからないだろう」

「やってみたさ。あんなばかなことは二度とやらない」

「なぜだ」

チェドはしかめ面をした。「あんたはすぐそうやって訊くな」

「答えるのが怖いのか？」

「怖くなんかないさ」チェドは蠟燭を握りしめた。「ここにいれられて初めての夜があけてから、房長と話をしたいと衛兵たちにいったんだ。でもみんな、房長は忙しいといって相手にしてくれなかった。それからしばらくして、獄長が視察にやってきた。ゼチャ・ハカだ。この監獄でいちばん偉い〝鍵持ち〟さ。そこで彼女に、ゼブとその仲間たちのことを話したんだ。ところが、どんな返事だったと思う？　自分から厄介事を招いてるんだから、自分のせいだって」

ケルリックは目を丸くした。「自分のせいだって？　なんて言い草だ」

チェドは肩をすくめた。「そして、おいらが話したことがゼブの耳にはいった。袋叩きにあって二日間病房入りしたよ。衛兵には、おいらが石切り場で転落したと話したらしい。だから、告訴だなんてばかなことはいわないでくれよ」

「そんなにひどく殴られたのなら、石切り場で転落したのでないことくらいひと目でわかるはずだ」

「医者もゼチャにそういったらしい。でも、あいつが気にすると思うかい？　おいらは嫌われてるんだ。それから、あんたにとっては不運なことに、あの女はカラーニも嫌いなんだよ、金属男さん」

「ハカ坊代にじかに訴えることはできないのか？」ケルリックは訊いた。「もし彼女とデーア・ダールにすこしでも似たところがあるなら、そんな話を聞いて黙ってはいないと思うけどな」

チェドは鼻を鳴らした。「ああ、坊代に訴えればすぐに片がつくさ。ただし、まえの坊代は一度もここを視察に来なかったけどね。今度の坊代はどうだかわからないけど」

不愉快な話だった。知れば知るほど、ハカ坊はひどいところに思えてきた。

「なあ」チェドがいった。「あんたがゼブたちを倒したときの身のこなしには驚いたよ。あっというまに全員のびてた」

「ぼくは事実上あらゆる情況下で身を守れるように訓練されてるんだ」

「〝ジジツジョウあらゆるジョウキョウカで〟……」チェドは笑った。「あんたの言葉がそのまま絵になるなら、高く売れるだろうな。なにせ、本物のカラーニだから。しかし、たいへんだぜ。今夜のことでゼブを怒らせたからな」

「なんとかするさ」

「いいかい、あんたには味方が必要だ」チェドはいった。「ここがどうなっているかを教えてくれるやつが」

「自分がそうだといいたいらしいな」

「おいらならできる」

「見返りになにが望みなんだ？」

「あいつらを遠ざけてほしい。おいらを守ってほしいんだ」

こんな取り引きをしようがしまいが、あの連中が少年をいじめて憂さ晴らしをしているのを黙って見ているつもりはもとからなかった。

「いいだろう」

チェドは笑顔になった。「やっぱり悪いやつじゃなさそうだな。あんたはただの共犯で、実行犯はべつにいたんだろう？」

「いいや、ぼくがやったんだ」

チェドは暢気そうな顔で訊いた。「なにをやったんだい？」

「カランヤ衛兵隊の一人を殺した」

チェドが蠟燭を取り落とし、真っ暗になった。「ちくしょう。火打ち石はどこへやったっけ」

「寝床の下にいれてただろう」

「そうだった」チェドの声は震えていた。「まぬけだよな」

「チェド、その件は過失によるものと裁定されたんだ」

「おいらはあんたの味方だってことだけ憶えておいてくれ。いいな」少年は蠟燭の火をつけなおした。ほの暗い光に照らされたその顔には、恐怖と不安が浮かんでいた。

「おまえはずいぶん若いな。ここは子どもの来るところじゃないだろうに」

「子ども扱いするな」

「なぜ監獄にいれられたんだ？」

「なぜ？　ほら吹きだから。それだけさ」

ケルリックは腕組みをした。「身の安全を守ってほしいといったな。じゃあ自分のことを話せ」

「おいおい、怒るなよ」チェドは壁のそばへ退がり、背中を押しつけてしゃがんだ。「おいらはビアサ坊の宿屋のキンサだった。そのまえはラサ坊にいたんだ」

「キンサというのは？」

「おい、あんたは本当によその宇宙から来たのか」

「チェド」

「金《かね》をもらって、客をよろこばせてたんだよ」

「どんなふうによろこばせるんだ」

「女にやさしくするんだ。二人きりでね」チェドは横目でケルリックを見た。「わかるだろう」

「そんな理由でここへいれられたのか?」

「いいや。ある汚れ鼠野郎のせいさ」チェドはうつむいた。「おいらにも運がめぐってきたと思ったんだ。フェニが身請けしてくれて、宿屋から出たあとも面倒をみてくれた」チェドはしかめ面になった。「ところがしばらくすると、フェニはその汚れ鼠野郎にも熱をあげはじめた。そしていっしょに住みはじめると、鼠はおいらのことをじゃま者あつかいしはじめた。それがだんだんひどくなって、ある夜おいらは、相手のやせっぽちの首に手をかけて絞めあげた。顔が紫色になるまでね。やつのヒーヒーいう悲鳴をだれかが聞きつけなかったら、頭ごとねじ切ってたかもな」

ケルリックには理解できなかった。出会った相手が善人か悪人かはすぐわかるほうだったが、チェドはとても人を殺すようには見えなかった。

「フェニとすぐに別れればよかったじゃないか。市内の居住舎に駆けこめば、たいてい雑用と引き換えにベッドと食事が手にはいるものだと、イクスパーはいってたぞ」

「いつもそううまい具合にはいかないんだよ。そのイクスパーだかピクスパーだかは知らないかもしれないけど」

「彼女の姓はカーンだ」

チェドは鼻を鳴らした。「おや、カーン継嗣のお話だったのかい。そりゃごたいそうに。でもあんたは、ほら吹きだからな」

ケルリックは砂を蹴立てながら部屋を横切って歩き、少年の正面にしゃがんだ。「嘘つき呼ばわりされるのはがまんならないんだ。いいな」

チェドはうしろの壁に張りついた。「わ、わかったよ」

「ならいい」ケルリックは立ちあがった。「来い」

チェドはあわてて立ちあがった。「どこへ行くんだい？」

「ぼくの部屋にゴミがころがってる。それをもとの部屋へもどすんだ。やつらが目を覚ましたときのことを考えると、おまえはこっちといっしょにいたほうがいいだろう」

意識のない男たちをそれぞれの部屋に運ぶと、チェドはケルリックの部屋にもどって反対側の壁ぎわで身を丸め、すぐに眠った。

ケルリックは自分の寝床に横になった。

《ボルト》

返事はない。

いろいろなリセット方法を試みたが、どれも効かなかった。反射動作の拡張機能は格闘のときに割りこんできたので、ボルトはまだ機能しているはずだ。生体電極が働かなくなって、そのせいで脊椎ノードと交信できなくなっているのだろう。システムが部分的にでも自己修復してくれることを期待するしかなかった。ボルトとは十四年にわたって共生関係を築いてきたのだ。

それを失うのは、まさに身をもがれるようだった。

11 石の井戸

ハカ監獄の獄長、ゼチャ・ハカは、身を硬くして自分の席にすわっていた。まったく予想もしなかった客、すなわちハカ坊代が、執務室に来ているのだ。ラシバの前任者の婆さんは視察など一度も来なかったのに。

「ダール坊から来た囚人だ」ラシバは机のむこう側にすわっていた。「名前はセブター」

「あの男なら、今朝から石切り隊にくわえました」ゼチャは答えた。

「カラーニに石切りをさせるのか？」

「既決囚なのですよ、坊代」

ラシバは身をのりだした。「あの男について、やってもらいことがある。再訓練だ。そしてクイスを教えこめ」

どういうことだと、ゼチャは思った。「彼のようなケースでは、再訓練はめったに成功しませんが」

ラシバは立ちあがった。「手腕に期待しているぞ、獄長」

ラシバが去ったあと、ゼチャは悪態をついた。カラーニだって？　豪勢な生活をただであたえられている怠け者の棋士ではないか。ゼチャは底辺の生活から努力をかさねていまの地位を得た。彼女の母親は最低の女だった。全財産を賭けクイスですった、負け犬棋士だったのだ。父親は、四号監舎の少年とおなじラサ坊のキンサだった。それでもゼチャはめげなかった。クイスの腕をみがき、だれからも一目《いちもく》おかれる力を身につけた。そんな彼女が、なぜカラーニに甘い顔をしてやらなくてはならないのか。

「いい風ばかりつづくと思ってるのか」ゼチャはつぶやいた。「そうはいかんぞ」

日はまだ山の上に昇っていないのに、すでにうだるような暑さに襲われるなかで、囚人と衛兵たちの列が、崖のあいだを縫うような通路を登っていた。ケルリックは上着のフードを押さえて吹きつける風から身を守りながら、チェドといっしょに坂道をとぼとぼ登っていた。

チェドは笑った。「ここの天気は気にいったかい？」ケルリックからにらまれると、よけいにやにや笑いになった。「今朝のゼブのようすを見たかい？　目のまわりに真っ黒い痣ができてた」笑みが消えた。「今日は気をつけたほうがいいぜ」すこし黙って、つづけた。「おいらもいれて二人分、気をつけてくれよ。そういう取り引きだからな」

「ああ《イエス》」

「イーシュ」チェドはケルリックのアクセントを真似しながら、にやりとした。「おいらは取り引きの自分の条件を守るつもりだぜ。なにか教えてほしいことがあるかい？」

ケルリックはすこし考えた。脱出計画をたてるには、まずそこで直面する問題を知らなくてはならない。

「ハカ坊について教えてくれ。ダール坊みたいなところなのか？」

「まさか。ハカ坊は〝仏頂面《ぶっちょうづら》の掟〟の発祥の地だぜ」

「仏頂面の掟？　なんだそれは」

「山より古い掟さ。男は妻以外の女にむかって微笑んではいけないことになってるんだ。ハカ坊の女にむかって微笑みかけたら、その男はキンサだと思われるんだ」

「ばかな」

「ハカ坊はそういうところなんだよ、金属男。ハカ坊の男は同伴者なしで外出してはならないし、そのときも頭のてっぺんから足の先までをすっぽりおおうローブを着て、目だけ残して、顔を薄織りのスカーフで隠さなくてはならないんだ」チェドは鼻を鳴らした。

「ハカ坊の女も女だよ。人生の半分の時間は家族の男の貞操をどうやって守ろうかと考え、あとの半分の時間はよその男の貞操をどうやって破ろうかと考えてるんだ」

「しかし、ここには男の衛兵もいるじゃないか」

「彼らはハカ坊の出身じゃないんだよ」チェドは列のすぐまえの衛兵をしめした。「あいつみたいにね。髪が黄色だろう。ハカ坊生まれは黒髪に黒い目だからね」

「ほかの監舎の囚人は？」

「あちこちから来た連中がごちゃまぜさ」チェドはあたりまえだというように手をふった。

「彼らは微罪で、四号監舎だけに重罪人がいれられてるんだ。四号監舎の女子房には十一人のほら吹きがいる」顔をしかめた。「みんな身体のでかい、醜い爪猫さ。男子房にいるのはゼブと、ゴシと、イカブと、おいらたち二人。ゼブはシャゾーラ坊で書記を殺し、ゴシはアーカ坊で協同育児舎を爆破した。どちらも終身刑だよ。イカブはカランヤ・クイスの駒を盗んで、十年くらってる」

「クイスの駒を盗んだだけでか？」

「カランヤ・クイスのだぜ。十年ですんでもうけものさ」

ケルリックは黙りこみ、頭のなかでそれらの情報を反芻しはじめた。

坂道を登りきると、平坦な高台に出た。その上を囚人が一列にならび、先のほうは渦巻く砂嵐に隠れて見えない。高台の端まで進んでみると、そこには石切り場へ降りる階段の降り口があった。砂岩の崖が四方にそびえ、まるで空へむかって突き出した何本もの赤い指に見える。悠久のむかしから吹きつける風に浸食された崖には、いくつもの穴があき、それらがちょうど窓のように見えて不気味だ。崖のあいだを吹き抜ける強風が、まるで幽霊の合唱のように聞こえた。

階段を降りながら、チェドがつぶやいた。「ここに来ると気が滅入るよ」

「それはそうだろう」ケルリックは答えた。

下に着くと、ケルリックとおなじくらいの背丈がある大男が、囚人たちを点検していた。黒い房飾りのついた粗織りのスカーフを首に巻いている。大男はケルリックを見た。

「セブター・ダールか？」

「そうだ」ケルリックは答えた。

「どういう口のき方だ？」大男はいった。

「〝はい〟だよ」チェドがわきからささやいた。「〝はい〟っていうんだ」

「はい」ケルリックはいった。

大男はクリップボード上でチェックマークをつけた。「おまえは切り出し作業班だ」

ケルリックとチェドは衛兵にともなわれて石切り場を横切っていった。歩きながら少年がいった。

「いまのはトーブ・ハカだ。第四監舎男子房の房長だよ。ああいう鍵持ちには、なるべくていねいな言葉遣いをするんだ」チェドは手をあげ、ケルリックを叩く真似をした。「さもないと痛いめに遭わされるからな」

「ハカ坊の男はローブを着てるんじゃなかったのか？」

「衛兵がローブなんか着てたら、おれたちみたいな薄ぎたないのをどうやって取り締まるんだ？」

ケルリックはしかめ面をした。べつに衛兵が怖くなったのではない。ひさしぶりに腹の不快感が甦ってきたのだ。

「チェド――特別料理しか食べられない囚人がいるとしたら、その要求は通るものかな」

「冗談だろう。ここはカランヤ苑じゃないんだぜ」

ケルリックは大きなため息をついた。「訊くまでもなかったな」

ゼチャはラシバとともに切り出し作業展望台に立っていた。ゼチャは石切り場の底を曲がりくねりながらつづいている囚人の列をしめした。

「あそこです。変わった色の大きいやつがそうです」

ラシバはじっと見た。セブター・ダールは、白鑞《しろめ》の器にまじった金の器のように目立っている。しかし彼女の注意を惹いたのは、むしろ石切り場のほうだった。囚人たちを砂嵐から守る防風垣は見あたらないし、給水システムは動いていないようだ。

「送水管はどうしたのだ？」

「すぐに砂に侵食されるのです」ゼチャは答えた。「故障してばかりなので、使うのをやめてしまいました」水は運搬班が監舎から運びあげています」

ラシバは眉をひそめた。

「報告が求められているとは存じませんでした」

ラシバはじっと獄長を見た。監獄における全権限が獄長に渡されているのには、それなりのわけがある。坊代は坊内と市内を治めるのに忙しく、監獄まで手がまわらないからだ。また、ゼチャ自身も優秀な履歴の持ち主だ。この白髪のまじった獄長は、管理能力に疑問符をつけられていい顔はしないだろう。それでもラシバは、前坊代のように監獄をまったく人まかせにするつもりはなかった。

「四半期ごとに報告するように」ラシバは石切り場のほうに首をふった。「送水管を修理し、防風垣をもっと設置しろ」

ゼチャは抑揚のない声のまま答えた。「はい、坊代」

「それから、獄長」

「はい」

「セブターについての進捗情況は随時報告しろ」

ゼチャは、なにを考えているのかわからない表情で答えた。「もちろんです、坊代」

ケルリックは衛兵からつるはしを支給され、見張りに連れられて作業場所へ行った。監督は、そのつるはしを岩でなく人の頭にふりおろそうとしたら恐ろしい処分が待っているぞと警告した。べつの衛兵は、石切り場のなかをはしるトロッコのなかの一台をケルリックに割りあてた。作業内容は単純だ。岩を割ってトロッコに積むだけ。

ふだんのケルリックなら、このくらいの仕事はなんでもない。力仕事だが、苦にしないくらいの力はある。しかし今日はちがった。最初の痙攣が襲ってきたのは、大きな岩の塊を運んでいるさいちゅうだった。胃がひきつり、手がすべって岩は地響きとともに地面に落ちた。ケルリックは膝をついてしゃがみ、腹を押さえた。

「だいじょうぶか！」チェドが駆けよってきた。「だからあんなでっかい岩を一人で——おい、いったいどうしたんだ？」

ケルリックは身体をふたつ折りにして岩のむこう側に吐いた。ようやく胃の痙攣がおさまると、かすれ声でいった。

「どこかに水はないかな」

「ここで水を飲むのは無理だぜ」チェドはいった。「送水管が壊れてるんだ」

背後に足音が近づいてきた。チェドはさっとふりむいたが、すぐに緊張を解いた。「体調が悪いらしいんだ、ボニ。水を飲ませたいんだけど」

衛兵がケルリックのわきにしゃがんだ。長身で、ハカ生まれらしい黒い肌の女だ。彼女はケルリックの額に手をあてた。

「ひどい熱だな」

「作業は今日が初めてなんだよ」チェドがいった。「もとはカラーニだったらしいんだ」

ボニは笑みを浮かべた。「カラーニだって？　噂は聞いていたが、本当とは知らなかった」

「本当なんだよ」チェドはケルリックの袖を押しあげ、金のリストバンドを見せた。

「これは驚いた」ボニはケルリックを見た。「そんなやつがいったいなぜこんな場所に？」

ケルリックの上に影が落ちた。「なにかあったのか、ボニ？」

警棒を手にしたトーブ・ハカが、彼らを見おろすように立っていた。

ボニは立ちあがった。「この男が体調を悪くしているのです」

「四号監舎のやつだな」トーブはいった。「こいつらのいうことなど信用できるか」

ケルリックはゆっくりと立ちあがり、房長を見た。トーブは、まるで虫けらをみつけた薫蒸消毒係のような目つきで彼を見て、つづけた。

「手首にその金の輪っかをしてるからって、程度のいい治療を受けられると思ったら大まちがいだぞ」

ケルリックは歯ぎしりした。「わかりました」

トーブの声がきつくなった。「その口調が気にくわないな、カラーニ」

「くそでもくらえ」ケルリックは答えた。

「ばか」チェドがつぶやいた。

トーブはにやりとした。そして警棒で打ちかかってきたが、ケルリックはそれを空中でつかんだ。トーブははずみでつんのめり、地面に倒れた。近くにいた衛兵たちが、それを見て駆けよってきた。そしてケルリックを左右から押さえ、トーブが立ちあがるのを待った。怒りで顔をゆがませた房長は、スタン銃をたてつづけに何発も撃った。ケルリックは意識を失って倒れた。

気がついたときには、小さな岩山によって石切り場からの視線がさえぎられた壁のくぼみにいた。ケルリックは丸い大岩のまえにうずくまっていた。両腕はその岩にそってうしろにまわされ、岩に埋めこんだ金属環に両手首がつながれている。

「やっと目を覚ましたな」声がした。

首をまわすと、分厚いベルトのバックルをつかんだトーブ・ハカの姿が見えた。

「おれをやっつけたつもりか、ほら吹きにいちゃん」トーブはケルリックのシャツに手をかけ、その背中を破いた。「そうじゃないことを、すぐに教えてやるぜ」

12　再　開

　ケルリックは部屋の寝床で腹ばいになっていた。星明かりのなか、チェドが枕もとにおいてくれたらしい水差しが見えた。少年はケルリックのシャツの残骸から一部を裂いて、それを壺の水に浸していた。そしてケルリックの背中の裂傷やみみず腫れをぬぐいはじめた。

「〝くそでもくらえ〟、か」チェドは首をふった。「いったいどういうつもりだい、房長にあんなことをいうなんて」

「ああいう口のきき方をするやつに慣れてないんだ」ケルリックはいった。

「どうもあんたは気位が高すぎるみたいだな」チェドのしかめ面が、笑い顔に変わった。「でも、根性あるぜ。あんたが房長を殴り倒したって話は、風より早く石切り場じゅうに広まったんだ。ここへ来て一日でもう有名人だぜ」にやにやしながらつけくわえた。「それだけじゃない。トーブはゼブたちを石切り場の第三作業シフトに移したんだ。今日のゼブたちは寝床から起きられないらしい。なにやらずっと毒づいてるよ」笑みが消えた。「あんたは明日から一旬日のあいだ、一日三シフトの作業になるんだって。だいじょうぶかい？　今日は調子が悪かったみたいだけど」

「一度沸かした水を飲みたいんだ」ケルリックはいった。

「ここには火をおこせるものなんてないよ」

期待しないまま、ケルリックは考えた。《ボルト？》
＊＊＊能が＊＊劣化し＊＊＊
ケルリックははっとし、反応があったことで気持ちが前むきになった。《ボルト、ぼくのナノメドはどうなってるんだ？　なぜ水を飲めるようにできないんだ？》

Ｊ群が極端に減少し＊＊＊

《ボルト？》

また返事がなくなった。

ケルリックは息をついた。Ｊ群のナノメドは、コバ星の水のなかのバクテリアに対処するのに最適な種類だ。それが減少しているとすれば、ケルリックのこの体調悪化は説明できる。しかし細胞を修復したり、老化プロセスを遅くするナノメドはちゃんと働いているようだ。つまりこのまま生き延びてしまうと、ハカ坊のこの暮らしを何世紀も経験するはめになるわけだ。

「なんだか暗い顔だね」チェドがいった。

「過去にこの監獄から脱走したやつはいるのか？」

「そんなことは考えるだけ無駄だよ、金属男。外へ出るのだって不可能に近いし、たとえ出られても、そこから先は市内へ行くしかない。あっというまにつかまっちまうよ。次に近い場所は宇宙港だけど、それは砂漠のはるかかなただからな」チェドはケルリックの肩の傷をぬぐった。「スコーリア人の話を聞いたときは、とんでもないほら話だと思ったけどね。でもそのあと、カーン宗主が本当のことだと明言した。空から降りてきた人間たちってわけさ。とにかく彼らの港には、おいらたちは足を踏みいれることもできないんだ」ケルリックの腕のほうに移った。「じつはやっぱりほらなのかもね。スコーリア人なんて見たことないし」

「いや、見てるじゃないか」

「どこに？」

「ぼくさ」ケルリックはにっこりした。「ぼくの正体を話したら、本当に頭がおかしくなったと思うだろうな」

チェドは興味をもったようだった。「ずいぶんおもしろいほら話みたいだね」

「ぼくの兄は王圏宇宙軍の総司令官なんだ。ぼくは彼の継承者の一人さ。考えてもみろよ、チェド。きみはスコーリア王圏の未来の王としゃべってるんだぞ」

少年はくすくす笑った。「宇宙を征服するつもりなら、そのまえにすこし休んだほうがいいぜ。傷だらけなんだから」

ケルリックは笑った。「わかった」そして目をとじた。

そのあと、寝床のわきでなにかがこすれる音がして、目をひらいた。チェドが素焼きの器を手にしゃがもうとしていた。

「水をすこし沸かしたんだ」少年はいった。「蠟燭を使ってね」

ケルリックはさしだされた器を受けとり、むさぼるように飲んだ。残り少なくなってようやくペースをゆるめ、喉を流れくだる暖かい液体を楽しんだ。そして器を下におろし、口もとをぬぐった。

「ありがとう。貴重な蠟燭だろうに」

「なんてことないさ」チェドは肩をすくめた。「べつに暗闇なんか怖くないよ」

「そうだな」しかしチェドが夜の闇を怖がっていることには、ケルリックはとうに気づいていた。「でも、とにかくありがとう」


ランプの光が闇を切り裂き、夜の石切り場を照らしていた。ケルリックのつるはしはその光を反射させながら空中に弧を描いた。先端が岩にあたると火花が飛び、石の破片が風のなかに散る。ふりあげる……衝撃……ふりあげる……衝撃……。疲労と作業の単調さがまじりあい、頭はぼんやりしていった。

「セブター」

ケルリックははっとした。そばに衛兵のボニが立っていた。ケルリックが頭をはっきりさせようとじっと相手を見ていると、ボニは背中に負った投げ槍に手をやった。ケルリックはようやく自分がつるはしをふりあげたままでいることに気づいた。それをおろすと、ボニは近づいてきて、彼に金属箔の包みを渡した。

あけてみると、なかには数片の肉と香辛料入りのパンがはいっていた。ケルリックはぽかんとして相手を見た。

「なぜ？」

「おまえが腹をこわすのは四号監舎の食事のせいだと、チェドがいっていた。そして、こういうものなら食べられるはずだと」ボニの口調が穏やかになった。「あの子にとっておまえはとても大切な存在なんだ。だれも守ってやらなければ、あの子は一年ともたずに死んでいただろう。そうなってほしくない。そもそもチェドはこういうところにいるべきではないんだ」

ケルリックもおなじことを考えていた。「あいつが人を殺そうとしたなんて、信じられないんだけどな」

「強がった口のきき方をするが、本当は悪いやつじゃない。心の鎧の下をのぞいてみれば、すぐわかる」

「そうだな」ケルリックは包みをかかげた。「これも、ありがとう」

ボニはうなずいた。

彼女が去ったあと、ケルリックは食べものをすこし口にいれ、残りは包みなおしてシャツのなかのベルトの下にしまった。そして切り出した岩をかつぎあげ、砂で摩耗した送水管をまたいでトロッコのほうへむかった。

トロッコのわきに着いたとき、女の声が響いた。「おい、そこのきんきら男。おまえは全身その色なのか?」

ケルリックは風のなかで目をすがめた。何百歩か離れた岩棚の上に、第四監舎女子房の女たちがかたまって立って、こちらを見ていた。彼女たちの背丈はケルリックとおなじか、さらに大きいくらいで、盛りあがった肩の筋肉の上に、脂ぎってもつれた髪がたれている。

ケルリックは顔をしかめただけで、もとの作業場所へもどっていった。

次にトロッコへ行ってみると、いちばん大きな女がもちあげた岩の塊をケルリックのトロッコにいれているところだった。

「ほれ、ありがたいか? きんきら男」

ケルリックは自分の岩をトロッコにいれた。

「ちびのほら吹きはどこへいったんだ?」女は訊いた。

「チェドという名前があるんだ」

「第三シフトじゃないのか?」女はむきだしの広い腹をぼりぼりと掻いた。「残念だな。おまえとおなじくらい、目の保養になるのにな」

「じゃあよそを見てろよ」

女は笑い、乱杭歯をむきだしにした。「こっちは景色を眺めてるだけだ。見られる側がどう思おうと知ったこっちゃない」

ケルリックは首をふって作業場所へもどった。視線を感じて背中がひりひりした。服に穴があきそうだ。

作業場所にボニが待っていた。「あの連中がじゃまになるようなら、そういえ」

「なんてことないさ」ケルリックは笑顔で答えた。「でも、ありがとう」

彼女は顔を赤くし、目をそらした。しばらくたってから、ようやくその理由に気づいた。ボニはハカ生まれだから、夫以外の男から微笑みかけられたことがないのだろう。

夜はいつはてるともなくつづいた。作業シフト終了の声がかかったときには、ケルリックは意識朦朧としていた。骨折が治ったばかりの両脚に、一日三シフトはきつすぎる。寝床にはいることばかり考えながら、ほかの囚人たちについてふらふら歩いた。石切り場から出る上りの階段がひどく長く、踊り場をひとつすぎるたびに傾斜が急になるように感じられた。

登りきったところに見慣れない八人部隊がいて、作業班の行く手をさえぎった。隊長がケルリックに近づいてきた。

「セブター・ダールか？」

頭が朦朧としているせいで、自分の名前を呼ばれたことに気づくまでにすこし時間がかかった。

「そうだ」

「ついてこい」

おいおい、今度はなんだ。八人部隊はケルリックを連れて岩山を降り、監舎のならぶ敷地を通り抜けていった。衛兵の詰め所などがある門楼に着く頃には、空は白みはじめていた。門楼のなかは暗かったが、ひと部屋だけ明かりがともっていた。なかでは一人の女が、湯気のたつタンギ茶を湯飲みについでいた。女は長身痩軀で、黒っぽい赤毛を頭の上で結んでいる。日差しと風にさらされた顔には皺が刻まれている。まるで赤錆びた旗竿のような姿だ。

衛兵たちがケルリックをその部屋へ連れていくと、見慣れない女は隊長のほうをむいた。

「今日は、こいつはなにか面倒を起こしたのか?」

「いいえ」隊長は答えた。「ノルマ分を積んで、すこしよけいに働いたようです」

鉄錆色の女は顎をしゃくって、ケルリックの横の机におかれた駒袋をしめした。「クイスの駒だ。やる。もっていけ」

ケルリックが駒袋をとりあげると、女は衛兵たちのほうをむいていった。

「石切り場にもどせ」

隊長が目を丸くした。「しかし、こいつは今日、三シフトこなしたのですが」

「四シフトめにはまだまにあう」

「いやだ」ケルリックはいった。

鉄錆色の女は彼のほうをむいた。「おまえはずいぶん厄介事を起こしているらしいな、カラーニ」タンギ茶をすすった。「厄介事を起こすやつは嫌いだ」

囚人を倒れるまで働かせるのを禁じる規則があるはずだ。「獄長と話をしたい。ゼチャ

・ハカというやつだ」

「目のまえにいるだろう」ゼチャは隊長のほうをむいた。「四シフトで終わりだ」

ケルリックは歯を食いしばった。これ以上抗議してもろくなことにはならないだろう。さらに作業シフトを増やされるだけだ。駒袋を握りしめ、衛兵たちといっしょに部屋をあとにした。

門楼を出たところで駒袋をベルトに結びつけようとしたが、手がすべって袋は砂の上に落ちた。

隊長がかがんでそれを拾った。「セブター、悪いな」彼女は立ちあがり、彼のベルトに結んでやった。「シフトが増えてしまって」

ケルリックは深呼吸した。「いいんだ」

崖の道をふたたび登りながら、いったいなんのために駒袋を渡されたのだろうと不思議に思った。

13　継　続

……おまえはここで死ぬんだ、と声がした。どちらを見ても、逃げ口は巨大な石板でふさがれている。光もない、食べものもない、水もない。水も、水も、水も……

「おい、どうしたんだ、目を覚ませ」チェドが揺り起こした。「ほら、水をもってきてやったよ」

ケルリックははっとして闇のなかで飛び起き、勢いで少年をはじき飛ばした。「なんだ？」

「突き飛ばすことはないだろう」チェドは起きあがった。「水、水とうめきながら、のたうちまわってたんだよ。だからお湯を沸かしてやったんだ」

ケルリックはチェドの手から器を奪い取るようにして、ごくごくとその中味を飲んだ。乾ききった喉を水がしめらせていくときに、むせそうになった。

「すこしはよくなったかい？」チェドは訊いた。

ケルリックはすこし恥ずかしい気分で、からになった器をおろした。「ああ、だいぶ」

少年はうしろに手をついた。「今日は驚いたよ。ノルマをこなしちゃったからね」

「あのノルマはばかげてる」悪夢で身体にまわったアドレナリンが引いていくのを感じながら、ケルリックはまた横になった。「いつもどうやってあんなノルマをこなしてるんだ？」

「一度もこなしたことはないよ」

「今日はこなしたといったじゃないか」

「いい方が悪かったかな。監督が点検にまわってくるまでに、おいらのトロッコはいっぱいになっていた。でもあの岩の半分はおいらが切り出したやつじゃないんだ」

「まえにいれたのを忘れたんだろう」

チェドは身をのりだした。「じゃあ、なぜあんたは自分のノルマをこなせなかったんだ？　必要な分以上に切り出してたくせに」

「分量を勘ちがいしてるんじゃないのか」

「あんたがおいらのトロッコにいれたんだろう。ありがたいけどさ、金属男、でもそういうことはもうやめてくれよ」

「やめるって、なにを」

「やれやれ」チェドは両手をあげた。「ぜんぜん話にならないな」

ケルリックは笑みを浮かべた。

「まあいいさ」とチェド。「とにかく、あんたはいれてないというトロッコのことで、おいらは礼をいいにきたんだ。あとはじゃましないから、ゆっくり寝てくれよ」

ケルリックはさきほどの悪夢を思い出した。「もうちょっといろよ」

「悪い夢でもみたのかい？」チェドはうなずいた。「おいらもときどきみるよ」眉をひそめた。「クイスを打てるといいんだけどな。あんたが駒袋をそのへんに放り出してるから、イカブがくすねていきやがったぜ。もうちょっと用心しろよな」

「あんなもの、くれてやる」ケルリックは目をとじた。「それより眠るほうがいい」

「いまのうちにな。でも、あんたもおいらもこれから何日かは夜のシフトに移されるんだ。夜の作業は退屈だぜ」

ケルリックは目をあけた。「おまえも？」

「願い出て第三シフトに移してもらったんだ」チェドは笑った。「衛兵たちは、おいらがとうとうおかしくなったと思ったみたいだぜ」

「同感だ。なぜそんなことを希望したんだ」

「あんたが自分の身体を痛めつけておいらのトロッコをいっぱいにしないように、さきにノルマをこなすためさ。それに、ゼブとその連中が明日から夜のシフトをはずれてもどってくる。あんたがいないときにここであの連中といっしょになるのはごめんだよ」

ケルリックもおなじことを考えていた。もしケルリックが脱走したら、チェドはどうなるのか。少年もいっしょに逃げるという手もあるが、どうもこのチェドには一人で生き抜く力などないように思えた。このひ弱さを見ると、監獄へ送られるだけの理由があったとは思えないのだ。

「なんでそんなふうにおいらを見るんだい？」チェドは訊いた。

「おまえが殺しかけたという相手のことを考えてるんだ」

チェドは身をこわばらせた。「あいつがなんだよ」

「なぜ絞め殺そうなんてしたんだ？」

「なぜって、どういうことだよ。あんな下衆野郎、首がぶち切れればよかったんだ」

法廷でチェドのこの言葉遣いが裁判官にどんな心証をあたえたか、想像にかたくなかった。

「そいつはなにをしたんだ？」

「なにもしねえんだよ。まったくなんにも。酒くらってただけさ」少年は身震いした。

「そして、おいらに制裁が必要だと思ったらしい」チェドは拳をにぎってみせた。「こいつでさ」

「殴られたのか？」

「殴られるようなことをしたからだといわれたよ。そして最後は、おいらを殺そうとしやがった」チェドは大きく息をした。「追いつめられると、おいらもけっこう喧嘩は強いみたいだったな」

ケルリックは目を丸くした。「どこかに助けを求めることはできなかったのか？」

「助け、ね。おいらはキンサだぜ。鼻で笑われるよ」

「市民としてだれもがひとしく保護を受ける権利をもつんだ」

「留置所に放りこまれる権利もね」

「協同育児舎はどうなんだ？」

「あそこがなんだよ」

「頼っていけないのか？」

「だめだ」

「なぜだめなんだ」

「とにかくだめなものはだめなんだ」

ケルリックはじっと少年を見た。「もうすこし穏やかな監舎で刑期をすごせるようにできないのか？」

「処遇変更ってやつかい？」チェドは笑った。「まあ、いつもノルマ以上に働いて、トーブが推薦してくれて、ゼチャの機嫌がよければ——ありえねえな」

「ボニなら推薦してくれるはずだ」

チェドは目をぱちくりさせた。「そりゃ……彼女ならな」

通路に金属音が響きわたった。施錠扉のひらく音だ。チェドは跳びあがって戸口へ走っていった。

「衛兵だ。それも大勢だぜ」

ケルリックも部屋から出てみた。四人の衛兵が通路を大股に歩いてきた。剣の刃が星明かりを反射してぎらぎら光っている。扉のところにはさらに何人かの衛兵が立ち、部屋の戸口に出てきたゼブやほかの囚人を見張っている。

隊長がケルリックのまえで立ち止まった。「むこうをむけ」

わけがわからないまま、ケルリックは反対をむいた。両手を背中にまわされ、左右のリストバンドを合わせて施錠された——さらに目隠しまでされた。

「やめろよ」チェドが声をあげた。「なにもしてないんだぞ」

「ふん」ゼブの声がした。「トーブが仕置きのつづきをやろうってんじゃねえのか」

ゴシが笑った。「おまえでよかったぜ、カラーニ。おれじゃなくてな」

目隠しをされて方角がわからなくなり、ケルリックは緊張した。衛兵の一人が肘の下に手をいれ、闇のなかにいる彼を案内した。通路を抜けて建物のなかを通っていくあいだ、その手の感触だけが頼りだった。外へ出ると、見えない鑢《やすり》のような砂嵐が肌を刺した。案内の手を信じて、一歩一歩意志の力で足を踏み出すしかなかった。

やがてどこかの屋内にはいり、ゆるやかにくだっていく道を歩かされた。ずいぶん行ったところで衛兵たちは立ち止まり、ドアのしまる金属音が聞こえた。リストバンドの錠が解かれ、目隠しもはずされた。明るさに目が馴れると、そこはつややかな琥珀木《こはくぼく》で壁を張り、床には毛脚の長い金色の敷物をしいた部屋だった。

部屋のまんなかに、クイス卓のわきにすわったゼチャがいた。

彼女は卓の反対側の肘掛け椅子をしめした。「すわれ」ケルリックが腰かけると、隊長のほうに目をやった。「こいつの駒はどこへいった?」

「イカブがもっていました」隊長は上着の内側から駒袋を出して卓においた。

ケルリックは目をぱちくりさせて獄長を見た。「クイスを打つために連れてきたのか？」

「賭けるのは作業シフトだ」ゼチャは自分の駒袋をとりだした。「一局負けるごとに、一シフトずつよけいに働くんだぞ」

冗談じゃないと、ケルリックは思った。「勝ったら？」

「一シフトずつ休ませてやる」

「それじゃ賭けるには不足だな」首までたれてきている巻き毛をかきあげた。「一局勝ったら散髪、二局勝ったら髭剃りというのでは？」

ゼチャは肩をすくめた。「なんでもいい」青の立方体を盤上においた。「おまえの番だ」

クイスの思考法に頭を切り換えるのは、そう簡単にはいかなかった。くたくたに疲れているのだ。しかしさらに作業シフトを増やされ、トーブに鞭打たれることを考えると、真剣にならざるをえない。自分の駒を出して、青の立方体をゼチャの駒の上においた。ゼチャは赤の立方体をその山にくわえた。

「それはできないだろう」ケルリックはいった。

「なぜできないんだ？」

「青のあとに赤はつづかない」

ゼチャは鼻を鳴らした。「クイスのルールも知らないのか」

《ボルト》ケルリックは考えた。

《おい、ボルト。クイスのルールのファイルにアクセスできるか？》
＊＊＊＊
＊＊＊＋＋＋
ケルリックはあきらめ、勘に頼ることにして、盤上に棒をおいた。立方体の山からゼチャの手を引き離すためだ。彼女は棒のわきに球をおいた。ケルリックは琥珀木の駒をおいて、球と山のあいだに橋をかけた。

ゼチャは笑った。「わたしの勝ちだ」

「なんだって？」ケルリックは相手を見た。「どうしてこれが勝ちなんだ」

「おまえは橋をつくった。両端をわたしの駒にふれさせてな。赤ん坊でもわかるぞ」

しまった。アーチの一端が球にふれているのを忘れていた。球と山とをつないだことで、ひとつの配列ができる。ゼチャの駒の合計順位はケルリックのをゆうに上まわるので、ゼチャは、望めばその時点で勝ちを宣言できるのだ。

獄長は盤面の駒を一掃して、十二面体をおいた。ケルリックはその上に青の三角をおいた。

ゼチャは薄笑いを浮かべた。「追加シフトは二つだな」

「こっちが負けたのか？」

「どこから見てもな」

「なぜだ」

「わたしの十二面体は縁が黒だ」

「だからなんだ」

「だからおまえはその上に黒しかおけない」ゼチャはケルリックの三角を放って返し、十二面体だけを残した。「次の局だ。おまえの番だぞ」

ケルリックは目をこすり、眠気をはらおうとした。そして盤上に七面体をおいた。

ゼチャは笑った。「三シフトめか」

ちくしょうと、ケルリックは思った。ゼチャを駒で窒息させてやりたい。

「こいつはカラーニじゃなかったのか？」衛兵の一人がつぶやいた。

「負けた理由を説明しろ」ゼチャはいった。「できなければ、四シフトめだぞ」

わざわざ真夜中に目隠しをしてずいぶん遠くまで連れてきて、はじめたのがクイスの授業とは、いったい獄長はなにを考えているのか。

「継続ルールだ」

ケルリックはいった。しかし、なんの継続か。色か、形か、次元か……。そうだ、次元だ。

「まえの局でこちらは初手で負けた。次の局でそっちはさっきとおなじ十二面体を初手にしたから、継続ルールが適用される。こちらはまえの局で失敗した手を修正しなくてはならない。まえに失敗したのとおなじ次元で、しかも適切な駒をおかなくてはならない。まえのは平坦駒だった。つまり二次元だ。しかしぼくは三次元の駒をおいてしまった」

「追加シフト、四」ゼチャはすましていった。

ケルリックは歯ぎしりした。「なぜだ」

「おまえのは、なおかつこちらの十二面体より上位の駒でなくてはならないんだ」

「十二面体より上の駒はない」

「そのとおりだ」ゼチャはケルリックの駒をどかし、十二面体を残した。「おまえの番だ」

ケルリックは顔をしかめた。多面駒では面の数が多いほど順位もあがる。クイスでは十二面体より上の多面駒はない。いまの配列では多面駒より上位の形はありえない。永遠に負けつづける罠にはめられたのだ。

「またシフト追加のようだな」ゼチャがいった。

ケルリックの背後でドアがひらき、若い女がはいってきて獄長に小声で話しかけた。ゼチャは眉をひそめ、うなずいた。

女が部屋を出たあと、ケルリックは十二面体の上に黒檀の球をおいた。

「残念だが――」ゼチャはいった。「それはルール違反だ」

ケルリックはぽかんと口をあけそうになった。ゼチャがそんなていねいな言葉遣いをするのは初めてだったからだ。しかし驚きがおさまると、彼はいった。

「ルールにはあってるさ。まえの局でこちらが誤って打ったのは三次元の駒だ。球は三次元の駒だろう」

「そうだな」ゼチャは認めた。「しかし十二面体より上位ではない」

「いや、上位だ」

獄長のうわべの礼儀正しさが消えた。「口答えする気か？　十二以上の面をもつ駒が必要なんだ。そんな駒はないじゃないか」

ケルリックはにやりとした。「球には無限の面がある。多面体の面を無限に増やせば球になるんだから」

ゼチャはしかめ面をして、自分の駒からケルリックの球を叩き落とし、その十二面体も盤上からどかした。

「さあ、勝ったのはおまえだ。初手を打て」

ケルリックは笑いだしたくなるのをこらえ、三角錐をおいて、次の局をはじめた。すぐに複雑な配列が連なっていった。しばらくして、ケルリックはなにかが気になりはじめた。なんだろう……。そうだ、そこだ。ゼチャは緑の駒で複雑な蛇をつくり、もうすこしでその環をとじようとしていた。

ゼチャは卓を指先で叩いていた。「いつまで長考する気だ」

「いや」ケルリックは青の三角錐をおいた。

ゼチャは緑の三角錐を配列のなかにいれた。「おまえの番だ」

ケルリックはにやりとした。「ぼくの勝ちだ」

「どこが勝ちだ。さっさと次の手を打て」

ケルリックは配列のなかをうねりながらつづく三角錐の列を、指でしめしていった。

「黒、茶、赤、オレンジ、金、黄、緑、青、青紫、紫、黒。そして、赤と緑以外はぼくの駒だ」笑いだした。「拡大グランドスペクトル列で、ぼくが優位だ。散髪と髭剃りだよ、獄長」

ゼチャはケルリックをにらみつけた。そして八人部隊のほうをむいた。「連れて帰れ」

ケルリックが立ちあがると、衛兵たちはまた彼の両手のリストバンドを合わせて施錠し、目隠しをして連れていった。


ハカ坊から地下トンネルにはいるところにある、つなぎの間で、ゼチャはテーブルに手をついて立っていた。セブターとの争局をここでやるようにラシバから命じられたのは、なんとも腹立たしいことだった。この部屋には半透明鏡の窓があり、坊代がこっそりと観戦できるようになっている。ようするに、のぞき見だ。部下を見張りに立たせ、坊代が来たら耳打ちさせるようにしたのはいい考えだった。

部屋の反対側でドアがあき、ラシバ・ハカがはいってきた。

ゼチャはお辞儀をした。「ハカ坊代」

「おはよう、獄長」ラシバは軽く笑った。「無限の面をもつ多面駒に、まんまとやられたな、ゼチャ。それからあのスペクトル列もみごとだった」

「序盤をごらんになっていないからです。最初は子ども同然でした」

ラシバは両腕で伸びをした。「しかし、この未明の争局というスケジュールはどういうわけだ？　補佐官に起こされなかったら寝すごすところだったぞ」

早起きの坊代が目覚めるまえに、この〝授業〟をすませたかったのだ。

「お休みのじゃまをするつもりはありませんでした」ゼチャはいった。

「じゃまなどではない」ラシバはテーブルによりかかった。「あんなふうに目隠しをした手を拘束する必要があるのか？　本人は不快だろう」

「目隠しをしなければ、監獄からここへの道を憶えてしまうでしょう。拘束しなければ、警備を破って坊内へ侵入するかもしれません」

いっそセブターを解き放ってしまうのも手かもしれないと、ゼチャは思った。衛兵隊が次々に倒されるのを見れば、ラシバもこのばかげた再訓練を考えなおすかもしれない。

「危険そうなふるまいはなかった」ラシバはいった。「感じのよい男ではないか」

「その〝感じのよい男〟が、ラーチ・ダールを殺したのですよ」

ラシバは息をついた。「たしかにそうだ」すこし考えたあと、つづけた。「今日から石切り作業からはずしてやれ。疲れきっているようだった。それから、望みどおりに散髪と髭剃りをやってやれ。ただし、髪は切りそろえる程度にしろ。もったいないからな」

なんだと？　囚人の美容に気をつかえというのか。「あの男を刃物に近づけるのは危険です。奪い取ろうとするかもしれない」

「心配なら予防措置を講じろ」

「わかりました、坊代」

ラシバが帰ったあと、ゼチャは考えこんだ。坊代はセブターを甘やかしたいのか。そんなことはさせるものか。セブターは美貌を武器に特別待遇を得ようとしているのだろう。あの微笑みが証拠だ。セブターの蠱惑的《こわくてき》な態度にラシバが目をくらまされても、ハカ監獄の獄長には通用しない。

しかしセブターは、べつのやり方でゼチャに影響をあたえていた。どういうわけか頭のなかにはいりこんできているのだ。ずっとむかし、頭のなかで他人の話し声が聞こえるという悪夢に悩んでいた時期があった。精神に異常をきたす前兆ではないかと心配したが、他人をしめだす感情の壁をつくることでなんとか克服した。そのせいで砂漠におきざりにされたキンサより孤独になったが、他人の思考が聞こえることはなくなった。

ところがセブターがあらわれてから、その防壁が侵食されはじめているのだ。

ゼチャは歯がみした。もうこのセブターという男はがまんならない。目のまえから消し去ってやる。

チェドが部屋にはいってきたとき、ケルリックは天窓によじ登り、青い空をのぞいているところだった。

「クアズとコザールよ」チェドがつぶやいた。

　ケルリックは見おろした。「ところで、それはどういう意味なんだ？」

「驚いたときなんかにみんながいう言葉さ。クアズとコザールは風の神で、太陽の女神サビーナのアカシなんだ」チェドは眉をひそめた。「天窓の鉄格子を壊すのは無理だぜ、金属男。みんな試してるんだから」

　ケルリックは床に跳び降りた。「クイスでもやるか」

「いやだね。負けてばっかりだから」チェドは寝床にどさりと腰をおろした。「おいらがやりたいのはな、酒池肉林の大宴会さ。そして最後は二人の美女戦士がおいらたちを抱きあげて、寝室でいいめをみさせてくれるんだ」

　ケルリックはにやりとした。「楽しそうだな」

「あんた、恋をしたことはあるかい？」

「二度だ」ケルリックは壁ぎわにすわった。「最初のときはおまえより若かった。十四歳だ。シャリースはぼくが川で泳いでいるときによくこっそりやってきてのぞいていたんだ。ある日ぼくはそれをみつけた。ぼくは恥ずかしくて怒って、ズボンをはいてから森のなかへ追いかけていった」

「追いついてからなにをしたんだい？」

　ケルリックは笑った。「それは、大人の秘密だ」

　チェドはにやりとした。「できちゃったといって、脅したりしなかった？　おいらの場合はそうだった」笑みが消えた。「そのせいでラサの協同育児舎から追い出されたんだ」

「追い出された？　なぜ」

「ある女の子から誘いをかけられたんだ」チェドはすわりなおした。「でも翌日からは、彼女はおいらと口もきかず、あることないことぺらぺらしゃべりはじめた。たちまちおいらのことは女の子みんなの噂になった。ぜんぶ嘘なんだ。おいらは彼女に指一本ふれてない。その子のことを好きだったけど、でも彼女はべつのやつに熱をあげてたんだ。いったいどういうことだと思う？　じつは彼女は、そいつの子を妊娠してたんだ。そしてそいつを守るために、父親はおいらだといいだした。それまでにおいらの噂が広まってたから、みんなそれを信じたよ」床をはらうように手をふり、砂を飛ばした。「それで保母は怒っておいらを育児舎から追い出したんだ」

ケルリックは眉をひそめた。「だからって、追い出すことはないだろうに」

「だからビアサ坊へ行ったんだよ。ラサ坊ではどの居住舎もおいらを受けいれてくれなかったからね。人間のくずと呼ばれたよ」肩をすくめた。「そうかもしれないな」

「そんなことはない、チェド。そんなやつらのいうことを信じるな」

少年はためらった。「くずじゃないってことかい？」

「おまえには秘めた力がいろいろある。それを引き出す機会が必要なだけだ」

「そうかな」チェドはとまどったような笑みを浮かべた。「まあ、そういってくれるだけでもうれしいよ」

ラシバはゼチャの執務室を歩きまわっていた。「あの少年はずいぶんひ弱そうだな」

ゼチャは椅子のなかですわりなおした。「チェドの無邪気な顔にだまされないでください」

「ボニは、模範的な囚人だといっていたぞ」ラシバは立ち止まった。「四号監舎以外への処遇変更を提案していた」

模範的囚人だと？　ゼチャは鼻を鳴らしそうになった。あの手のガキが女をたぶらかすやり方はよくわかっている。ゼチャの父親も、チェドくらいの齢のときに母親をベッドに誘いこんだのだ。母親は一夜の快楽の意外な置き土産をよろこんだかもしれないが、ゼチャは、キンサの子、売男《ばいた》の娘とあざけられた少女時代を思い出すと、いまだにはらわたが煮えくりかえりそうだった。

「チェドは問題児ですよ」ゼチャはいった。「最近はノルマ以上に働いていますが、いつまでつづくか疑問です」

ラシバは眉をひそめた。「ノルマというのはなんだ？」

なんてことだ。ラシバは聞き流すということがないのか。「一種の報奨制です。一定のノルマをはたした囚人には特典があたえられるのです」

ラシバが前坊代のように治世をうたた寝してすごすつもりがないらしいとわかった時点で、ゼチャは自分のファイルをきれいに掃除していた。一部の記録が誤解され、石切り場の追加作業シフトによる利益が獄長個人の懐にはいっているのではないかと疑われる恐れがあったのだ。そこでそういう記録は抹消した。いまのファイルはこのうえなく清潔だ。

「記録をお見せしましょう」ゼチャはいった。

「わかった」ラシバは答えた。「それから、チェドの処遇変更は許可してやれ。べつの作業班に移したほうがいい。保守業務あたりがいいのではないか。石切りをさせるような体力はなさそうだ」

ゼチャは身をこわばらせた。ここの獄長をだれだと思っているんだ？　しかし、こういうささいな件ではラシバの信頼を獲得しておくほうがいいだろう。もっと重要な問題が出てきたときに交渉の踏み台を高くできる。

「チェドは二号監舎に移しましょう」ゼチャはいった。「そこは保守業務を担当していますから」

「よろしい」ラシバはまた歩きまわりはじめた。「セブターの素行はどうだ？」

「よくありません。記録はごらんになったでしょう。入獄して最初の夜にもう喧嘩騒ぎを起こし、あくる日には石切り場でトーブ・ハカに暴行を働いたのですよ」

「ほかの囚人から引き離すべきだな」ラシバは考えこんだ。「もっとクイスに集中させたほうがいい。石切り場で働かせるなど、そもそも才能を無駄にしている」

ゼチャの頭のなかでひとつの計画ができていった。「いい考えだと思います」

そうだ、とてもいい考えだ。これでセブターを厄介払いできるだろう。

衛兵たちに連れられて砂嵐のなかを歩かされるケルリックの顔に、刺すような砂がぶつかってきた。監舎群からかなり離れたところにぽつんと建つ倉庫のまえで、衛兵たちは足を止めた。倉庫の鉄扉のまえにゼチャがいるのを見て、ケルリックはいやな予感がした。ゼチャは鉄扉を重々しく押しあけた。扉も倉庫の壁も、手幅六つ分以上の厚みがあるようだ。

衛兵たちは剣の先でケルリックの背中をつついて、まえへ進ませた。切れ味のいい先端が囚人服の布地をつらぬいて皮膚を傷つけるくらいだ。倉庫にはいってみると、なかはひとつの大きな部屋になっていて、寝床がひとつ、毛布がひとつおかれていた。片側の壁には鉄格子のはまった窓がならんでいるが、とても高いところにあるので、跳びあがっても外はのぞけそうにない。わけがわからず、ゼチャのほうをふりかえった。

「おまえをほかの囚人から引き離すことになった」彼女はいった。

「いつまで？」ケルリックは訊いた。

ゼチャの目が光った。「永遠にだ」

ケルリックは扉に跳びついたが、衛兵はすでにしめはじめていた。鉄扉が大きな音をたててしまると、ケルリックはそれに体当たりした。

「やめろ！」扉を拳で叩いた。「やめろ！」

倉庫の外からはなにも聞こえてこなかった。

14　石の降ろし樋

はじめケルリックは怒り狂い、自分をとじこめる壁に体当たりをつづけた。そして怒りが燃えつきると床に崩れ落ち、肩を上下させて息をした。

監獄の連中は物置のひとつをバスルームに改造していた。もうひとつの物置には毛布と、液体石鹸の瓶と、雑巾があった。倉庫の鉄扉の下に切られた細長いトンネル状の穴を通して、毎朝食事がさしいれられた。食べおわった器や皿はそのトンネルに放りこんだ。それを外にとりだす音がしたときに、相手の腕をつかんでやろうと手を突っこんだが、トンネルが長すぎてとどかなかった。

ハンガーストライキをすれば外へ出さざるをえなくなるかもしれないと思い、食べるのを拒否した。しかし数日たって、トンネルのなかの手をつけていない食事を見ても衛兵がなんの反応もしめさないので、こちらが勝手に飢えて勝手に死ぬのは、ゼチャの思うつぼかもしれないという気がしてきた。

それでストライキはその夜にやめた。

しだいに日課が決まっていった。朝は体操をし、それから一日じゅうクイスの一人遊びをする。光がかげって夜になると眠り、夜明けの光が窓からさしこむと目を覚ます。そうやって毎日がすぎ、季節がすぎていった。

秋から冬になり、だんだんと寒くなった。窓のむこうで雨がしたたるようになると、部屋のなかは湿気だらけになった。風邪をひくと、熱が出て動けなくなった。ふと正気に返ったときに、このまま死んでもだれからも気づかれないのではないかと思った。風邪が治ると、毛布でコートをつくった。石の破片を使って腕をとおす穴をあけ、フードもこしらえた。残った布をトンネルに押しこんでおくと、翌朝には食事といっしょに新しい毛布がさしいれられた。

冬からしだいに暖かい春になった。ぼさぼさの髪は背中に長く伸び、赤みがかった金色の髭は胸までとどいた。夏は蒸し風呂のような暑さのなかで寝てすごした。熱風とともに砂が吹きこみ、身体の上に積もった。

夜にはいつも故郷のライシュリオル星の夢をみた。銀色の草が揺れる草原や、木漏れ日のふりそそぐ原生林で、子どもになって遊んだ。ほかの夢のなかでは恋人を抱いた。たいていはデーア、ときどきは最初の妻で、ごくまれに知りあいのほかの女のことがあった。あまりにも真に迫っているので、目が覚めて空っぽの空間に気づくと、悔しくて壁を殴りたくなった。

もともと内向的で、一人の時間をつくって元気をとりもどすような性格だったが、この暮らしはあんまりだった。気分が落ちこむと、ボルトが脳内に化学物質を放出し、エンドルフィンの働きを強化した。おかげで気分はすこしもちなおすが、孤独がいやされるわけではないし、すでに傷ついているコンピュータを酷使することになる。そうやっていくつかの季節がすぎるうちに、ボルトは呼んでも答えなくなった。その沈黙はつらかった。頭のなかだけとはいえ、会話する相手を失ったのだ。

そこで、砂や床や食べものに話しかけるようになった。窓辺で羽音をたてる虫に名前をつけた。死んだ空気虫の葬式をあげている自分に気づいたとき、孤独をまぎらす娯楽が必要だと思った。

そしてクイスに没頭していった。床いっぱいに配列を広げ、壁からかきとったセメントの破片で新しい駒をつくった。ルールが狭苦しい制約に思えてくると、新しいルールをつくった。ケルリックのクイスはケルリック独自のもので、なんの影響も、歴史も、文化的記憶もなく、ほかの争局者からの提案もなかった。ダール坊で習った単純なパターンなど、もはやばかばかしく思えるほどだ。ハカ坊や、コバ星や、王圏や、宇宙の概念を自分のクイスに織りこんでいった。生成するさまざまなパターンが、過去を照らし、未来を予言し、彼の精神の無意識の回廊にひそむ謎をあばいていった。

駒には人格が宿っていった。チェドは銀色の立方体だ。四号監舎における少年の生活をパターンで描こうとすると、かならず最後は死に行き着いた。希望のパターンをみいだそうとしたが、駒は嘘をつかない。銀色の立方体のまわりにその死をとむらう陰気な駒が集まることもしばしばだった。

黒曜石の十面体はゼチャだ。ケルリックはその駒をねじくれた複雑な配列に巻きこみ、順位を壊したり、いくつもいくつもパターンをつくって、彼女がこちらを憎悪する理由を理解しようと試みたりした。しかしゼチャは謎でありつづけた。こうして独房で一人でいるのに、彼女のことを考えただけで、なぜか頭のなかに精神障壁を立ちあげたくなる。ゼチャがケルリックの頭のなかにはいりこみ、反エンパスのように彼を否定している気がするのだ。

彼のクイスはさらに複雑な様相を呈しはじめた。パターンのなかに方程式が組みこまれていった。複素変数、微分位相幾何学、カタストロフ理論、セレン人の神秘数学……。新しい定理をつくり、もともと好きだった抽象的な数学の世界に熱中するうちに、孤独の苦しみも忘れていった。眠っているあいだも、クイスの方程式を夢にみた。

その後、駒は内省的になり、胤違いの兄であるスコーリア王クージの侮蔑を、ケルリックに追体験させるようになった。〝数学か、ケルリック？　才能のないところで苦労してどうするんだ〟……。クイスは、ケルリックが気づかなかったことを気づかせた。兄の軽蔑の言葉は、その恐怖を隠すためだったのだ。

ケルリックがどんな目標を追いかけても、その態度はかわらなかったはずだ。クージは彼をけなし、自信を失わせようとしただろう。それはケルリックをみずからの権威への脅威とみなしているからだ。クージはケルリックのなかに自分自身の姿を見ていた。そして自分が暴力によって権力の座についたゆえに、みずからの継承者をも信用できずにいるのだ。

そこまでわかったとき、ケルリックは手を床に叩きつけ、駒を部屋じゅうに散らばらせた。

そのあとはもっと愛情にあふれた記憶を探した。そして父親のパターンを浮かびあがらせた。宇宙から来た妻の驚異の技術に、困惑するばかりだった農夫の父。家族を溺愛したやさしい父。自分がのちに星界の有力者になるなど、夢にも思わなかった父……。母親のパターンは暖かく、金色に輝いた。その美に銀河のすべてがひれ伏した。故郷の太陽のように明るく、暖炉のように暖かい——そして、王圏の権力の中枢を歩いてきた有力政治家でもある。

失われた故郷、家族、希望、未来を、ケルリックはクイスをつうじて嘆いた。配列のなかで生き、狂気の手前であやういバランスをとった。生きた人間の感触がどんなものかを思い出せなくなり、ついにこの記憶そのものも、狂気におちいった者の夢でしかないのではと疑うようになった。

15　砂漠の塔

ハカ坊の最上部をわたるトパーズの歩道は、黄褐色の光の廊下のようだ。着色ガラスで構成され、砂の海を見わたしている。そこを、赤みがかった光を浴びて二人の人影が歩いていた。

「単刀直入にもうしあげますが――」ゼチャはいった。「セブタトをもし坊内にいれれば、あとで後悔なさると思います」

「おまえの報告書によれば、再訓練はとても順調のようだぞ」ラシバはいった。

ゼチャは苦境におちいっていた。長い時間と努力のおかげでラシバの信頼を勝ちえていたが、その理由の一部は、セブターについて明るい内容の報告書をとどけてきたからだった。しかし実際には、セブターのようすなどこの一年間ろくに注意していなかった。坊代があの男を自分のカランヤ苑にいれるといいだすとは、だれが予想しただろう。考えられない。

「管理された環境において彼が進歩しているのはたしかです」ゼチャは答えた。そもそもセブターは朝から晩までクイスを打っているのだ。これでなにか覚えていないとしたら、一生なにも覚えられまい。「しかし精神的な安定という点では、わたしは深く危惧しています。なにをきっかけに暴れだすかわからない」

ラシバはうなずいた。「精神の安定が確認されるまでは隔離しておくつもりだ」ということは、坊代も懸念をもっているのだ。ゼチャは情況を分析した。独房に長期幽閉されていたとセブターが話しても、だれが信じるだろうか。ラシバが前任者より監獄のようすに注意をはらっていることが、ここではいい方向に働く。坊代は、四号監舎の囚人が妄想にとらわれやすいことを知っている。そして、幽閉されるまえのセブターがわずかな正気をたもっていたとしても、そんなものはとうに消し飛んでいる。もともと精神的に弱かったことを考えれば、いまは完全に頭がおかしくなっているはずだ。獄内の専属医をやって、譫妄状態がひどくて専門家の治療が不可欠であると診断書を書かせてもいい。

そうすれば、セブターはたちまち監獄へ逆もどりだ。

金属と石がこすれる耳ざわりな音に、ケルリックは目を覚ました。頭をあげ、未明の闇に目を凝らした。

部屋の鉄扉が動いている。

扉はゆっくりとひらき、衛兵の八人部隊が姿をあらわした。ほの暗い光のなかで、灰色の幻影のようになかにはいってきた。ケルリックは言葉を失ったまま、クイスの配列に埋めつくされた床の上に立ちあがった。七人の衛兵が影のように彼をとりかこみ、残る一人が駒を集めはじめた。

やめろと、ケルリックは思った。何日もかけてつくりあげたパターンが壊されている。しかしケルリックは動けなかった。動いたら、この幻影たちも消えてしまいそうで怖かった。

駒をぎっしりつめこんだ袋が、ケルリックの手に返された。そして隊長が腕をあげ、亡霊が招くように扉のほうをさした。ケルリックは隊長から衛兵たちへと視線を移したが、まだ彼らの存在がのみこめなかった。

それから、倉庫の外へ出ていった。

渦巻く砂埃のなかをどこまでも歩いていき、やがて小さな岩山とそこに埋めこまれたドアのまえに出た。そこから岩山のなかにはいり、迷路のようなトンネルを通っていった。しだいに砂漠の地下へ降りているようだ。どの通路も、どの曲がり角もおなじように見えるので、すぐに方向感覚を失った。いまどこにいるのかをボルトに訊くこともしなかった。脊椎ノードはずいぶんまえから反応しなくなっているのだ。

二本の廊下が交わるところで、その角の一室へ連れていかれた。隊長は机から折りたたんだ服をとりだした。両脇を縫ってとじたスエード革のズボン。襟にクイスの模様が刺繍され、締め紐で胸をとじるシャツ。膝丈の砂色のブーツ。軽いラセット地でできたローブ。隊長は織物のスカーフも手渡した。白い糸で織られ、ケルリックの身長ほども長さがあり、縁全体に黒い房飾りがついている。金糸や銀糸で織りこまれたクイスの模様が、青白い部屋の光のなかできらきらと光っている。

衛兵たちが部屋から出てドアをしめると、ケルリックは服を手にしたまま呆然と立ちつくした。どうすればいいのかわからないのだ。この一年間ずっと一枚の灰色の囚人服を着ていた。自分の手で何度も洗い、穴だらけになってだらりと垂れさがっていた。しばらくしてようやく新しい服に着がえはじめた。ローブは首から足首まですっぽりと覆い、長い袖は腰までとどいた。スカーフはどうすればいいのかわからないので、ただ首にかけた。そしてじっと待った。

ドアにノックの音がして、しばらくの沈黙のあと、隊長がはいってきた。彼女は歩みより、腰をかがめてお辞儀をした。そしてスカーフをとって軽く彼の頭にかけ、目もとを残して首と顔を隠すように結んだ。最後にローブのフードをかぶせると、ケルリックは目以外の全身を覆い隠された。

八人部隊は彼を連れてトンネルにもどり、さらに迷路の奥へと歩いていった。丸屋根のある広間に出たところで、べつの八人部隊と合流した。いでたちや物腰に、ケルリックは憶えがあった。

カランヤ衛兵隊だ。

ようやくケルリックは、なにが起きているか理解した。幻覚だ。孤独のあまり、こんなおかしな幻をみるようになってしまったのだ。

今度はカランヤ衛兵隊がケルリックを連れて迷路を歩きはじめた。上り坂で、まもなく砂漠の地表より上に出たはずだと思えるようになった。石の床だった足もとは施釉陶《せゆうとう》のタイルに変わり、狭いトンネルは広い廊下に変わった。壁にはアラベスク文様が刻まれている。あちこちが幾何学的なモザイク模様で飾られ、アーチも壁龕《へきがん》も円柱の柱頭も、繊細な縁飾りがほどこされている。

ケルリックはクイスのルールでその模様をどう描写できるか考えた。

次に、目が痛くなるほど明るくまぶしい廊下に出た。床から天井まですべて窓になっていて、そこから日差しがはいってくるのだ。目がくらんでなにも見えない。目をすがめてようやく、はるか足もとのほうから地平線までつづく砂漠がわかった。

廊下のつきあたりは巨大な鍵穴のようなかたちをした戸口になっていた。上部の円形の部分にはステンドグラスがはまっている。縁にはクイスの文様が刻まれ、頂点にはハカ坊のシンボルである昇る太陽の図がある。

ドアの奥はスイートだった。香料をテーマに仕立てられた部屋の数々。とりどりの色彩。この一年間、灰色の陰影だけの世界に住んでいたケルリックは、呆然とするしかなかった。壁は床近くがシナモン色で中央は金色、天井のあたりではクリーム色に変わっている。サフラン色の花が花瓶に挿され、花の絵を描いたガラスの球が、金色の鎖でいくつも天井から吊られている。

豪華な部屋を次々に案内されていくうちに、ケルリックはだんだんうんざりしてきた。ゆったりしたアーチの戸口の、葦を編んだ簾《すだれ》を隊長が左右に分けたとき、ケルリックはそれ以上進むのをこばむように足を止めた。

隊長はにっこりした。「おはいりください。あなたの部屋ですから」

自分の部屋？　ケルリックは簾のむこうの部屋にはいっていった。四号監舎の男子房全体より大きな空間が、浴室にあてられていた。噴泉塔から流れこむ湯の水位は、広い浴槽の半分よりすこし上まできている。

「ハカ坊代が源泉に浄化装置をとりつけられたので、飲んでも腹をこわすことはないはずです」隊長がいった。

浴槽の角のひとつに、花のかたちをした噴泉塔が立っている。ケルリックは浴槽の縁に腰をおろし、青と緑のタイルが敷きつめられた浴槽の底をのぞきこんだ。湯の表面に手をすべらせると、できた渦巻きがクイスのパターンに見えた。

隊長がまたいった。「わたしの名はカージです。わたしの八人部隊はこのスイートの外におりますので、ご用がありましたら外へのドアをあけてください。カランヤ代弁人を連れてきます」

代弁人？　べつに代弁してもらう必要などないのだが。

「散髪と髭剃りをおこなう床屋もひかえています」カージはつづけた。「午後には、カランヤ・バンドを交換するために金属細工師が来る予定です」

ケルリックはただ水面を見つめ、そのさざ波を描写するクイスの方程式を考えつづけていた。衛兵隊が出ていったときもふりかえらず、噴泉塔の幻を見ているだけだった。

とうとうこんなものが見えるようになってしまった。頭がおかしくなったのだ。

風呂からあがり、新しい服に着がえ、髪を切って髭を剃ったケルリックは、スイートの一室で座布団の上にすわり、自分のリストバンドを見つめていた。そこにあるシンボルのなかで見覚えがあるのは、ハカ坊の昇る太陽だけだ。なぜハカ坊のリストバンドなのか。この錯乱した頭が見せている幻覚なら、なぜダール坊のリストバンドでないのか。コバ星でのいい思い出はすべてダール坊にあるのに。

「セプター」カージ隊長が、部屋のむこうの戸口の簾を分けて顔を出した。「代弁人特権をもつ訪問客がみえています」彼女は退がり、新たな幻覚の人影があらわれた。

ケルリックは目を見はった。沈黙が長くつづいたあと、幻覚の人影がしゃべった。

「おいらがもうあんたより低い地位なのはわかってるよ、金属男。でも、ちょっとだけ話してくれないか。ハカ坊代が許可してくださったんだ」

ケルリックはようやく、一年ぶりにべつの人間にむかって話した。「チェド・ビアサは死んだはずだ」

チェドはにやりとした。「そりゃ初耳だね」こちらへ歩いてきた。「こんな立派な部屋は初めて見たよ。ハカ坊代はあんたを大切にしてるんだね」

ケルリックは相手の存在を理解しようと努力していた。「四号監舎は――？」

「あんたのいったとおり、ボニの口利きのおかげで処遇変更がかなったんだ。二号監舎に移ったんだよ」チェドは笑った。「そこでなにしてると思う？　洗濯さ。あの山のなかの大穴は、この一年ごぶさたしてるよ」

「洗濯……」ケルリックの声は震えた。

チェドが近づいてきた。「だいじょうぶかい」

「いや」

こらえようとしたが、目に熱いものがあふれ、頬をつたった。なぜ泣いているのか——チェドのためか、この部屋のためか、人間の声のためか、それともそれらすべてが現実であってほしいという狂った願望のためか、自分でもよくわからなかった。

チェドはケルリックの隣で、毛脚の長い敷物の上にすわった。

ケルリックは頬をぬぐった。「ぼくがただの金属男じゃないことが、これでわかっただろう」

チェドは笑みを浮かべた。「まあ、〝金の感触は鉄ほど冷たくない〟という諺があるからね。金属より人間についていった言葉だけど」

ケルリックも笑顔になった。「会えてよかった」

「今夜は誓約式があるから、会うのを許可されたんだ」チェドはためらった。「ハカ坊代は房長に声をかけてくださったんだ——ありがたいことに、ゼチャをとおさず、二号監舎の房長にじかにね。房長はボニがあんたを知っているのを知ってた。そこでボニに声をかけて、ボニがおいらに話して、そこでおいらは、もちろんあんたがよければと返事して、それからボニが房長に――」

「待った、待った」ケルリックは笑いだしそうになった。「房長がボニに声をかけて、というあたりから話の筋道がわからなくなったよ」

「ようするに、おいらが無理をとおしてここへ来たわけじゃないってことをはっきりいっておきたいんだ」

「強調しなくてはいけないようなことなのか？」

「だって、これはあんたが依頼すべきことだから」

「依頼するって、なにを」

チェドは目をそらした。「おいらがあんたの誓約兄弟になることをさ」

誓約？　カランヤの誓約か。それでようやく納得がいった。しかしなによりチェドの友情の申し出に、言葉にあらわせないほどのうれしさを感じた。

「そうしてくれるかい？」

「もちろんさ」チェドはほっとしたようすになり、にやりとした。「あんたに会えなくなって本当に寂しかったよ」

「二号監舎での待遇はどうなんだ？」

「いいよ。書記官から読み書きなんかを教わってるんだ。出獄したときにそなえて頭の訓練をしとくんだよ」ケルリックのローブをちらりと見た。「そのタルハを見ていいかい。近くから見るのは初めてなんだ」

ケルリックはローブをさしだしたが、チェドが手にしたのはその上にのったスカーフだった。

「すげえ上物だね、金属男」

「そうなのか？」

「これがなにか、知らないのかい？」ケルリックが首をふると、チェドはいった。「ハカ坊の男は、人前ではこのタルハ頭巾《ずきん》をかぶらなくてはいけないんだ。所有の掟でそう決まってるんだよ」

「所有の掟？」

「例の、仏頂面の掟さ」チェドはスカーフの上に指をすべらせた。「憶えてないかい？トーブ房長は石切り場でタルハをかぶっていただろう」

ケルリックは記憶の底から四号監舎男子房の房長のことをほじくりだした。「あれは砂嵐から顔を守るためだと思っていたけど」

「そうでもある。そのためにかぶる女もたくさんいるからね」チェドはタルハをケルリックに返した。「でも、彼らのは無地なんだ。これはあきらかに高位の男がかぶるやつだよ」うなずいた。「ハカ坊代はあんたにたいへんな名誉を授けてくださっているんだよ」

ケルリックはスカーフのきらめく図案と房飾りを見た。ハカ坊代が彼にたいへんな名誉を授けるというのなら、これまでの一年をどうして地獄ですごさせたのだろう。

夕日の間は、本物の夕焼けより暗い色で輝いていた。広間は全周がステンドグラスの窓にかこまれている。窓の下端は床に接し、玉葱形になった上端は高い天井にとどいている。窓と窓のあいだの壁には暗い赤のカーテンがかかり、そのまえにはタイル張りの脚柱に載った施釉陶の鉢がある。鉢からは細く煙が立ち昇り、あたりをお香の匂いで充たしていた。家具のたぐいはない。ハカ坊の有力者たちは床に座布団を敷いてすわっていた。座布団は刺繍入りで四隅に房飾りがある。女は紋織りの上着とズボン、男はローブとタルハ頭巾という恰好だ。

おなじくローブとタルハ頭巾という恰好のケルリックは、炎のように赤い光を浴びながら、チェドといっしょに円陣のなかに立っていた。金色の木材でできた手すりがくぼみをかこんでいる。

シンバルが穏やかなリズムで鳴りだした。つづいて太鼓が一定の拍子をきざみ、管楽器が不気味なメロディを奏ではじめた。さらに男声の歌がくわわった。歌は聞き慣れない言語で、発音も古めかしいが、砂漠で金色に輝くハカ坊のイメージがつたわってきた。音楽は夕焼けの光のなかで渦巻き、地平線に日が沈むように消えていった。

女の暗い声が空中からふいに聞こえた。「チェド・ラサ・ビアサ、そなたはセブターの誓約兄弟をつとめるか？」

「はい」チェドは答えた。

「セブターを代弁してなにをいう？」

チェドは深呼吸した。「セブターはわたしにとっていままでいちばんの友人でした。どんなことがあってもわたしを支持してくれました。そしてわたしを信じてくれました」ちらりとケルリックを見た。「彼を知ることで、わたしはよい人間になりました。坊代のカランヤ苑にふさわしい人物です」

ケルリックが感謝の気持ちをこめてチェドの腕にふれると、少年の口もとがわずかにゆるんだ。

若い女の声がした。「そなたの言葉はしかと聞き、記録した、ビアサ坊のチェド」

チェドはお辞儀をした。そして円陣から出て、衛兵たちのところへ退がり、すわった。

シンバルがふたたび鳴り、暗い声の女がいった。「ハカ坊とコバ星のために、そなたセブターは、円陣にはいって誓約を立てるか」

これは自由の代償なのか。デーアを裏切ることになるのか。ケルリックは立ちすくんだ。トパーズ色のきらめく光のなかで、沈黙が長くなった。立会人たちがざわめきはじめ、広間のつきあたりでカーテンのひらく音がした。

そして女の姿があらわれた。

《まさか……》

ケルリックはこの現実に自分をつなぎとめようとするように、手すりを握りしめた。コバ星でこんな姿を見るとは、幻覚以外にありえない。故郷の世界ライシュリオル星の神話に登場する豊穣の女神ビアナにそっくりなのだ。白く長いローブは、まるで小川のさざ波のような液体めいた柔らかさで、官能的な肉体をつつんでいる。クリームのようになめらかな黒い肌をもつその顔は、うっとりするほど美しい。大きな目をふちどる黒い睫毛。拳ほどの太さで一本に編まれたつややかな黒髪は、肩から腰にたれている。ネックレスのルビーがその肌によく映えた。

彼女はケルリックのまえに立った。「ハカ坊への誓約を拒むのか?」

ケルリックはタルハ頭巾をはずし、顔をあらわにした。「あなたがハカ坊代ですか?」

「そうだ。わたしはラシバ・ハカだ」

「わたしはすでにダール坊に対して誓約しています」

「ダール坊代はそなたの誓約を放棄している」

「そんな話は信じられない」

「なぜわたしが嘘をつかねばならない?」

そう、なぜなのだろう。なぜこの変調をきたした頭はこんなばかげた幻覚をみせているのだろう。ケルリックはデーアを好ましく思っていた。その彼女が自分を拒絶するなどと、なぜ想像するのか。そもそも、男がその誓約にさいしてほとんど選択の余地がなく、坊代も儀式のまえにろくに状況を説明しようとしないような坊のことを、どうしてわざわざ自分が想像するのか。ラシバは、ケルリックの迷っているようすが、さも不思議なようだ。どうしてこんな幻覚をみるのか。いや、わかるわけがない。そもそも自分は狂っているのだから。

ラシバは小声でいった。「監獄よりはるかにましな暮らしを約束する。しかしダール坊を拒絶することは強制しない。わたしのカランヤ苑へはいるより監舎へもどるほうを望むなら、あえてここにとどまらせるつもりはない」

孤独なあの独房の記憶が悪夢のように脳裏に立ちあらわれた。「どんなやり方でダール坊代にこんなことを認めさせたのですか？」

「わたしはだれも強制してはいない。彼女がみずからの意思でやったことだ」

ケルリックのことが負担になったとたんにデーアが放り出すとは、とても信じられなかった。孤独のために発狂した頭がつくりだした妄想にちがいない。しかし孤独な独房の妄想も、現実とおなじくらいに恐ろしかった。

ケルリックは抑揚のない声で答えた。「では、誓約します」

ラシバは儀式めいた口調になった。「しかと聞け、セブター。しかし誓約としてそれに答えるまえに、そなたは生涯その誓約に縛られることを念頭におけ」

しばらくして、返事をしなくてはならないのだと気づいた。「わかりました」

ラシバは小声でいった。「〝しかと聞き、理解しました〟というのだ」

「しかと聞き、理解しました」

「ハカ坊とコバ星のために、そなたは円陣にはいって誓約を立てるか」

「はい」

「両手と精神のなかにコバ星の未来をかかえもち、わが坊をどこよりも高くかかげると誓うか」

「はい」

漆黒の瞳で彼を見つめた。「カランヤ苑の規律に永遠にしたがうと誓うか。読み書きをせず、カランヤ苑に属さない者がいる場では口をきかないと誓うか」

「はい」わけがわからないが、あの倉庫にもどされずにすむのなら、逆立ちでもなんでもするつもりだった。

「その忠誠をハカ坊に、ハカ坊のみに、全面的にハカ坊に尽くすと、命を賭けて誓うか」

「それが望みなら」ケルリックはいった。

「〝命を賭けて誓います〟だ」

ラシバはささやき、ケルリックを凝視している。そこで彼はいった。

「命を賭けて……誓います」

ラシバが片手をあげると、銅鑼の音が空気を震わせた。広間の光はしだいに暗赤色に変わってきている。

「そなたの誓約への返報として、わたしはそなたの残り一生についてカラーニにふさわしい生活を保証しよう」

どういう意味だろう。デーアもおなじことをいっていたが。

ラシバはローブの内側に手をいれ、四つの腕帯をとりだした。そしてはじめに、ダール坊の帯をケルリックの腕につけた。白っぽい金製で、太陽樹のシンボルやその他の絵文字が彫りこまれている。そのなかに、ケルリックにも読める数少ないテオテク語があった。彼のコバ名、セブター・ダールだ。最初の絵文字には、空を大股に歩く男。二番めは太陽樹の絵文字だ。次につけられた腕帯は、やや濃い色の金製で、ダール坊での彼の名前のあとに、三番めの絵文字がくわえられていた——ハカ坊の昇る太陽。つまり、セブター・ダール・ハカだ。

ハカ坊の腕帯には、もうひとつ見覚えのあるシンボルがあった。長い巻き毛を肩までたらした男が、右をむき、腕をあげて肘を曲げ、てのひらを肩の高さで天井にむけている。ケルリックにこの意味がわかった。横をむいた顔は豊穣性、長い髪は性的な魅力、上をむけたてのひらは受容をあらわす。夫だ。これはアカシの腕帯なのだ。

怒りが湧いてきた。ケルリックはこの一年間、孤独の地獄に住まわされた。そこへどこからともなくこの妖女があらわれ、得体のしれない愛の誓いで誘惑しようとしているのだ。

ラシバの目が勝利感で輝いた。「セブター・ダール・ハカ、そなたはこれでハカ坊の二段位カラーニとなった」

16　鷹の炎

インターコムのブザーが鳴りやまない。ダール坊継嗣のチャンカー・ダールは、ベッドの上で身体をまわし、スイッチを手探りして、うめくような声でいった。

「だれだ?」

ローカ医長の声が飛び出してきた。「デーアの居室へ来てください。急いで。また心臓発作が起きたのです」

チャンカーはローブをなびかせながら、はだしで廊下を走った。デーアの居室にはいってみると、ダビブ医官がリビングを歩きまわっていた。その顔には深い苦悩の皺が刻まれている。

「どうしてあんなに石頭なんでしょうか?」ダビブは訊くともなく訊いた。「どうして徹夜で執務なさるんでしょう。警告したのですよ、チャンカー。何度も何度も。はっきり警告したのですよ」

チャンカーはじっとその姿を見ていた。なにか返事をするまえに、奥の部屋の戸口にデーアの息子があらわれ、彼女を手招いた。

坊代はベッドに横たわっていた。顔がまっ青だ。チャンカーはかがみこんだ。「デーア？」

答える声はかすかだ。「よく見えない」

チャンカーは枕もとのランプを明るくした。「これでどうですか？」

「ましになった」デーアは力のない目を彼女にむけた。「これまでに教えたことをよく憶えておけ。これからはきみは大きな責任を負うことになる。カーン坊につぐ第二位の力をもつようになるのだ」

チャンカーは息をのんだ。「そんなことをおっしゃらないでください。口笛を吹くよりすぐによくなりますよ」

「今度はもうだめだ。ああ――チャニ」

「ここにいます」

「彼をよろしく頼む」

「彼というと？」

「ケルリックだ……恩赦があたえられるようにしてほしい……約束を」

死にゆく師の気持ちがすこしでも安らかになるなら、どんなことでも誓いたい。

「約束します。かならず」

デーアの声が途切れはじめた。「悲しむことはない……豊かな人生だった……さようなら……」

「そんな、だめです！」チャンカーはベッドの支柱を握りしめた。「デーア？　デーア！」

しかし、ダール坊の女王の目にはもう光がなかった。

ラシバはトパーズの歩道のつきあたりに立ち、光に充ちたトンネルのむこうから八人部隊が近づいてくるのを見つめていた。彼らが守っているのは、銀色の髪と灰色の目をした、とても気品のある年配のカラーニだった。とりかこむ長身の衛兵たちがものものしすぎるように感じられるほどだ。サジェ・ビアサ・バーズ・ハカは、エリートちゅうのエリート——十二坊のなかでも数少ない三段位カラーニだ。

サジェがそばまでくると、ラシバは笑みを浮かべた。「元気そうだな」

彼はお辞儀をして挨拶した。

ラシバは衛兵隊のほうをむいた。「ハイエラの間の外で待て」

衛兵たちが退がると、ラシバはわきへよけて、トパーズの歩道のつきあたりにある着色されたガラス球のなかへ、サジェを先にいれた。ハイエラ草の先端に浮かぶ透明な球にちなんで名づけられたこの部屋は、砂漠を見晴らす塔のてっぺんにある。ガラス製のベンチが内壁をぐるりと一周し、中央にやはりガラス製のクイス卓がある。

二人が卓の両側にすわると、サジェはじっと坊代の顔を見た。「監獄から来た男のことで、お悩みのようですね」

「今朝、彼とクイスを打ったのだ」ラシバはいった。

「で？」

「デーア・ダールのいうことは正しくなかった。セブターは才能の持ち主などではない」

サジェの目が残念そうになった。「たしかなのですか？」

ラシバは深呼吸した。「クイスに対する彼の天賦《てんぷ》の資質をいいあらわすのに、才能という言葉ではとてもたりない、ということだ。ひと粒の砂から砂漠とはなにかをいうのとおなじ。セブターはひと粒の砂などではない。海だ」

「そのような資質があるなら、よろこばれるのがふつうでは？」

「セブターのつくるパターンは、どれもこれも悲しみに沈んでいるのだ、サジェ。彼はクイスのなかで泣いている」

三段位カラーニはため息をついた。「たしかに、ダール坊代が亡くなりましたからね」

「セブターはまだ知らない。どんなふうに知らせればいいものか」ラシバはすこし黙った。

「ダール坊代のアカシなのだからな」

「だった、でしょう。いまはあなたのものです」

名義だけだと、ラシバは思った。彼女にとってセブターは、クイスの争局のときにだけ顔をあわせる、あかの他人なのだ。

「セブターがどんな反応をするか、心配なのだ。ハカ監獄の獄長は、彼は危険だと考えていた。医者たちは、正気でないといっている」

「ご自身はどう思われるのですか」

「わからないのだ。のっぺらぼうの壁のようなものだ。だから助言を求めたい」

「助言をするまえに、わたしも彼を知らなくてはなりません」サジェはいった。「セブター を知るには、争局しなくてはならない」

ラシバは身をこわばらせた。「だめだ」

サジェは黙っていた。

「安全ではない」ラシバはいった。

サジェはまだ黙っていた。

「おまえの命を危険にさらすわけにはいかない」

「それほどセブターが危険だとお考えなら、そもそも坊内に連れてきてはいらっしゃらないでしょう」サジェはいった。

ラシバは砂漠のほうを眺めた。砂漠では砂が渦巻き、計り知れないパターンを描いている――セブターとおなじだ。サジェのいうとおりだ。セブターをそろそろ本物のカラーニと争局させてみるべきだろう。

カージ隊長とその衛兵隊が迎えにきたとき、ケルリックはためらった。誓約式から十日間ずっとこのスイートルームで一人でいさせられた。衛兵以外にやってきたのはラシバだけで、三回ともクイスを打ちにきた。争局中はひと言も口をきかなかった。そして結局、彼のクイスのなかに求めるものを見つめられなかったのだろう。ふたたび監獄で独房にとじこめるために、この衛兵たちをよこしたのだ。

ケルリックは部屋から出ることをこばんだ。彼らは無理じいしようとはせず、じっと待った。

そうやって一時間がすぎて、ケルリックは自分の勘ちがいだろうかと思いはじめた。八人部隊のほうへ近づいてみると、カージがお辞儀をし、部屋の外へ案内するように手をさしのべた。ケルリックはしばらく彼女を見て、ようやくついていく決心をした。

美しい廊下をいくつも通り、塔の螺旋階段を昇って、ガラスでできた廊下に出た。廊下のつきあたりは球状の部屋になっていて、年配の男がクイス卓で一人遊びをしていた。その腕には三本の腕帯がはまっている。ケルリックとおなじように、袖の上からつけている。ケルリックの衛兵たちは、すでに部屋の外で待機しているカランヤ衛兵隊にまじり、警備の姿勢をとった。部屋の話し声は聞きとれないはずだが、なにかあればすぐさま駆けつけられるくらいの距離だ。衛兵たちの関心はケルリックではなく、この年配の紳士のほうにあるのだろうと思えた。

ケルリックが部屋のなかにはいると、男は顔をあげた。「ああ、セブターだね。ごきげんよう」テーブルのむこうの椅子をしめした。「そこに。楽にしてくれたまえ」

ケルリックは腰をおろし、相手をじっと見た。

「わたしはサジェだ」男はそういって、テーブルの上にベルベット地の駒袋をおいた。

「ハカ坊代からこれをことづかってきた」

ケルリックは駒袋を見てもなにも反応しなかった。「クイスの駒ならもっています」

サジェは駒袋を彼のほうに押しやった。「これはカランヤ駒なのだ」

ケルリックは駒袋を二、三度ひっくり返して眺めたあと、駒を出してみた。すべての駒のセットがはいっているのにくわえて、見慣れない形の駒もまじっている。星、卵、蓋付きの箱などだ。さらに、駒は本物だった。つまり金の球は、その名のとおり純金製なのだ。白の駒はダイヤモンド。青はサファイア。赤はルビー。オパールのような宝石にはさまざまな色がまじっており、それを見るケルリックの頭のなかでは、配列のなかで色の順位を操作するさまざまなアイデアがひらめいた。

サジェは自分の宝石製の駒を出した。「一局どうだね？」

「できません」知らない駒があるのだから。

サジェはすこしも驚いた顔をしなかった。「今日は自分の駒を使いなさい。しばらくすれば新しい駒にもなじんで使えるようになるだろう」

ケルリックは新しい駒を袋にしまい、ベルトに結びつけた。そしてすりきれた袋から自分の駒を出した。

「わたしを見おろしながら歩きまわるのはやめてくれませんか、ラシバ」サジェは、ラシバの執務室の奥にあるリビングで、豪華な絨毯の上にしいた座布団に腰をおろした。「わたしは吹きガラス製のクイスの駒ではないんですよ」

ラシバは隣に腰をおろしたが、その雰囲気は山登り用のザイルのようにぴんと張りつめていた。

「争局はどうだった？」

「セブターはすばらしい若者です」サジェはそこですこし黙った。「しかし奇妙ですね。自分の才能にまったく気づいていない。分析というものをしない。本能だけで打っている。駒があるからクイスを打つ、という感じです」

ラシバはうなずいた。「そうだ、わたしもそう思った。そして彼の駒には監獄のパターンがまったく見られない。孤独と寂しさがあるだけだ。監舎にいれられていたことをあらかじめ知らなかったら、そのクイスからは気づかなかっただろう。だれの影響も受けず、我流で打っている」

サジェはうなずいた。「わたしはかすかに監獄についてパターンを感じとりました。しかしそれはとても古いものだった」両手を広げた。「たぶんそれは、彼がクイスを打っていた環境条件のせいでしょう。セブターはほかのカラーニと争局すべきです。カランヤ苑に住むべきです」

「危険すぎる。獄長は彼が精神的に病んでいると考えているのだぞ」

サジェは穏やかにいった。「セブターが病んでいるとしたら、それは孤独によってです。彼には仲間が必要なのです」

ラシバは返事をできなかった。自分自身でまだ危険を引き受けられないのに、カランヤ苑を危険にさらせるわけがない。

ケルリックにとって日々はくりかえしとなり、境界も区別も消えていった。石ころではなく宝石の駒でクイスを打ち、食事は鉄扉の下から突っこまれるのではなく、衛兵が銀の盆に載せて運んでくるようになったが、それらをのぞけば、生活のリズムは独房にとじこめられていた頃と変わりなかった。ケルリックは忘我の境で生きていた。

そのパターンが一日に一度だけ途切れた。毎日ラシバかサジェがやってきて、ケルリックとクイスを打つのだ。真剣勝負であり、そこでは会話さえじゃまだった。サジェのクイスを理解するうちに、だんだんと彼の人となり、知恵、ユーモアなどがわかるようになってきた。言葉をかわすより駒のパターンをつくるほうがよほど詳しくわかった。三段位カラーニとの争局は、孤独をいやすオアシスだった。

ラシバは、求めても拒絶される謎の存在だった。心の砦のなかから彼女を見つめ、手をのばしたいと強く願うのと同時に、こんなふうに自分を苦しめる相手として憎んでもいた。

眠りのなかでみる夢は、さまざまなイメージで混乱していた。ジャグ戦士として救いのない戦闘をくりかえしていることもあれば、死んで心臓の止まったデーアが横たわっているのをみることもあった。ラーチの死は何度も何度も追体験した。ある悪夢のなかでは、欲望のままにラシバに暴力をふるい、そのとりすました態度を叩きつぶした。過去の戦闘で殺した兵士たちが幽霊となってあらわれることもあった。いずれの場合でも、ケルリックは夜中に跳ね起きた。悲鳴をあげようと口は動いているのだが、悲鳴は出てこないのだ。しだいに妄執はひとつにかたまっていった。砂漠へ出たいという欲望だ。あの広大無辺な空間に出れば、この孤独の苦しみからも解放されるだろう。日に焼かれてからからに干からびれば、もはや苦しまずにすむはずだ。まるで目のまえに骨をぶらさげられた犬のように、頭にその考えがこびりついて離れなくなった。窓を叩き割れば砂漠へ跳び降りられるだろう。拳で叩いてみたが、手の骨が砕けそうなほど力をこめても、分厚いガラスにはひびひとつはいらなかった。椅子を使ってみた夜もある。しかし椅子がこなごなになっても、窓はびくともせず、もの音を聞いた衛兵たちが駆けつけただけだった。

その日をさかいに、サジェは争局しにこなくなった。

ケルリックはやり方を変えた。クイスでラシバをだますことにしたのだ。コバ星の人間たちは、サジェやデーアもふくめて、クイスの打ち方をまるでわかっていない。もちろんラシバもだ。ダール坊にいるときは気づかなかったのだが、彼らのクイスは子ども同然だ。その複雑精妙さをまったく理解していないのだ。ラシバはケルリックの駒が嘘をつけることを知らない。彼女の統治するハカ坊が自分を苦しめたのとおなじように、彼女を苦しめてやりたかった。そこでクイスでは、この新しい生活に適応し、満足しているふりをした。

崖のまわりに暗雲がたちこめ、砂漠に稲妻がひらめくある夜、見慣れない八人部隊が迎えにきた。遅い時間でひとけの絶えた廊下を連れていかれた。床を踏むブーツの音だけが響く。ずっと恐れていたことが現実になるのかと、心が痺れたような状態で、ケルリックは廊下がトンネルとなり、なにもない灰色の独房に行き着くのを待った。

八人部隊は、一本の松明で照らされた壁のくぼみのまえで立ち止まった。古びたドアがある。隊長がそれをあけると、塔の内側の螺旋階段があらわれた。それをまわりながらどこまでも昇っていった……。

てっぺんのドアをあけると、そこは、まえの部屋が貧相に見えるほど豪華なスイートルームだった。天井からはシャンデリアがぶらさがり、色とりどりのクリスタルガラスがきらめいている――いや、クリスタルガラスと思ったのは、ダイヤモンドや、ルビーや、トパーズなど、本物の宝石だった。調度品には光沢のある赤みがかった黒い木材が使われ、黒っぽい紋織物が張られている。部屋の隅におかれた壺はケルリックの肩ほどの高さがあり、繊細なクイスの文様が染め付けられている。壁のタペストリーには砂漠の風景が描かれている。窓はどこにもない。壁は薔薇木の板が張られ、分厚い垂れ布でおおわれている。

衛兵たちが部屋を出て、かんぬきを掛けてドアを施錠したあと、ケルリックは部屋を見てまわった。そのなかで、金襴《きんらん》のカバーのかかったベッドをみつけた。四隅に黒い木の支柱が立ち、赤いベルベットの天蓋をささえている。そのわきの小テーブルから茶色いガラスの壺をとりあげた。新しい牢獄に移されただけではないか。檻のなかの檻だ。すくなくともまえの部屋には窓があり、外の世界を眺めることができた。ここへ移したのは、ガラスを割られないようにするためか。そう思うと壁が迫ってくるような気がして、狭く、息苦しくなっていく――

手をきつく握ったせいで、ガラスの壺が割れた。壺の本体は黒い寄せ木張りの床に落ちて砕け、手のなかにはガラスの破片が残った。ケルリックはそれをじっと見つめていたが、やがてその破片の先端を手首に押しつけはじめた。

こうすれば、すぐに楽になれる。

べつの部屋で時計が鳴った。それから時間が流れ、ふたたび時計が鳴った。

ケルリックは破片を下に落とした。そしてほかの破片といっしょに拾い集め、小テーブルの上にならべていった。それぞれの破片が適切な位置になるように気をつけた。

そのあと、ベッドに横になった。


「セブター？」

ケルリックは夢とうつつのあいだの灰色の世界に隠れた。

「セブター？」

そんなやつは存在しない。

頰に指がふれた。目をあけると、ラシバがベッドの上に膝をついていた。膝までとどく赤いレースのローブを着ている。髪はほどかれ、つややかな波となって身体をおおっていた。

彼女は黒い瞳でケルリックを見つめていた。「そこの壺は――なぜだ？」

「倒れて割れたんですよ」

声をつまらせた。「クイスの死のパターンでか」

答えるかわりに、ケルリックはその腰に腕をまわしてベッドに引き倒した。ラシバが抵抗すると、押さえつけて馬乗りになった。髪をつかみ、その両手の拳を、肩と首の接するところのくぼみに押しつけた。

「セプター、やめろ」ラシバは彼の肩を押し返そうとした。「痛い」

ケルリックは片手でラシバの胸をわしづかみにした。「こういう目的で来たんだろう？」

「こんなふうにではない。怒りのなかでではない」恐怖で暗い声になっていた。「おまえのクイスにこんなパターンはなかったではないか」

「簡単にだませるんですよ。あなたの打つクイスなど、子ども同然なんだ」じっと相手を見た。「ぼくが妻をほしいかどうか訊かないんですか。ほしくない。妻はもういる」

ラシバは身をこわばらせ、すぐにケルリックはなにかがおかしいと気づいた。

「なんだ、どうしたんですか」彼女が答えないと、その両肩をつかんだ。「答えろ！」

ラシバはケルリックを見つめていた。黙っていたが、言葉など関係ない。彼女の反応はとても強く、ケルリックの傷ついたカイル中枢でもすぐに読みとれた。

死んだ……。デーアは死んだのだ。

ふいにケルリックの頭のなかは、轟々と水の流れるような騒音に充たされた。耳に聞こえるのではなく、頭のなかで響いている。その騒音にあらがうように叫んだ。

「どうして死んだんだ！」

「なぜ死んだなんて――」

「嘘をつくな」

ラシバは穏やかに答えた。「デーアは心臓の病気で死んだ。昨季のことだ」

昨季だって？　訊かなければ、いつまで黙っている気だったのか。来年までか。来世紀までか。ケルリックの視界が赤くかすんだ。ラシバはデーアの訃報にほくそ笑んだのか。ケルリックが独房でやつれているあいだ、すまして権力の座にすわっていたのか。こいつを傷つけてやりたいという、焼けるような思いにかられた――衝動に突き上げられた。

暴力が解き放たれる紙一重のところで、ケルリックは震えながら立ち止まった。できない。他人に暴力をふるうことはできないのだ。

長々と息を吐き、彼女の上から降りてベッドにあおむけに倒れた。

衣ずれの音が聞こえ、見ると、ラシバはベッドの端に膝をついて、小テーブルのインターホンのスイッチに手をかけていた。しかし結局、助けは呼ばなかった。かわりに小声でこういった。

「悪かった。話すべきだったのだが、どう伝えればいいかわからなかったのだ」

「出ていってくれないか。あなたとは寝たくない」

ケルリックは嘘をついた。いま彼女と寝たら、暴力的になるだろうとわかっているのだ。

「ではなにが望みだ？」

そう、自分はなにを望んでいるのか。ケルリックは横むきになり、肘をついて上体を起こした。

「クイスを打ちたい。あなたのカランヤ苑にいれてください」

ラシバは、あきれた顔になった。「今夜のこういうふるまいのあとにか？」

ケルリックはベルベット地のベッドカバーの上で拳を握りしめた。「ぼくが望みのものを手にいれるために色仕掛けを使うと思ったら、この世の終わりまで待っても無駄ですよ」

「なぜそんなことをいう？」

「それを期待してるんでしょう？」

ラシバは穏やかにいった。「おまえにはもっとハカ坊の男らしくふるまってほしいものだな。そんなにむずかしいことか？　わたしはハカ坊の女らしくしているつもりだ」

「ぼくはハカ坊の男じゃない」ケルリックは手をのばし、ラシバの腰の帯を引いてほどいた。ローブがはらりと肩から落ち、赤いレースと対照的な黒くなめらかな肌があらわになった。「出ていってください、ラシバ。そうでないと、あなたの望みどおりになるかもしれない。でも、望みどおりの雰囲気にはならないと思う」

ラシバはケルリックを見ながら息をついた。そしてベッドから降りて、椅子に掛けてあった長いローブをはおった。はだしの足で床を踏みながら、部屋から出ていった。

17　複合ビルダー列

「子どもだといったのだ」ラシバはハイエラの間に立ち、砂漠を見つめていた。「わたしの打つクイスは子どもも同然だと」「彼はクイスの一人遊びしか知らないのですから」サジェはいった。「しかしカランヤ苑については、本人のいうとおりでしょう。入苑させるべきです」

ラシバはふりかえり、クイス卓のわきに立つ三段位カラーニのほうを見た。「だめだ」

「いつもそのくりかえしですね。だめだと。なぜだめなのですか？　そこまでセブターを信用しない根拠とはなんですか。窓を割ろうとしたこと？　それほどの暴挙ですか？」

なにも知らないくせにと、ラシバは思った。しかしセブターの部屋でのことは、今後ともあかせない。あの夜レイプされていたら、彼女はどうしていただろう。自分の弱さを認め、セブターを監獄へ送り返しただろうか。いや、そのような屈辱が世間に洩れる危険を冒すわけにはいかない。べつの処置を考えただろう。そして、断固としてその処置を実行しただろう。

自分自身の反応の強さに、ラシバははっとして考えた。セブターはあきらかにこちらに暴力をふるう欲求にかられていたが、それでも思いとどまったではないか。なのになぜラシバは、彼を罰することにそれほどこだわるのか。

なぜなら、セブターはクイスで彼女をだましたからだ。そして彼女を拒絶した。もしラシバがなにも対応しなかったら、その事実は、彼女の権威を根底からくつがえす不均衡としていつまでも二人のあいだに残るだろう。そして女として、ハカ坊の統治者としての自信をむしばんでいくだろう。

だめだ。ラシバはため息をついた。自信を傷つけられるわけにはいかない。ハカ坊を統治する能力に疑問符がつけられることも許すわけにいかない。ここは自分のプライドではなく、ハカ坊のためになにが最善かを基準に決断しなくてはならない。

絨毯敷きの床においた座布団に腰をおろし、四人の男が低いクイス卓をかこんでいた。争局に集中しているため、部屋の反対側からケルリックとラシバが視線をそそいでいることには気づいていない。部屋は大きな八角形で、壁は砂漠の色に塗られていた。

ラシバは低い声で話した。「ここが中央の共用室だ」そして一方の壁の戸口をしめした。「あそこを通っていくと、すこし狭い共用室がいくつかあって、園庭へ抜けられるようになっている」

ケルリックはまだすこし呆然としていた。「ここには何人のカラーニが住んでいるんですか」

「アダー？」ラシバは声をすこし大きくした。水面に浮上してきたダイバーのように、目をしばたたいている。ほかのカラーニが顔をあげた。アダーは立ちあがり、ラシバのほうへやってきた。

「十七人だ」ラシバは笑みを浮かべた。「アダー、これはセブターだ」

一人のカラーニも顔をあげた。

アダーはケルリックにお辞儀をした。「ハカ坊へようこそ」

ケルリックはうなずいた。

「ほかの者はどこにいる？」ラシバはアダーに訊いた。

「園庭だと思います。呼んできましょうか」

「そうだな、頼む」

アダーが去ったあと、ラシバはケルリックを卓のほうへ連れていった。争局者たちはぞろぞろと立ちあがった。ラシバが紹介した三人のなかに、ラージという男がいた。砂漠の王子のようなハンサムな顔だちの初段位カラーニだが、ケルリックにむける視線はまるでサンドペーパーのように荒々しかった。

ほかのカラーニが共用室に続々とはいってきて、話し声でざわざわしはじめた。彼らが集まり、話しかけてくると、ケルリックは息がつまりそうな気がした。望んでいた環境のはずなのに、こんなふうにいきなり人々のあいだに放りこまれると、どぎまぎしてしまう。

しばらくしてラシバがいった。「彼と話すのはあとにしてくれないか。スイートを案内してきたいのだ」

みんなはうなずき、またなにごとか話した。そしてようやくケルリックとラシバは個室にはいった。中央の共用室につながる戸口をのぞけば、以前の香料色のスイートとよく似ていた。

「ここがおまえの部屋になる」ラシバはやや堅苦しい口調でいった。「共用室はだれでもはいれるが、個室には部屋の主の許しがないかぎりだれもはいれない」

「あなたも？」ケルリックは訊いた。

ラシバは身を硬くした。「いや、わたしは例外だ」

ケルリックとしては、それほど敵意をこめていったつもりはなかった。なにか自分のなかの熱病がおさまろうとしている気がした。身体ではなく精神のなかの熱病なのだが、治りはじめるまでその熱に気づかなかったのだ。何年も光のさしていない洞窟の奥から遠くかすかな声が聞こえてくるように、思考が身動きし、眠りから覚め、穏やかで健康的な状態にもどろうとしている。

ラシバは髪に手をやり、いつも非の打ちどころなく編まれている髪をわずかに乱した。

「すこし休むといい」

そして紋織りのズボンのたてる衣ずれの音を残して、部屋から出ていった。

ケルリックはしばらくスイートのなかを歩きまわっていたが、寝室で足を止め、窓から砂漠を眺めはじめた。ダール坊のことを考えようとしたが、デーアのいないダール坊など想像できない。涙が頬をつたった。声もたてず、身じろぎもせず、ただ砂漠を見つめながら涙を流しつづけた。

午後、共用室へつづく戸口へもどった。障子を押しあけると、そばの小部屋でサジェがアダーになにか話していた。

「やあ、セブター」三段位カラーニはケルリックにむかってうなずいた。「卓をかこまないか」

ケルリックはうなずきながら、なんとか落ち着こうとした。クイスなら打てる。

サジェはアダーの肩を借りて、やや足を引きずりながら、数人のカラーニが局面を分析している卓にむかった。争局者たちは全員起立して、サジェが座布団に腰を落ち着けるのを待った。全員が席につくと、サジェは、例の王子のような顔だちのハカ生まれの男ラージにむかってうなずきかけた。

「ではははじめよう。ミエサ高原について分析をおこなう」

ケルリックは自分の駒を袋から出しながら、クイスを打つことと、ミエサ坊にある高原がどんな関係があるのかといぶかった。ラージが金の十二面体を盤上におき、争局がはじまった。はじめケルリックはこんな多人数での争局にとまどったが、しだいにパターンが見えるようになってきた。いくつかの配列がひとつの坊をあらわしている。ミエサ坊だろうか。その坊代は若い。金色、太陽……。そのパターンがくりかえしあらわれた。

「サビーナ」ケルリックはふいにいった。「太陽の女神」

争局者たちが驚いたように顔をあげた。ラージはケルリックをにらみつけ、アダーは円錐を取り落としてひとつの配列を崩した。

「そうだ」サジェがいった。「ミエサ坊代の名前はサビーナだ。争局を混乱させる行為は今後ひかえてくれ」

ケルリックは眉をひそめた。しかし争局が再開されると、すぐにそのパターンに惹きこまれていった。まるで、まわりをぐるぐるまわりながらミエサ坊に近づいていくようだ。ミエサ坊は高い山と高原が接する谷にあり、高原には豊富な鉱物資源が眠っている。ミエサ高原を支配する坊代は十二坊の鉱物市場を支配し、強大な権力をもつ。しかし盤上のパターンで優勢なのは、ミエサ坊よりバーズ坊だった。かつて豊かだったミエサ坊は衰退し、いまはバーズ坊に大きく依存しているのだ。

全体像ができると、争局者たちはミエサ坊のさまざまな未来を配列のなかに投影しはじめた。カーン宗主が優勢になるパターンがあらわれると、ちょうど娑婆の賭けクイスで相手の優位を突き崩すのとおなじやり方で、ほかの争局者たちはそのパターンを破壊した。

そのうちにバーズ坊が優勢となる新しいパターンが生まれはじめた。

ケルリックは駒を打ちながら、カラーニがカランヤ苑にこもってなにをしているのか、ようやくわかるようになってきた。彼らはこの世界の未来をかたちづくっているのだ。

サジェに招かれ、ケルリックは三段位用スイートの奥まった小部屋にはいった。二人は座布団のあいだの絨毯に腰をおろしたが、絨毯はケルリックの足の指を隠してしまうほど毛脚が長かった。

「明日、わたしはラシバとクイスを打つ。そうやって、今日みんなでつくりあげたパターンを彼女に伝えるのだ」

むかしイクスパーが、カラーニは坊代に助言をするのだと教えてくれたが、その意味がようやくわかってきた。

「それからあとはどうなるんですか？」ケルリックは訊いた。

「ラシバは選ばれた補佐官とクイスを打つ。彼らはほかの人々と争局する。ラシバの入力はすぐにクイスのネットワークを広がる大きな波となり、十二坊に伝播するのだ」サジェは脚の下にも座布団をいれた。「逆方向のこともある。ラシバはほかの坊代をふくむ高位の争局者と卓をかこみ、それによって得た知識を、わたしたちと争局してここのクイスに入力する。わたしたちカラーニは、その情報を使ってハカ坊が優勢になるパターンを探すのだ」

「しかし、クイスはだれでも打ちますね」

「そうだ。十二坊の老若男女すべてが駒で遊ぶ」サジェはすこし黙った。「これは大きなひとつのゲームであり、わたしたちはそれを千年間打ちつづけているのだ」

ケルリックの頭のなかで新しいパターンがあらわれはじめていた。クイスはコバ星版のコンピュータ・ネットワークなのだ。スコーリア王圏にはりめぐらされた星間コンピュータネットは、通常の電子光学ウェブと、カイル能力者だけがアクセスできる超感ウェブでできている。クイスはその第三のウェブといえる。コバ星の人々は駒で遊ぶたびにそれに〝アクセス〟しているのだ。電気や量子物理学ではなく、個性の変動やクイスの伎倆をもとにした主観的なネットワークだ。その〝記憶装置〟は、人々の社会的、文化的、人種的記憶だ。

「ミエサ坊の情況を考えると、わたしたちはバーズ坊に協力し、カーン宗主の狙う高原支配を阻止しなくてはならない」サジェはいった。

「なぜですか？」

サジェは鼻を鳴らした。「いうまでもない。宗主が高原を支配すると、ジャールト・カーンの権力が大きくなりすぎるからだ。すでに大きすぎる力をもっているのに」

「宗主だから当然でしょう」ケルリックはいった。

「バーズ坊はその資格に挑戦しているのだ」サジェは脚をくずして楽にした。「古暦時代のバーズ坊とカーン坊はしばしば戦争をしていた。いまはクイスで覇権争いをしているのだ」

「ハカ坊はバーズ坊と同盟関係にあるのですね」

「もちろんだ」サジェは共用室のほうに頭を傾けた。「波を発生させる中心はカラーニだ。カランヤ苑が強力であればあるほど、波も強くなる。しかし強い坊代がいなければ、カランヤ苑も役に立たない」

「カラーニをじかにネットワークにつなげてはいけないのですか？」

サジェは、愚か者のなかの愚か者を見るような目つきをした。「わたしたちは娑婆者とは言葉をかわさないし、読み書きもしない。娑婆からの入力を受けつけないのだ。カランヤ苑の汚染を避けるためだ。もし娑婆者がわたしたちのクイスに手を出せるなら、自分たちが優勢になるように操作できることになる。そうしたら、ハカ坊は根幹から弱体化してしまう」

ウェブのなかの保護されたノードというわけだ。興味深いと、ケルリックは思った。

「あなたは三段位ですから、ここへ来る以前にほかの二つの坊にいたのですね？」

サジェはうなずいた。「ビアサ坊で初段位に就いたのは、まだ少年のような齢の頃だった。まもなくバーズ坊へ移り、そこで何年もすごした。それからここへ移ったのだ」

「バーズ坊とビアサ坊についてのあなたの知識は、このハカ坊に影響があるのですか？」

「ああ」サジェは共犯者を見るようにケルリックに笑みをむけた。「ほかの坊の内部構造を知りたかったら、そこのカラーニを手にいれるのがいちばん早いとは思わないかね？」真顔になってつづけた。「だからこそわたしたちは、カラーニとして仕える坊に、命賭けの忠誠を誓わされるのだ。高段位のカラーニがめったにおらず、貴重なのもそのためだ。わたしをここへ連れてくるために、ラシバの前任者はハカ坊が借金返済に何年もかかるほどの代価を支払った」

「わたしたちは、売り買いの対象なのですか？」

サジェは肩をすくめた。「それも交渉しだいでどうにでもなることだ。わたしはハカ坊へ来たかったし、ハカ坊はわたしを手にいれたがった。それで取り引き成立というわけだ」脚の下の座布団を動かした。「砂漠性の気候のおかげで関節の痛みがだいぶ楽になった。今後もし四段位になるチャンスがあっても、ハカ坊から離れる気にはならないだろうな」

「四段位カラーニは存在しないような印象があるんですが」

「きわめてめずらしい。前世紀にも一人しかいなかった」サジェは身をのりだした。「メンターという四段位がカーン坊にいる。宗主のアカシだ。メンターがクイスで起こす波は、さざ波ではない。津波だ」

ケルリックの頭のなかにクイスの波のパターンが浮かんだ。「五段位はいたんですか？」

サジェはしばし考えこんだ。「この千年間の記録では、二人の存在がしるされているはずだ。古暦時代までさかのぼれば伝承はほかにもある。しかし五段位の移籍金は、高額すぎて、事実上だれも払えない」

「六段位は？」

サジェは笑った。「六段位はありえない」真顔になった。「さいわいなことだ。そんな高段者のクイスの力は、人知を超えたものになるはずだ」

18　逆さまの降ろし樋

「イクスパーか」コバ星の宗主ジャールト・カーンは顔をあげ、執務室にはいってきた若い女を見た。「バーブラ坊からの帰りは今夜ではなかったのか？」

「早めに出発したのです。パイロットが天候を心配したので」イクスパーは肘掛け椅子に身を投げるように腰をおろし、脚をのばした——とても長い脚だ。編んだ髪の一部がほつれ、真っ赤な巻き毛となって顔にかかっている。「バーブラ坊代からよろしくとのことでした」

「ヘンタのようすはどうだった？」

しかめ面でイクスパーは答えた。「いつものように、いろいろ詮索されましたよ」

ジャールトはにやりとした。ヘンタ・バーブラのゴシップ好きは有名だ。「訪問の目的ははたせたのか？」

イクスパーは身をのりだした。「ヘンタは、宗主がミエサ坊の鉱物資源を管轄することを支持しています。尋ねるまでもありませんでした。バーズ坊は高原のことに口出ししすぎると、自分からいっていましたから」

「よし。シャゾーラ坊については心配いらないだろう」

継嗣は立ちあがり、本棚のほうへ歩いていった。「ヘンタの話では、アーカ坊がバーズ坊の側についたという噂があるそうです」

「それは残念だな」

イクスパーは窓へむかった。「まだビアサ坊がありますよ」

「それは見込み薄だろう」バーブラ坊とビアサ坊はずっと対立関係にある。あまりにむかしからなので、最初の原因がなんだったかはどちらも忘れてしまっているのではないか。「ビアサ坊は決まってバーブラ坊の反対に票を投じる。だからバーブラ坊がわたしたちにつけば、ビアサ坊はバーズ坊の肩をもつだろう」

「しかしビアサ坊には新しい坊代が就任しましたよ」イクスパーは窓べりに腰かけた。

「ヘンタも彼女のことはあまり知らないようです」また立ちあがって歩きはじめた。

ジャールトはみずからの継嗣を見ながら、笑みをこらえた。イクスパーは檻にいれられた爪猫のように落ち着きがない。

「新任の坊代への表敬として、ビアサ坊に大使を送るべき時期かな」ジャールトはいった。

イクスパーは立ち止まり、横目で宗主を見た。「その大使というのは、ひょっとして赤毛の女ですか」

「ビアサ坊代はおまえと何歳もちがわない。共通点も多い」

「ダール坊を訪問したいというわたしの希望はどうなったのですか?」

「ダール坊か」ジャールトはため息をついた。「情況がむずかしい。おまえの訪問は延期した方が無難だ」

「チャンカーの支持は確実だと思いますが」

「それはそうだ。問題はべつのことなのだ」ジャールトとしては、あまりこの話題をもちだしたくなかった。イクスパーの弱点のひとつなのだ。「他世界人のことだ」

「ケルリックですね」

「彼に恩赦をと、チャンカーが求めてきたのだ。デーアの遺言らしい。しかし、断らなくてはならない」

「なぜだめなのですか？」

ジャールトは、継嗣を相手に話すときにはめったに使わない冷ややかさをまじえた口調で答えた。

「訊くまでもないだろう」

「じつは——」イクスパーはいった。「ヘンタのところにしばらくいると、いろんな噂が耳にはいってくるのですよ」

「たとえば？」

「たとえば、ダール坊とハカ坊は何年かまえに、ある取り決めをかわしているとか」

ジャールトは眉をひそめた。「ダール坊とハカ坊の取り決めだと？」

イクスパーは宗主の机に近づいた。「ケルリックについてです。彼はいま、ハカ坊のカラーニになっているそうです」

「デーアがそんな取り決めに同意するはずがない」

「ヘンタは情報源に自信をもっているようでしたよ」

ジャールトは不愉快な気分になった。まったく気にいらない話だ。


外交儀式が終わり、晩餐会とスピーチが終わると、ジャールトとチャンカーは、チャンカーの私用書斎に二人だけではいった。新任のダール坊代は二つのグラスにジャイ酒をつぎ、片方を宗主にもってきた。

「デーアがいたらこの訪問をとてもよろこんだと思います」チャンカーはいった。

「彼女はよき友人であり同盟相手だった」ジャールトはグラスをかかげた。「デーアに」

チャンカーもグラスをもちあげた。「デーアに」

「では、彼女が残した問題について考えましょうか」ジャールトは肘掛け椅子にもたれた。

「彼女とラシバが取り交わした契約とは、具体的にどんなものなのですか？」

「大筋ではこういうことです」チャンカーはジャイ酒をかきまぜながら話した。「ラシバは、セブターが安全であると判断したら、自分のカランヤ苑にいれることができる。もしもセブターが恩赦を受けたら、ハカ坊へのその誓約は無効になり、ダール坊へ帰る……」

ジャールトは眉をひそめた。「デーアは実際にそれにサインしたのですか？」

「真正の契約文書が手もとにあります」

ジャールトには理解できなかった。そんな恩赦は出るわけがないと、デーアはわかっていたはずだ。にもかかわらず、自分のアカシをハカ坊に譲り渡した。なぜなのか。

ケルリックがカランヤ苑にはいって以来、クイスにおけるハカ坊の力は、十二坊間の通常の変動では説明できないくらいに強まっている。それどころかハカ坊のクイスには予想不能の要素がはいってきているのだ。まるで過去の制約をいっさい知らずに成長したような、ジャールトがこれまで見たことのない影響力がまじりはじめている――だからよけいに危険だった。ケルリックだろうか。しかし彼がハカ坊のカランヤ苑にはいってまだまがない。それでこれだけの変化を生み出しているのだとしたら、そのクイスは今後どんな高みにとどくようになるか。

受けいれがたい。ハカ坊がそのような力を得るのは、とても承服できない。

ジャールトは心のなかで悪態をついた。そうだ、たしかにデーアは計算ずくでこの一手を打ってきたのだ。ダール坊代に、ほかの全員がしてやられたのだ。

「では――」宗主はジャイ酒をテーブルにおいた。「デーアが残した問題の決着方法について、ここで話しあったほうがよさそうですね、チャンカー」

……円柱が迫ってくる。灰色の円柱だ。出られない、逃げられない、自由にはなれない。ほかの人間にふれることはもうできない……。

ケルリックが目をあけると、見慣れない部屋の風変わりな調度品が見えた。悪夢によって体内に放出されたアドレナリンがおさまると、自分がソファに横たわり、ビロードの毛布をかけられているのがわかるようになった。部屋のむこうの窓辺にラシバが立ち、外を眺めている。その姿は夜明けの光のなかでシルエットになっていた。琥珀色をした柔らかな紋織りの上着とズボンという、昼間の服装だ。

わけがわからず、ケルリックは目をこすった。憶えているのは、昨夜、衛兵隊に連れられてラシバのスイートルームに来たことだった。理由は聞かされなかった。部屋の主の帰りを待っているあいだに眠ってしまったのだろう。ケルリックが起きあがると、衣ずれの音を聞いてラシバがふりかえった。

「セプター」ラシバはぎこちない口調でいった。「おはよう」

ケルリックは乱れた巻き毛をかきあげた。「おはようございます」気づまりな沈黙のあと、つづけた。「ぼくは昨夜からずっとここで眠っていたんですか？」

「そうだ。とても疲れているようだったから、起こさなかったのだ」

「なんのために呼んだんですか」

「夕食をいっしょにと思ったのだ」こちらへやってきて、ソファの反対端にやや緊張したようすですわった。「もう一度はじめからやりなおすためにな。坊代とカラーニは――敵対関係にあってはならないのだ。坊のためにならない」

いやな印象があったこれまでのラシバとは、ずいぶんちがう感じがした。とはいえ、自分の過去の印象があらかた信用できなくなっているのもたしかだ。カランヤ苑にはいって、ふつうの生活を送り、人と交流し、よく食べ、きれいな空気を吸ううちに、長い病から回復しはじめている自分を感じるのだ。そして彼女のいうように、たしかに二人の緊張した関係は、クイスに悪影響をおよぼしていた。

ケルリックはゆっくりといった。「もう一度やりなおせるかもしれませんね」

「そうだ。それがいい」ラシバは立ちあがった。「帰ってきたら、今夜こそ夕食をいっしょにしよう」

「わかりました」ケルリックはすこし黙った。「これからどこへ？」

ラシバは上着の前のフックに絹の紐をかけていき、締めた。「ゼチャ・ハカと会う。そのあと数日ビアサ坊を訪問してくる」

ゼチャ……。その名前を聞くと、さっと冷や水を浴びせられたような気がした。ケルリックは立ちあがり、こわばった肩をまわした。

「わたしの衛兵隊を呼んでくれませんか」

ラシバは上着の前を締める手を止めた。「どうしたのだ？」

「べつに」ドアのほうへむかった。「カランヤ苑へ帰りたいのです」

「監獄のことか。思い出すと気分が悪くなるらしいと、ゼチャがいっていた」

さっきはどうしてこの女と親しくなれるかもしれないなどと考えたのだろう。「あなたは一人きりで生きられますか？」

「一人きりで？　どういうことだ」

ケルリックは黙って相手を見た。ラシバが彼に対してやったことを正当だと思っているのなら、もうなにもいうことはないのだ。

しかし、どうもようすがおかしい。ラシバが奇妙に見えた。錯覚していたものが変化していくような感じだ。ケルリックを一年間も独房に監禁したあとに、自分のベッドに誘惑する冷酷無慈悲な女ではなく、ただ若くてとまどっている坊代に見えてきた。心根はいいのだが、デーア・ダールなどにくらべると経験が浅いのだ。

「セブター？」ラシバはまだじっとケルリックを見ている。「おまえはふいに表情が変ってしまうことがあるな」

ケルリックは小声でいった。「ゼチャがあそこでなにをやっているか、なにも知らないんですね？」

「ゼチャを嫌うのは当然だろうな。憎んでさえいるかもしれない。おまえにとっては牢の看守だったのだから」

「あなたは、彼女が見せたがっているものを見ているだけなんです」

ラシバは身をこわばらせた。「アカシのおまえが、わたしよりハカ坊のことをよく知っているとでもいうつもりか？」

ケルリックは監獄の記憶を甦らせたくなどなかった。そもそもラシバが、ゼチャのような高級官僚の弁をさしおき、精神的な病歴も疑われる殺人犯の話に耳を貸すとは、とても思えなかった。ケルリックを信じるとすれば、自分がだまされていたと認めることになるのだから、なおさらだ。

しかしケルリックの言葉は堰を切ったようにあふれだし、もう止められなかった。落ち着いて話しているつもりだったが、言葉は次々に出てきた。

「石切り場では作業シフト二回分、ときには三回分も連続で働かされるんです。休憩なし。ヘルメットもゴーグルもスカーフもなにもなしで。水を飲むことも許されない。衛兵は囚人をいくらでも殴っていいことになっている。強い囚人が弱い囚人を、肉体的にも性的にも虐待している。ひと言でも逆らえばさらに罰されるんです」

「監舎は視察にいったことがある。そんなことはなかったぞ」

あの独房での監禁生活を自分の口から話せるとは思えなかった。「あなたはクイスの駒がダイヤモンドでできているような世界に住んでいるから、ゼチャの世界が見えないんですよ」

ラシバは彼を見つめるばかりだった。沈黙が長くなるにつれ、ケルリックは監獄の話をもちだしたことを後悔しはじめた。

ラシバは最後にようやく、こんなことをいった。「精錬所のドアを使ってみよう」

ケルリックはカランヤ苑の園庭を一人で歩いていた。遅い午後の空は真っ青で、木立の下には木漏れ日が落ちている。しかしそんな穏やかな光も、彼の心にはとどかなかった。ラシバと話してからこの三日間、監獄の記憶に昼も夜も悩まされているのだ。

背後で砂を踏む音がして、ふりかえると、カージ隊長だった。その存在も気にさわった。たてまえではケルリックはまだ囚人であり、どんなときも衛兵がそばについている。しかしふだんは存在に気づかないくらい控えめだった。

「おじゃましてもうしわけありませんが、重要な用件なのです」カージはいった。

ケルリックは黙って相手がつづけるのを待った。隔離生活をしいられたために、もともと寡黙な性格がさらに強まっているのだ。また、いまはカランヤ苑の誓約があるので、沈黙もしかたない、むしろ当然のこととして受けいれられていた。

「ハカ坊代とは、居室で夕食をとられてからあと、どこかで会われましたか？」カージは訊いた。

ケルリックは首をふって否定した。

「代弁人を連れてきていますので、彼女になら話していただけますか？」カージはいった。

ケルリックはしばらく考え、うなずいた。

ハカ坊カランヤ苑の代弁人であるエコー・ハカは、中央の共用室で待っていた。カージはエコーとケルリックを、共用室からは仕切られている〝言葉の小間《こま》〟に案内した。カージは外で待ち、エコーとケルリックは小部屋のなかのクイス卓をはさんですわった。

エコーはていねいな口調でいった。「あなたの言葉をどうしても娑婆者に伝えなくてはならないような緊急時に、わたしがあなたの声のかわりをつとめることを、ハカ坊代から許されています。わたしには話してくださいますか？」

「話そう」ケルリックはいった。

「ハカ坊代に会われたのはあなたが最後なのです」エコーはいった。

「坊代の所在をご存じですか？」

自分が最後に会った？　「坊代はビアサ坊へ行くといっていたが」

エコーは首をふった。「今日、ビアサ坊から帆翔機がこちらへ来ました。むこうに坊代がいつまでも到着しないので、どうしたのかと事情を聞きにきたのだそうです。ハカ監獄の獄長とも面会の約束があったようですが、そちらにも姿をみせていらっしゃいません。この三日間、だれも姿をお見かけしていないのです」

ケルリックはラシバとの会話を反芻した。「面会に出かけるすぐまえに、なにか、精錬所のドアがどうとかいっていたけど」

「精錬所？　どういう意味ですか？」

「裏口だ」カージがふいに口をはさんだ。

エコーはふりむいて、立ち聞きできないところにいるべき隊長をにらんだ。

カージは顔を赤くした。「話の途中にもうしわけありません。ただ、ハカ坊代は、裏口を使う予定があるときは、精錬所のドアからはいるといういい方をよくなさったのです。精錬所が金物屋に鋳塊を配達するときは、裏口からはいりますからね」

ふいにケルリックは謎が解けた気がした。信じたくはないが、パターンはあきらかだった。

「なんの裏口ですか？」エコーが訊いた。

「第四監舎だよ」ケルリックはいった。

エコーは彼を見た。「まさか、監獄？」

「そうだ」ケルリックは大きく息をした。「坊代は自分から入獄したんだ」


共用室に響くのは駒の音だけだった。ケルリックは、サジェたちがクイスを打っている卓のそばを歩いていた。だれか笑い声をあげてくれないか。叫ぶのでもいい。とにかく今夜の張りつめた空気を破ってほしかった。

ケルリックが四度めに部屋を横切ったとき、サジェが近づいてきた。「しばらくいっしょに打ってはどうだ」

「いいえ」

「ラシバはだいじょうぶだ」

ケルリックは顔をしかめた。「ラシバのことなど心配していません」

「ああ、わかっている」サジェは彼を卓へ引っぱっていった。「クイスを打て。そうすれば冷静になれる」

「わたしは冷静です」

「ああ、わかっているとも」サジェはケルリックを押して座布団の上にすわらせた。

ケルリックは盤上に集中しようとした。黒檀の八面体、紫の球、紺の四面体など、陰気な駒が多い。バーズ坊とカーン坊の関係を考察しているようだ。自分の番が来ると、ケルリックはラージがいつもバーズ継嗣をあらわすのに使っているドームに、イクスパーの駒を突っこませた。

ラージは憎悪に近い視線を彼にむけ、黒色瑪瑙の駒をケルリックの駒の上においた。争局が進むにつれてパターンは入り組み、乱れ、ばらばらになって、敵意の泥沼と化していった。本物の戦場なら死体が累々としているところだ。

とうとうサジェが、ひきつった脚をさすりながら立ちあがった。「きみたち若者にくらべると、わたしは疲れるのが早いようだ」そしてケルリックのほうをむいた。「肩を貸してくれないか」

ケルリックは争局から離れる口実ができてほっとしながら、立ちあがって手をさしだした。サジェは彼によりかかり、足を引きずりながら共用室を横切っていった。いっしょにサジェのスイートにはいると、サジェはケルリックを隅の小部屋に案内した。

「すわってくれ」そういいながら、自分もいくつかの座布団のあいだに腰をおろした。

ケルリックは壁ぎわにすわり、両脚を投げ出した。「疲れているのではなかったんですか？」

サジェは顔をしかめて相手を見た。「もっと自制心をもって駒を動かせるようになるべきだな。乱雑な配列、ラージとのあいだの敵意。ラシバのパターンはあちこち散らばっている――めちゃくちゃだ」

「集中できないんです」

「午後にエコーと話したのがよくなかったのだ。クイスが乱れている」

「代弁人とは話さないわけにいかなかった。ラージのことは——」ケルリックは肩をすくめた。「おたがいの敵意はいつものことです。ラージは単純にこちらが気にくわないらしい」

サジェはため息をついた。「きみとラージはおなじくらいの年齢のはずなのに、とても信じられないな。きみは未熟なところが多すぎる」

実際のケルリックは三十六歳で、ラージより十六歳年上なのだが、分子レベルでの細胞修復について説明するのも難儀なので、返事はこれだけにした。

「ぼくは見かけより年上です。ぼくらはあなたがたよりゆっくり齢をとるんですよ」

「それは幸運だな」サジェは脚をさすった。「わたしは一日ごとに年老いていく。そろそろベッドで横になったほうがよさそうだ」

サジェを手助けしたあと、ケルリックは自分のスイートにもどった。しかし眠れず、夜の中間時に共用室にもどって、卓で一人遊びをはじめた。足音が聞こえ、カージ隊長かと思って顔をあげたのだが——ラージがむこうの戸口からはいってくるところだった。若者はケルリックに気づいて足を止め、まるで古代の王子の銅像のように、笑みひとつ浮かべず、その場に立ちつくした。そして出ていった。

ふいに共用室のドアがひらいて、カージが大股にはいってきた。

「坊代がみつかりました」隊長はいった。

ケルリックはあわてて立ちあがった。外へ出ると、すぐに衛兵隊がまわりに集まり、いっしょにラシバの居室にむかった。

坊代はリビングのソファにすわり、しかめ面をして顔の傷を医者に手当てさせていた。身にまとっているのは裂けた灰色の囚人服で、肩口に第四監舎の記章がついている。

ケルリックは歩みよって話しかけようとしたが、まわりに他人がいるのを思い出して顔をしかめた。

「医長」ラシバはいった。

医者は立ちあがり、「あとでまた診察します」といって、ほかの者といっしょに退がった。

ケルリックと二人きりになると、ラシバは彼を引っぱってソファにすわらせた。「そんなに眉をひそめるな」

ケルリックはその肩をつかんで揺さぶってやりたかった。「頭でもおかしくなったんですか。あんなところへなにをしに？」

「いうことが市内衛兵隊の司令官とおなじだな」ラシバは額をさすった。「わたしに偽名をつけて監獄送りにしろといったときは、彼女は卒倒しそうだった」

「司令官はせめてあなたの行き先をこっちに報告すべきだったのに」

「報告するなとわたしが命じたのだ。監獄の管理局に気づかれたくないからな」

ケルリックはその顔の傷を見た。「だれに殴られたんですか？」

ラシバは顔をしかめた。「第四監舎女子房のやつだ」

「あなただとわからなかったんですか？」

「監獄の職員のなかでわたしの顔を知っている者は数人しかいない」皮肉っぽくつづけた。

「衛兵の一人は、わたしがラシバ・ハカそっくりだといっていたよ」ほどけてもつれた髪をかきあげた。「トーブ・ハカはわたしを知っている。夕方、石切り場から帰るときに彼をみつければ、外へ出られるという計算だった」

「なぜそうできなかったんですか」

「トーブはいなかったのだ。囚人の一人からナイフで刺されて、病房入りしているらしい」

なるほど、とうとうだれかがトーブに対して堪忍袋の緒を切ったわけだ。あの暴力的な房長に同情する気持ちは、ほとんど湧いてこなかった。

「ほかにだれかに話せなかったんですか？」

「話したさ」ラシバは両手を広げた。「しかしどうやら、自分はラシバ・ハカだと名のる囚人はめずらしくないらしい。だから石切り場でシフト二回分働いたあと、第四監舎をみずから体験するはめになった」

女子房の連中はよく憶えている。彼女たちがラシバにどんな反応をしめしたかも容易に想像できた。美貌でひ弱で、裏社会の知識はまったくない。男子房のチェドより悪い立場だったはずだ。そう思うとぞっとした。

だれがこの髪をほどいたのだろうと考えながら、ケルリックはそのもつれた髪をもちあげた。首にも殴られた痕があり、囚人服の裂けたところから肩の一部がのぞいていた。

「だいじょうぶですか」ケルリックは訊いた。

ラシバは両手を見おろした。「まあ……な」

彼女のなかの煮えたぎる感情がつたわってきた。怒り、恥辱、苦痛。ラシバはその経験を封印しており、けして話すつもりはないこともわかった。

ラシバは顔をあげた。「獄内でおまえが長いこと姿を消していたこともすぐにわかった。ようやく話が通じて監舎から出たあと、おまえがどこにいたかを調べさせた。カージがようやく、事情を知っている衛兵をみつけた」声をつまらせた。「セブター――そんなに長く――あの墓場に――」

思い出させないでほしい。思い出したくない。

ラシバは身をのりだし、テーブルのインターコムのスイッチを押した。むこうから眠たそうな声が答えた。

「ニダです」

「ニダ、こちらはハカ坊代だ。ただちにハカ坊法廷の開廷準備をはじめろ」

声がさっと緊張した。「法廷ですか？」

「そうだ」そして静かな声で、ラシバはつづけた。「被告はハカ監獄の獄長だ」

ケルリックがカランヤ苑に帰ったのは夜明け近かったが、そこではラージが待っていた。一睡もしていないらしい初段位カラーニは、ケルリックに大股に歩みよってきた。

「ラシバがみつかったと、カージ隊長がいっていたけど」

ケルリックはうなずきながら、パズルのピースがぴったりはまったような気がした。ラージがケルリックを憎むのも無理はない。このハカ生まれの王子は、ラシバを愛しているのだ。

「怪我は？」ラージが訊いた。

「ちょっとした打撲だけだ」

パズルは、つながったと思ったら、すぐに崩れた。ラージはだれかのカシだと、サジェがいっていたような気がするからだ。だからといって坊代に愛情をもっていけないわけではないし、ラシバが彼にとても気をつかっていることを考えると、うなずける部分もある。しかし彼がこれほど露骨にふるまうのは不自然だった。

姉か。そうだ、ラシバはラージの姉なのだ。もっと早く気づくべきだった。だからこんなに二人は親しいのだ。

しかし、そうだとしたら、ラージの妻が一度も訪ねてこないのはなぜなのか？

そのとき、パズルがふたたびつながった。ケルリックはラージの腕帯を見て、そのシンボルにはっとした。よく注意して見ていれば、それが自分のとおなじだと気づいたはずだ。

ラージはカシではない。アカシなのだ。

「セプター」ラージはいった。「なぜそんなふうにじっとわたしを見るんですか？」

それでもケルリックは相手を見つめつづけた。そしてこのハカ生まれの王子のわきを通り抜け、そのままどんどん歩いて、夜明け前の暗い園庭に出ていった。四阿《あずまや》が前方にあらわれると、なかにはいってベンチに腰をおろした。

気がつくと、サジェがやってきて隣にすわっていた。「ラージがわたしのスイートに来た。自分がラシバの夫であることに、きみが今朝になってやっと気づいたらしいといっていた」

「そうです」ケルリックは闇を見つめつづけた。これでいろんなことに筋がとおるようになった。「どうしてこんなことに……」

サジェはため息をついた。「どの年齢にもある問題だ」

ケルリックはちらりと老人を見た。「どんな問題ですか？」

「男はつねに女にしたがう生きものだ」サジェはうなずいた。「女は力に生き、男は情熱に生きる。男が心臓でものを見るのに対し、女は頭で見る。女は指導し、保護し、革新し、建設し、命を創造する。男は子種をあたえるだけだ。だから力のある女は何人もの配偶者をもつ。女に選ばれた男は、そのなかで折り合いをつけていくしかない」

ケルリックは鼻を鳴らした。「本気でそう思ってるんですか」

「思っている」

「なぜ？」

「そういう人生しか知らないからだ」サジェはしばし黙った。「最近の若い連中のなかには、女と男の新しいあり方を説く者もいる。たしかにそういう考え方もあるだろう。しかしどうも彼らは、変えられない根本的な性質を変えようとしている気がする」ケルリックの顔を見た。「しばらくすれば、きみもここでの生活に慣れるさ」

「それは問題じゃないんですよ、サジェ。カランヤ苑に不満はない。なにしろ王侯貴族のような待遇を受けながら、一日じゅうクイスを打ってればいいんだから」

しかしラシバをべつの夫と共有するとなると、話がべつだ。どうも彼女と親しくなれそうな気がするたびに、なにかが起きてだめになるようだ。

ケルリックにいえるのはこれだけだった。「ラージはラシバを愛しています。彼にとってわたしの存在は死ぬほど苦痛にちがいありません」

サジェはため息をついた。「そうだな」

ケルリックは地平線にそって広がる夜明けの光を見やった。ラシバとのあいだの障害物は予想以上に多いようだ。

ハカ坊法廷の壇上で、長老裁判官が立ちあがった。「被告は起立しなさい」

ゼチャは方形被告席で、その長身をすっくと立たせ、身じろぎもせずに告発者たちを見つめた。ここまでけして弱さをみせなかった。どれだけ裏切られてもだ。たしかに裏切り者は多かった。かつての部下たちが証人としてまえに出て、はじめは恐怖から口ごもりながら、しだいに非難の口調を強めて証言した。しかし千人の裏切り者よりいまいましいのは、カランヤ苑の代弁人だった。彼女はセブターの弁として、まず監舎について、次に長期監禁生活について述べた。ゼチャは裁判官たちの恐怖の表情を見た。両手で顔をおおったラシバを見た。

ゼチャの怒りはふくれあがった。いったい監獄をどういうところだと思っているのか。ゼチャはコバ星の人々が忘れたがっているものごとと長年にわたってむきあってきた。世界がどぶ浚《さら》いをして集めた汚物を引き受けてきたのだ。十二坊のなかでもっとも下劣な、悪臭芬々たる思考が流れこんでくるなかで、彼女は精神の障壁を高くし、孤独の殻にとじこもらねばならなかった。なんのためにか。世界がいやなことは忘れて、能天気に暮らすためだ。そしてその報酬がこれだ。

長老はいった。「ハカ坊法廷は被告を有罪とみなす」

裏切りだと、ゼチャは思った。

「本日かぎり、既決者はそのハカ名を失う」長老はいった。「なんぴとも彼女を就業させてはならない。どの居住者も門戸をひらいてはならない。市民も宿を提供してはならない。彼女は追放処分にする」

追放。予想以上に重い判決だ。もはや家も、身を寄せるところもない。頼るべきつても奪われた。名前さえ失った。

セプターのせいだ。あの男がこんな凶事をもたらしたのだ。このことは忘れない。絶対に忘れない。

19　ルビーの炎

カランヤ苑の園庭は夏の花の馥郁《ふくいく》たる香りに充たされ、ジャーラ木の花軸は赤みがかった金色の花弁を無数にひらいていた。虹色の昆虫がその枝のあいだを飛びまわり、砂漠に軽やかな羽音を響かせている。ケルリックはラシバとともに、玉砂利で舗装された道を歩いていた。道のわきにはタイル張りの池があり、たっぷりと水をたたえている――砂漠でその水は、ケルリックの腕にはまった金のリストバンドと同等の価値があるのだ。

「監獄の運営にたずさわる職員の三分の一の首をすげかえた」ラシバはいった。「判決まではまるまる二季もの期間がかかったのはそのせいだ」首をふった。「ゼチャにはあきれた。自分が正しいことをやっていると、本気で信じていたのだからな」

とにかく、ゼチャ・ハカはいなくなった。ケルリックにとってはそれがいちばんだいじな点だ。ラシバのカランヤ苑にはいってからなんとか回復していた心の落ち着きは、代弁人にむかって証言する過程でふたたび引き裂かれた。しかし正義がなされたと思えば、それだけの価値はあった。

二季にわたってラシバとつきあううちに、献身的で人当たりのいい坊代だとわかるようになった。二人の関係はよそよそしいままで、結婚の床入りもまだだが、言葉をかわす上での緊張はやわらいでいた。彼女にかきたてられた欲望に憎悪がまじることはもうなかった。

ラシバが意外なほどの恥じらいとともに彼の手をとると、ケルリックは微笑みかえした。ラシバはその手を強く握った。

「すてきな笑顔だな、わが夫よ。笑うとどんな顔だろうと、ずっと思っていたのだ」

ケルリックはそれを聞いてはっとした。これまで彼女に笑みをむけたこともなかったのか。所有の掟のせいではない。ハカ坊の男とちがって、そういう習癖はケルリックの身にしみついてはいないのだ。カランヤ苑のなかではそんなことを考える必要もない。衛兵たちのいる場所ではべつだが、そもそも衛兵にむかって笑顔になどならない。

ラシバは彼の手をとり、木々のあいだを縫う秘密めいた小径《こみち》をたどって、カランヤ苑の建物からどんどん離れていった。この園庭は灌漑によって一年じゅう花が絶えない。葉や枝にたっぷり水をふくんだこのジャーラ木もそうだ。その木立の奥の小さな空き地で、二人は柔らかい十年草の上に腰をおろした――この草は、砂漠で水分を得て生き返るまで何十年も休眠する能力をもっていることからこの名がある。黒い半透明の翅をもつ金色の虫が、二人のまわりをひらひらと飛んだ。

ラシバはかすかに頬をあからめながら、ケルリックの顔を両手ではさんで引きよせ、キスした。その唇はふっくらとして柔らかかった。髪は香料入りの石鹸の匂いがする。ケルリックは腕をまわし、女と初めてキスをするたびに感じる新しい発見の感覚を楽しんだ。

しばらくして唇を離すと、ラシバは彼のズボンに手をすべらせた。「上等な服なのに、草のしみがついてしまうな」

ケルリックも彼女の脚に手をやった。「あなたのも」

「さて、問題を避けるにはどうしたらいいかな」

ケルリックは微笑んだ。今度は笑顔の効果を充分にわきまえて。「さて、どうしましょうか」

そこで二人はおたがいの服を脱がせた。衣を一枚剝ぐたびに、おたがいの身体を探った。ケルリックの心は水をたくわえるジャーラ木のように、肉体のふれあいに反応して熱く充ちていった。ラシバの感情が渦巻き流れていくのが、これまで感じたことのないほど明瞭にわかった。

素肌と素肌をふれあわせて横たわりながら、ラシバはケルリックの恥毛に手をのばし、指で巻き毛をなでた。

「頭にはえている毛よりさらに金属的に見えるな。手触りも柔らかい金属のようだ」

ケルリックはラシバにまわした腕に力をこめた。「ぼくの体毛はすべて有機金属でできてるんですよ」

「ふむ」ラシバは手を動かし、おたがいの興味を冶金学から生物学へ移した。

はじめケルリックは愛撫を控えめにしていた。性愛ではラシバはデーアよりさらに伝統主義的だろうと思ったからだ。しかしやがて上に乗った。下にあるラシバの身体はよく締まっていて、心地よかった。胸は豊かで、腰は細いウエストから大きく張り出している。

ケルリックはペースを抑えるどころか、むしろ早めた。ラシバは彼を引きよせ、強くその唇を求めた。彼女の思念がケルリックの精神にふれてきた——ケルリックは手に負えないほど情熱的であることを期待されているようだ。ラシバにとってはそれが〝男らしさ〟というものなのだ。ハカ坊の女が所有の掟をつくったのは、そのせいでもある。ハカ文化では、男は自分の欲望をまったく抑制できない、ひたすら情熱的な性愛の機械とみなされていた。掟で縛らないと、その勝手気ままな性衝動で女を狂わせてしまうのだ。

ケルリックは顔をあげ、軽く笑った。「ラシバ、あなたはとんでもない性差別主義者ですね」

彼女は上気した顔で目をぱちくりさせた。「なに？」

そして返事を待たず、ケルリックを抱きよせて、その唇をさらに深く求めた。

ジャーラ木の木陰でおこなわれる二人の愛の交歓は、おたがいに待っていた期間が長いだけに、ますます熱をおびたものになっていた。長く自制していたさまざまな理由を、この午後だけは二人とも忘れることにしたのだ。ケルリックは腰や胸を愛撫し、両脚の谷間の蜜を吸った。ラシバは昂奮しているにもかかわらず、その愛撫はぎこちなかった。ラージ以外の男と寝たことがないのかもしれないと、ケルリックは思ったが、もちろん彼女がそんな未経験さを認めるはずはなかった。前戯がいつまでもつづき、ラシバの素直な好奇心にケルリックはさらに刺激された。

柔らかい草の上でどちらも横むきになり、ケルリックは彼女のなかにはいった。そして身体を横転させながら、おたがいに上になったり下になったりした。ケルリックは深く衝き、ラシバはしっかりしがみついて動きをあわせた。そして彼女は悲鳴をあげ、ケルリックの腕のなかでのけぞった。

そのあとケルリックは心地よさからついうとうとしてしまい、ラシバから肩をつつかれてようやく、彼女に体重をあずけてしまっていることに気づいた。ケルリックが降りてあおむけになると、逆にラシバが横むきになって、頭を肩にのせ、片足をからみつけた。日が木立のむこうに沈み、空き地に影がさしはじめるなかで、二人はおたがいの腕のなかで充ちたりた気分を楽しんだ。

しばらくしてラシバがいった。「いつか子どもをつくってもいいな」

ケルリックはぱっちり目をひらいた。子どもだって？

「だいじょうぶだ」眠そうな声でラシバはつづけた。「わたしの娘はそろそろ六歳になる」

いい気分のケルリックの頭に、ラージについての愉快ならざる考えが侵入してきた。あのハカ坊の王子は二十歳で、ラシバより十歳年下だ。彼とラシバのあいだに六歳の娘がいるということは、ラージはかなりの幼婿《おさなむこ》だったことになる。たぶん、まだカラーニでさえなかっただろう。カランヤ苑に入苑するまでに少年たちが送る社会から隔絶した生活を考えると、ラージはラシバしか女を見たことがなかったのではないか。すくなくとも話したことがあるのは彼女だけだっただろう。そんな彼女がべつの男の子どもを生んだら、ラージがどんな気持ちになるか。テレパシーがなくてもわかることだ。

「あなたとぼくは異なる世界の出身だ」ケルリックはいった。「子どもはできませんよ」

「おまえの両親はできたではないか」

「どうしてわかるんですか？」

「おまえはルビー王朝の王子なのだろう？　母親と父親はべつべつの世界の出身だと聞いているが」

ＩＳＣの折衝担当者がカーン宗主との交渉のなかでケルリックの家族について話したとしても不思議はないが、それをラシバまで知っているとは驚きだった。とはいえ、たしかに、クイスは噂を広める究極の装置でもあるのだ。

「ぼくの両親は、先祖をさかのぼればおなじなんです」ケルリックはいった。「母の血統はレイリコン星からつづいている。その世界の人々が植民したのが、父の惑星なんです」

「ここでラルコンといえば、世界の名前ではなく、知恵の精霊の名前なのだがな」ラシバはつぶやいた。

そのような類似性は偶然ではない。六千年前、未知の種族が一定数の人類を地球からレイリコン星に連れていったあと、忽然と姿を消した。遺物として宇宙船だけが残された。長い時間ののちに、放置された人類はその宇宙船の技術を再生し、失われた故郷探しに乗り出した。彼らは地球をみつけることはできなかったが、その過程で数多くの植民星を築き、のちの歴史学者がいうところのルビー帝国をつくりあげた。しかしその帝国も数世紀で滅びた。レイリコン人はもとの世界に孤立し、植民星は母世界から切り離された。

レイリコン人はゆっくりと絶滅への道をたどりはじめた。四千年後、縮小するばかりの自分たちの遺伝子プールに新しい潮流を導こうと、彼らは宇宙旅行技術を復活させ、失われた植民星をもう一度獲得するために星界に出ていった。その過程で、二つの派閥が形成されていった。ひとつは人買い族と呼ばれ、レイリコン文化の汚点であった奴隷売買を受け継いで、とてつもなく暴力的な経済にまで押しあげた。もうひとつはスコーリア王圏で、自由な世界がその自由を守るために——あるいは、倦むことを知らず、はてしなく武力を拡大させる戦争機械を必要とする文明のなかで、できるだけ自由を守るために——結束した集団だ。

いまからさかのぼること二百年弱、地球で二十一世紀という時代をむかえていた人類は、ようやく星界に乗り出した——そして自分たちのいわば兄弟がすでに宇宙にいることを知ったのだ。その後の調査でまもなく、レイリコン星の先祖たちは地球の紀元前四千年頃に連れ去られたことがわかった。しかし当時の地球には、古代レイリコン文化の断片と一致する文明はないのだ。

一部の人類学者は、彼らの故郷はエジプトだと考えた。たしかに古代レイリコン人もピラミッドをつくったが、実際にはエジプト人のとはまったく似ていない。べつの学者は、彼らは中央アメリカ出身か、あるいは中央アメリカと中近東ないし北米の出身者ではないかと考えた。キリスト教とギリシア神話の断片がわずかにまじっているからだが、しかしどの証拠から考えても、人類がレイリコン星に取り残されたのはキリスト誕生より四千年前なのだ。一部の学派は、人類は空間だけでなく時間も移動させられたのではないかと考えた。遺伝的浮動が人為的にも非人為的にも起きたために、問題はよけいに複雑になった。ようするに、レイリコン人の先祖はいまも謎なのだ。

この星の十二坊が、ルビー帝国の失われた植民星のひとつに由来していることはまちがいない。十二坊とレイリコン星の古代文明とのあいだには共通点が多く、絵文字を使った言語や、コバ人が球技場を好むところなどが顕著な例だ。しかしとくにハカ坊には、建築や名前といったレイリコン文化のなかでもあまり知られていない側面が色濃く残っている。学者たちにとってこのハカ坊は、金鉱のようなものにちがいない。なにしろルビー帝国滅亡によってレイリコン星から消えてしまったサブカルチャーの残滓が、生きたまま保存されているのだから。

ケルリックはラシバの髪を指で梳いた。「ぼくの先祖たちは黒い髪に黒い目、そして黒い肌をもっていたんですよ」

ラシバは目をひらいた。「ハカ生まれとおなじだな」

「ハカ生まれとそっくりです」

「しかし鏡を見れば、おまえがハカ生まれの男でないことはすぐにわかるだろう」

「わたしは祖父似なんです」ケルリックは口ごもった。祖父とその仲間たちにくわえられた遺伝子改変技術を、どう説明したものかと迷ったのだ。そこで、少年時代に愛したシャリースのことを思い出した。「あなたがたとえ妊娠できても、子どもは生きられないでしょう。これまでわたしの子種で妊娠したただ一人の女は、胎内でさまざまな問題が起きて、結局流産してしまいました」

ラシバははっとしたようにケルリックの腕を握った。「そうなのか。おまえがデーア・ダール以外の女から腕帯を受けとっていたとは、知らなかった」

「一度だけです。でもそれは、流産した女ではありません」

シャリースに結婚をもうしこんだときの、彼女の肝をつぶしたような顔は忘れられない。二人ともまだ十五歳だった。強く迫るケルリックを、シャリースは拒絶した。彼のルビー王朝の称号に恐れをなしたのだ。時間をかければ説得できたかもしれないが、流産によってその話は中断をよぎなくされた。彼とシャリースが生まれなかった子の死を嘆くのに充分な時間をすごしたところで、ケルリックの両親は彼を他世界にあるディーシャ宇宙軍大学に入学させた。数年後に、シャリースはべつの若者と結婚した。

ラシバは謎めいた表情で彼を見た。「その女は、おまえを子の父親として指名しながら、カシの腕帯をあたえることをこばんだのか？」

ケルリックは頭を現在に引きもどした。「ぼくらの習慣はそうじゃないんです。ぼくが結婚をもうしこんだんですよ」

「おまえがもうしこんだ？」

「そうです」

ラシバは愕然としたようだ。「おまえが結婚をもうしこんだのは……その一度だけなのだろうな……その……」

ケルリックは身をこわばらせた。「その……なんですか？」

「自分の意思で、だ」

二人も夫をもちながら、彼に過去の恋人が存在することをとがめるつもりか。

「いいえ」ケルリックは答えた。

ラシバは身体を離した。「そろそろ帰ったほうがいい。わたしは坊で仕事の用があるのだ」

二人は黙りこくって服を着た。森のなかを歩きだしたときはいっしょだったが、やがてケルリックは足を止めた。こんな充足した一日の最後に、よそよそしく黙りこくって歩かねばならないのがいやだったのだ。ラシバ一人で行かせたほうがいい。

彼女は立ち止まり、ちらりとふりかえった。なにか言葉をかけてくれるかと思ったのだが、ラシバは黙ったままふたたび背をむけて歩きだし、木々のむこうに消えていった。

ケルリックのスイートの入り口で、障子が音をたてた。

「セプター？」

ケルリックは手にした駒をわきにおいた。「どうぞ」

サジェがはいってきて、ケルリックが一人遊びをしているクイス卓のむこう側にゆっくりと腰をおろした。

「夕食の席にあらわれなかったので、体調がすぐれないのかと思ったのだ」

「元気ですよ」ケルリックは答えた。

サジェは卓上の配列を眺めた。「赤の立方体、赤の球、赤の棒」

「色はあまり注意していませんでした」

「赤は怒りの配列に多く使われるものだ」

ケルリックは駒を集め、袋にもどした。

「園庭から帰ってきたときは一人だったな」サジェがいった。

「ラシバは坊での仕事があったのです」ケルリックは三段位カラーニを見つめた。「サジェ、あなたには子どもがいますか？」

サジェは笑みを浮かべた。「二人、バーズ坊時代にな。どちらももう大人だ。ハカ坊に立ち寄ったときはかならず会いにきてくれる」声を低めてつづけた。「二人の母親は、わたしがここへ来る数年前に亡くなったのだ」

「それは残念です」

「彼女とすごした数年間はとても楽しかった」

「もしあなたがほかの女に子どもに生ませていたら、彼女はなんと思ったでしょうか」

サジェの穏やかな表情が消えた。「その質問については許すことにする、セブター。それがどれだけの侮辱をふくんでいるか、きみは知らないのだからな」

ケルリックは顔をしかめた。「なにも悪気はないのです。ただ――」ただ……なんだろう。ラシバを求めているのか。そうではない。「ぼくは疲れているようだ。もう休んだほうがよさそうだ」

サジェはうなずいて立ちあがろうとしながら、ケルリックのほうにもうしわけなさそうな表情をむけた。

「わたしの部屋まで肩を貸してくれないか。わたしの足腰は日ごとにいうことをきかなくなっているようだ」

「もちろんいいですよ」

ケルリックは立って腕をさしだし、サジェといっしょに共用室のほうへゆっくり歩きだした。サジェが患っているのは、進行した関節炎と脊椎の合併症かもしれない。

「医者にかかっても、関節のこわばりはなんともならないんですか」ケルリックは訊いた。

「なにをやってもあまり効果はないようだ」サジェはいった。「しかし、役に立たないとはいわないようにしている。背骨のまわりをマッサージしてくれる医者に、ではやめましょうといわれたくないのだよ」ケルリックに共犯者めいた笑みをむけた。「彼女はとても美人なのだ」

ケルリックは笑い、おかげで気分がほぐれた。「ああ、なるほど」

サジェの部屋の障子のまえまできたとき、共用室のむこう側にある娑婆へのドアがひらいて、カージ隊長がはいってきた。

サジェは軽く笑った。「ありがとう、セブター。あとは一人で歩ける」

ケルリックはうなずいたが、目では隊長を見ていた。彼女はサジェの部屋へは来ないで、べつの部屋の障子をノックした。しばらくして、ラージが寝ぼけまなこをこすりながらあらわれた。

カージがなにごとかいった——とたんに、ラージは笑みを浮かべ、白く美しい歯を見せた。しかしすぐに所有の掟を思い出したように、笑みは消えた。ラージは隊長にむかってうなずき、部屋にもどった。

「セブター、わたしの部屋の障子が破れてしまう」サジェがいった。

「え——？」ケルリックがふりむくと、サジェは障子をつかんだ彼の指をひきはがそうとしていた。

「なかへはいりたまえ」サジェは声を低めた。「なかにちょっとした禁制品があるのだが、その処分を手伝ってもらおう」

「禁制品？」

ケルリックがふりかえったとき、ちょうどラージが戸口にふたたびあらわれた。若者は黒いベルベットのシャツに着がえていた。締め紐をゆるめ、筋肉のもりあがった胸がのぞいている。袖口にはカランヤ・リストバンドが光り、髪はくしけずったあとのラシバの髪とおなじようにつややかだ。首にはタルハ頭巾をゆるく巻いている。カージ隊長につきそわれて、娑婆へのドアへむかいながら、手にしていたローブをはおり、タルハ頭巾で顔を隠した。

「さあ、見せてやる」

「禁制品だ」サジェはくりかえしながら、ケルリックを自分の部屋に引っぱりこんだ。

ケルリックは視線を引きはがすようにしてそちらを見た。「なんのことですか？」

サジェはいつもの小部屋にケルリックを押しこんだ。「楽にしていろ」

そして彼がなにかいうより先に、サジェは部屋の奥へ消えた。

ケルリックは顔をしかめたが、黙ってすわった。もどってきたサジェは、金色の液体のはいったデカンターと、二つのクリスタル製のグラスをもっていた。そして愛用の座布団に腰を落ち着けると、グラス二杯についで、ひとつをケルリックにさしだした。

「これはなんですか？」ケルリックはグラスを傾け、なかで揺れる液体をしげしげと見た。

「わたしたちはベイズと呼んでいる」

ケルリックはひと口飲んでみた。ベイズは唇を通りすぎて、喉をゆっくり流れくだり、腹の底におさまったところで、爆発した。

「これは……」ケルリックはつぶやき、残りをひと口であおった。

「わたしの部屋にあることはだれにも話すな」サジェはいった。「医者に知られたら、たちまちとりあげられてしまう」ケルリックのグラスについでやった。「どうだ、きくだろう？」

「ええ、本当に」

二杯めからあとは、何度グラスをかさねたか記憶がさだかでなくなった。ケルリックは座布団を積んだ山にもたれかかり、グラスのなかで渦巻くベイズ酒のパターンを見つめた。

「これが輸出できないとはもったいない。巨万の財を築けるのに」

「精神的な鎮静作用もあるのだ」サジェはいった。

「ぼくは鎮静作用など必要としてません」

「きみとラシバの関係は、そのうち修復するはずだ」

「美しいラシバ」ケルリックはベイズ酒のパターンをふって壊した。「美しくて不寛容なラシバ」

「セプター――」

「ぼくの名前はケルリックです」

「ケルリック？」

サジェを見あげて答えた。「ジャグ戦士三爵、ケルリクソン・ガーリン・バルドリア・カイア・スコーリア、です」

「奇妙な名前だな」

「かもしれない。でもそうなんです」

「きみの父親はケルリックというのかね？」

「いいえ、エルドリンソンです」ベイズ酒をまたひと口飲んだ。「いちばん年上の兄はエルドリンという名前です。エルドリンソンの息子だからエルドリンソンソンとするのは、やりすぎだと両親は思ったのでしょう」

サジェは笑みを浮かべた。「ケルリックというのは？」

「ライシュリオル星の、若さの精霊です」部屋が傾いているような気がしてきた。「ぼくがいちばん下の子どもなので、その名をとったのです。いちばんちびの、ローン系の子というわけです」

「ちびというのは、きみの形容として似つかわしくないな」サジェはいった。

ケルリックは絹張りの座布団の上にあおむけになった。ベイズ酒をもっと飲もうとしたが、グラスはすでにからだった。

「じつはね、サジェ」肘をついて身体を起こし、もう一杯ついだ。「母には、父と出会うずっとまえに生んだ子がいるんですよ」

「きみにとっては胤違いの兄ということかね？」

「そうです。それがスコーリア王、宇宙の軍事独裁者です。ぼくはその王位継承者なんですよ」

「冗談だろう？」

「いいえ」

サジェは、それまでほとんど口をつけていなかったグラスをあおった。

「悪名高い兄です」ケルリックもグラスを干した。「でも、ぼくはもう継承者じゃない。そうでしょう？　いまは檻のなかのカラーニなんだから」

「セプター――」

「その名前で呼ばないでといったはずです」

「もう一杯飲んだらどうだ」

「檻のなかにはいたくない」

サジェはケルリックのグラスにもう一杯ついだ。

「ユーブ人《ユービアン》を見たことがありますか、サジェ」ケルリックは訊いた。

「それは動物なのか？」

「そのとおりですよ」ケルリックはベイズ酒をあおった。「われわれは人買い族と呼んでいます。むかし、彼らの巡航艦にわたしの所属する分隊が襲われ、敵基地の近くに不時着したことがありました」ベイズ酒をつごうとしたが、デカンターはもうからだった。「分隊長は亡くなったんです」グラスの底を見つめた。「ぼくの腕のなかで」

「残念だ」

「生きて帰ったのは二人でした。二人だけ。十四人の分隊が。そのあと、ぼくは飲んだくれましたよ」

「彼らの死はきみのせいではない」

「飲んだくれて、調律師が歌うところへ行ったんです」

「いわゆる売春婦ですよ」ケルリックはいった。「われらが麗しき坊代から、いまはぼくがそう呼ばれているようなものですけどね。ぼくはひと晩じゅう調律師といっしょに歌い、彼女といっしょにいやなことを忘れました」しゃがれ声になった。「兄は、くよくよするぼくがばかなのだといいました。でもぼくは、平気で人を殺せるほどばかでもない。そうでしょう？」

「調律師？」

「戦争に死はつきものだ」

「だからといって、平気にはなれませんよ」デカンターが手からすべり落ち、どすんと床の上に落ちた。「くだらないおしゃべりでした」

「話して楽になるのなら、話せばいい」

「楽になどなりません」ケルリックは目をとじて横になり、疲労に身をまかせた。

しばらくして、サジェが上掛けをかけてくれるのがわかった。

「眠れ」三段位カラーニは小声でいった。「そして忘れろ。いまのきみにはそれしかないのだから」

20　女王の一撃

　ハカ坊のまわりを秋風が吹き荒れ、坊の奥深くにいても、低いうなりのように聞こえた。執務室へはいっていくラシバの隣に補佐官のニダがつきしたがい、巻き物を見ながら話していた。

「午前中に現代主義者の代表団とお会いになったあと、アダーとのクイス争局が予定されています。昼食のあとは、協同育児舎で会議です」

「昼食をとりながら育児舎の資料に目を通せるように準備しておけ」ラシバは、ハイエラ草で編んだコート掛けから上着をとった。「それから、夕食はシャゾーラ坊からの代表団といっしょにとるから、予定にいれておけ」

　一人の少年が執務室にはいってきた。「郵便です、ハカ坊代」執務机に包みをおいた。数本の羊皮紙の巻き物が保護布にくるまれている。「宗主からの親書もあります」

　この忙しいときにと、ラシバは思った。ミエサ高原についての遠まわしな脅し文句を、ジャールト・カーンがまたよこしたのだろう。

　カランヤ代弁人のエコー・ハカが、少年の背後からあらわれた。「ハカ坊代、すこしお話があるのですが」

ラシバは紋織りの上着をはおった。「いまはだめだ」

「カラーニのサジェが面会を希望しているのです」エコーはいった。

まいった。三段位の要求はむげに断れない。ラシバは髪をかきあげた。「では、ハイエラの間で会おう」

そうすると、現代主義者と会う時間がなくなる。ほかにあいているのは昼食時間だけだ。まあ、食事というごほうびくらいなければ、現代主義者が社会の性的抑圧についてくどくど訴えるのを聞きにいく気にはなれないところだ。かといって会談をキャンセルすれば、同伴者なし、タルハ頭巾もローブもつけない男たちを何人も公衆の面前で歩かせるような、厄介な示威行動をやりかねない。かつて彼らがそれを実行したときは、あやうく暴動になりかけたのだ。

「現代主義者の代表団には、昼食の席で会うとつたえろ」

ラシバは補佐官にいうと、カーン宗主からの親書を上着につっこみ、急ぎ足で執務室をあとにした。

「個人的な感情であるのはわかっています」サジェはいった。「しかしクイスに影響しているのです。彼のつくるパターンすべてに怒りがあらわれています」

ラシバはハイエラの間の壁ぎわに立ち、砂漠を眺めていた。「こうなったことは残念だが、しかしどうしようもない。セプターにアカシの腕帯をあたえたことが、そもそもまちがいだったのだ」

「彼が殺人罪で監獄にはいっていたことは——坊代は受けいれられた。なのに今回は、まるで言語道断の犯罪をおかしたかのように、彼をはねつけていらっしゃる」

ラシバはふりかえり、クイス卓のわきに立つ三段位カラーニを見た。「個人的な感情なのだ、サジェ」

「セプターはあなたを信頼しています。この世界に来てからとそれ以前に、さまざまな手ひどい仕打ちを受けていることを考えると、そうやすやすと人を信頼したりはできないはずなのに」サジェは両手を広げた。「わたしは彼の心が癒える過程を見てきました、ラシバ。孤独に凍りついていた一人の男の心が、しだいに溶けていくようすをです。それをいまさら見捨てられません」

「それほど簡単なことではないのだ」

「セプターの過去はそれほどひどいものですか？」

「おまえがハカ生まれだったら、わかるはずだ」

「彼はあなたを思い、あなたは彼を思っている。理解しあうには充分な条件でしょう」

ラシバは静かに答えた。「わたしの父に手をふれた女は、母だけだった。父の微笑みを見た女はほかにいなかった。しかしいま、現代主義者は所有の掟を捨て去れと要求している。それはどう考えても、ものごとすべての正しい基盤を破壊することなのだ」ため息をついた。「セプターの過去を気にせずにすめばと、わたしも思う。しかし気にせずにはいられない。そこまで自分を曲げることはできないのだ、サジェ。できないものはできない」

「だとすれば、本当に残念に思います」サジェはいった。「彼のためにも、坊代のためにも」


長い一日がようやく終わって、ラシバは自室にもどり、とにもかくにもベッドにもぐりこんだ。しばらくして、医者を呼んだ。補佐官とともにジィ医長が部屋にやってきた。医長の診断が長びくにつれて、ラシバの眉間の皺は深くなった。

「過労です」ジィはいった。

ラシバは毛布を肩まで引きあげた。「とにかく、胃のむかつきを抑える薬を出してくれ」

「必要なのはお休みになることです」彼女は診察用の鞄をとじた。「前回の生理はいつでしたか？」

ラシバは起きあがった。「妊娠しているというのか？」

ジィは顔をしかめた。「起きてはいけません」

「まったく」ラシバはまた横になった。「おまえは砂漠蟹とおなじくらい頑固だな」

「たしかに妊娠検査をしました。結果は明日わかります。いまはとにかくお休みになってください」

「やれやれ」ラシバは低い声でいった。「ここではどっちが坊代だかわからないな」

ジィは笑みを浮かべたあと、ラシバがベッドのむこうに放り出していた上着に手をのばした。

「ポケットに宗主の封印のある親書がはいっていますが、これは読み忘れですか？」

「ああ、そうだった」ラシバはジィの手から巻き物を受けとった。「今度のジャールトのたくらみはなんだと思う？　どうせミエサ高原についてだろう」巻き物を広げ、金色の絵文字に目をはしらせた。

さっと起きあがり、もう一度読んだ。

「どうなさったのですか？」ジィが訊いた。

「まさか」ラシバは羊皮紙を見つめたまま、つぶやいた。「こんなことを……まさか」

「まさかとは？」

ラシバはあおむけに倒れるように横になり、片腕で目もとをおおって、親書をくしゃくしゃに丸めた。

「ジャールト・カーンは頭がおかしくなったのか」

……男の赤ん坊が母親の胎内で死にかけている。ケルリックは手をさしのべ、助けよう、癒そうとした……

ケルリックはベッドのなかで寝返りをうった。「うまく育っていない。助けなくては」闇のなかで目をあけた。こめかみがどくどくと脈打っている。「ラシバ？」また目をとじて、眠りのなかへもどっていった。

翌朝には、夢の記憶は断片的にしか残っていなかった。朝食のあと衛兵たちがやってきて、ケルリックを書斎へ連れていった。壁にタペストリーがかかったその書斎で、肘掛け椅子にすわっていたが、だんだん退屈してきた。そこで立ちあがって書架を見てまわり、興味を惹いた一冊を抜き出して椅子にもどった。

テオテク文字を正式に習ってはいないが、ダール坊時代にすこしは覚えていた。『初期の砂漠のゲーム』という絵文字をなんとか解読できた。しばらくページをめくっているうちに、じつはこれは微分方程式についてのテキストだとわかってきた。しかし著者はあくまでゲームとしてあつかっていて、実用的な数学だとは気づいていないらしい。

それからふいにわかった。これはクイスの本なのだ。クイスの駒のなかに、数学から物理学、はては哲学まで、すべてふくまれているのだ。

ルビー帝国衰亡後のコバ星は、取り残されたほかの植民星の多くとおなじように、暗黒時代にすべり落ちていった。しかし衰退が止まらなかったほかの星とちがい、コバ星は途中から反転、再浮上した。クイスをつくりだしたのとおなじ創造性でもって、失われた技術を復活させていったのだ。最近では飛行機や電力もとりもどしている。しかしそこに使われている科学を、本質的にはまだ理解していないようだった。

クイスが彼らの生活の隅々まで浸透していることを考えると、この駒遊びのなかに、失われた科学の知識が埋めこまれていても不思議ではない。ちょうど古代のコンピュータ・ネットワークのなかの古い隠しファイルも、心得のある者なら探し出せるのとおなじだ。そのための経路は、遅かれ早かれだれかがみつけるだろう。そのときコバ星は一変するはずだ。帆翔機に乗っていた人々が、一夜にして星間旅行技術を手にいれるのだから。

「なにをしているのだ」ラシバの声がした。

ケルリックが顔をあげると、数枚の書類をもった彼女がアーチ形の戸口に立っていた。

「いつからそこに？」ケルリックは訊いた。

「いま来たところだ」ラシバはドアをしめ、こちらへやってきた。「それを読んでいるのか」

ケルリックは本を見せた。「図形のゲームについてです」

「誓約を忘れたのか？」

ケルリックは冷ややかな声になった。「あなたがまだそれにこだわるとは、意外ですね」

ラシバはため息をついた。「いまだけは、クイスをけがす行為も大目に見ることにしよう」書類をさしだした。「読みたければ読むがいい」

書類に使われている絵文字は複雑で、内容を判読するまでにはいたらなかったが、ダール坊とハカ坊のあいだでの財産譲渡にかんする書類であるらしいことはわかった。

それからようやく気づいた。この財産とは、ケルリック自身のことなのだ。

氷のように冷たい声でいった。「なるほど、ぼくをそういうふうに考えているわけですね」書類を突き返した。「売り買いの対象というわけだ」

ラシバは書類を手にした。「ここに書かれているのは、おまえのカランヤ契約についてだ」

「おなじことでしょう。なぜわざわざそんな話を?」

はじめラシバは、答える気がないのか——あるいは答えられないように見えた。やがて口をひらくと、抑揚のない口調でいった。

「カーン宗主がおまえに恩赦をあたえたのだ」

ケルリックは相手を凝視した。「恩赦……?」

「おまえは恩赦を受けたのだ」

その言葉はケルリックの頭をぐるぐるとまわったが、なかなか落ち着きどころをみつけられなかった。

「なぜ?」

ラシバは書類を握りつぶした。「恩赦を受けたことで、おまえのカランヤ契約の帰属はダール坊にもどる。デーアはわかっていたのだ。おまえがどんな棋士に成長するかを見抜き、わたしの坊がそのような強い力をもつことを宗主が看過するはずはないと見通していたのだ」

ケルリックはどう反応していいのかわからなかった。起きたことを把握しきれなかった。ダール坊へもどるのか。しかしデーアがいないダール坊には、ラーチの死という苦い思い出しかない。

ケルリックは立ちあがり、窓に歩みよった。眼下には、砂漠の地味な色ながら濃淡の豊かな街なみが広がり、玉葱形の丸屋根をもつ美しい塔がそびえている。自分はここを去りたいのだろうか。砂漠は好きだ。ハカ坊も、カランヤ苑も、異国情緒のある暮らしも好きだ。所有の掟は、娑婆にいるときはたしかにわずらわしいが、カランヤ苑のなかにいればそれほど気にならない。

しかし千年前からのハカ坊の伝統が揺らぐことはない。ラシバはたしかに魅力的だが、彼女を知れば知るほど、おたがいのあいだの壁は乗り越えがたいものに思えてくる。

背後でラシバがいった。「セプター？」

ここにとどまってほしいといってくれと、ケルリックは思った。いつかはきっとおたがいを理解しあえるだろう。しかし、そのとき譲歩するのはそちらだ、ラシバ。ぼくはあなたの愛を請うつもりはない。

沈黙が長くなり、とうとうケルリックはいった。「あなたのお腹の子の父親は、ラージでしょうね」

「なぜわたしが妊娠していることを知っている？」

ケルリックはふりむいた。自分でもなぜ気づいたのかわからないまま、そういってしまったのだ。ラシバの外見にまだその兆候はあらわれていない。しかし、こういうしかなかった。

「すこしだけ兆候が見えはじめているんですよ」

ラシバは小声でいった。「そうだ。ラージが父親だ」

秋の朝、赤い太陽がまだ地平線に昇らない時刻に、ケルリックはハカ坊を発つことになった。彼とラシバは横にならび、衛兵たちにかこまれて空港へと歩いた。衛兵たちは、話し声が聞きとれない程度の距離をおいて丸く二人をかこんでいる。まるで熱気でゆらめく砂漠の空気が彼らにさえぎられているように、二人のいるところだけは冷ややかな空気が流れていた。

しかしラシバが顔をあげたのを見て、ケルリックははっとした。その目に涙があるような気がしたのだ。しかしそれが本当に涙だったとしても、頬に流れ落ちるまえに、風に吹き飛ばされていった。

III　バーブラ坊

21　休止

秋のダール坊では、太陽樹が金色の葉叢を輝かせていた。ケルリックはその幹に背をよりかからせ、金色の実の重みで大きくしなった枝の下にすわっていた。はちきれそうにふくらんだ実が地面に落ちているのをみつけ、拾ってかじると、甘い果汁が喉をうるおした。ケルリックのすわっている場所からは草の斜面になっていて、下からチャンカー・ダールが登ってくるようすが見えた。彼女はてっぺんまで登ってくると、ケルリックの隣の木陰にどすんと腰をおろした。

「やれやれ、山登りをさせられた」

ケルリックは太陽樹の実をまたひと口かじった。「あなたにはいい運動でしょう」

「かもな」その笑みが消えた。「ケルリック——話があるのだ。ジェビのことで」

やはりか。いつかこの話が出てくるのはわかっていた。ラーチの死によって男やもめとなったジェビは、ケルリックの裁判で代弁人をつうじて、〝セブターを今後ダール坊カランヤ苑に住まわせてほしくない。もしそれが認められないなら、自分のほうがダール坊を離れたい〝と申し立てていた。ジェビはその後、再婚していたが、ケルリックを見る彼の視線からは、その気持ちがいまも消えていないことが感じられた。

「ジェビにはここでの暮らしがある」ケルリックはいった。「去るべきなのはぼくのほうでしょう」

「わたしもそのほうがいいと思う」チャンカーはいった。

「では、どうすれば？　よそのカランヤ苑に受け入れ申請でもすればいいのですか」

「その必要はない。きみと契約したいという申し出が六つの坊からとどいている」

「六つも？　いったいなぜ？」

チャンカーは笑みを浮かべた。「きみは自分のクイスの力量がわかっていないようだな。しかもコバ星で有力なカランヤ苑二カ所に所属した経歴をもっているのだぞ」

「つまりぼくは、二つの坊のクイスを知っているわけですね」

「そうだ。それはめずらしいことであり、貴重なのだ」

「どこからの申し出を受けるつもりですか」

「選ぶのはきみだ」

ケルリックはイクスパーのことを考えた。「カーン坊は？」

「宗主は今回、興味をしめしていない」チャンカーはいった。「またミエサ坊やほかの二級坊からの申し出もない。三段位カラーニを買う資力などとうていないからな」

「ほかに知っている坊はありません。選びようがない」

「ハカ坊も申し出をしている」チャンカーは沈黙のあと、つづけた。「かなりの金額でな」

ラシバのことを忘れたい気持ちとは裏腹に、ケルリックの脈は速くなった。

「いったいなぜ？　あそこに行ってもぼくは二段位にすぎないのに」

チャンカーは草の葉をちぎって眺めた。「おそらくラシバの目的は段位とは関係ないんだろうな」

そもそもラシバとは、おたがいの相違に折り合いをつけられそうになかった。たとえ折り合いがついても、ラージの存在がある。重苦しい口調で、彼はいった。「ハカ坊へは行きたくありません」

チャンカーもほっとしたようだった。「わかった」

「どこか勧められるところはありますか？」

「バーブラ坊はどうかな」チャンカーはいった。「あそこの坊代は、ミエサ坊代とは友好関係をもちながらも、通常はカーン坊と同盟関係にある」

ハカ坊でのクイス争局で、ミエサ坊とその豊かな鉱物資源の眠る高原についてはよく知っていたが、バーブラ坊についてはあまり思い出せなかった。

「バーブラ坊代はアカシを求めているのですか？」もう感情の修羅場はごめんという気持ちだった。

「いや、それはないと思う」

「彼女のカラーニの、クイスの腕前は？」

「きみほどではないだろうが、腕の立つ者も何人かいる」チャンカーは首をかしげた。

「クイスの力という点では、カーン坊、バーズ坊、ダール坊、ハカ坊の四強につづく位置に、バーブラ坊はつけていると思う」

「バーズ坊も申し出をよこしているのですか？」

チャンカーは顔をしかめた。

ケルリックはかすかに笑みを浮かべた。「どうやら申し出はあるようですね。そしてそれは、あなたにとって論外であるようだ」

「バーズ坊を選んでしまっては、きみをハカ坊からとりもどした意味がまったくなくなるのだ」

ケルリックは肩をすくめた。「ではバーブラ坊にしましょう」

チャンカーは満足したようすでうなずいた。「そのようにバーブラ坊代に連絡しよう」

22 快晴の橋

バーブラ坊は霧につつまれた高山の谷あいにあり、その標高はダール坊よりはるかに高い。坊代のヘンタは白髪まじりの太った女で、ケルリックはすぐになじむことができた。ヘンタはおしゃべり好きで、よく笑う。アカシのテボンを見ると、まったく似たもの夫婦だとわかった。坊代とアカシはしばしば共用室で最近の噂話に花を咲かせた。

カランヤ苑には十二人のカラーニがいた。ハカ坊でサジェが唯一の三段位だったように、バーブラ坊の三段位はケルリックだけだった。二段位は三人いて、そのなかにイェブリス・テンサ・バーブラという男がいた。黒い肌に、茶色に緑がわずかにまじった瞳をもつ痩身のイェブリスは、こぶだらけの木の枝を思わせた。しかしよく運動をしてしなやかな枝だ。ケルリックとイェブリスはよく早朝に園庭をジョギングしたり、カランヤ苑のひんやりとした池で泳いだりした。

ある朝イェブリスは、園庭をかこむ美しい透かし彫りのある防風垣に登ってみようと提案した。

「衛兵隊に止められないかな」ケルリックは訊いた。

彼の恩赦には条件がついていて、常時護衛されていなくてはならないのだ。とはいえ衛兵隊は控えめで、いつもその存在を忘れるくらいに背景にとけこんでいた。ケルリックは、王圏議会の要請でいつも護衛がくっついている両親の生活をつい思い出した。

「止める理由なんてあるかな」イェブリスはいった。「ああ、わかった。わたしたちが石垣の上からまっ逆さまに落っこちて非業の死を遂げるような、大ばか野郎だからでしょう」

ケルリックはにやりとした。「落ちるばかはおまえだ。ぼくは登る」

イェブリスも笑みを返し、走りだした。イェブリスは身が軽いので足は速い。ケルリックは、損傷している液圧系を使う気などないので、すぐに引き離された。しかし石垣にたどり着くと、力にまさるケルリックのほうが先に上まで到達した。てっぺんにあがって立ちあがり――動けなくなった。

防風垣のむこう側は、人を寄せつけない断崖絶壁になっていた。はるか下のほうから森におおわれた山の斜面が延々とつづき、広がっている。風景にはうっすらと霧がかかり、風はちょうどやんでいる。霧にけむる神秘的な土地の展望が、さえぎられることなく広がっていた。

イェブリスの頭が壁の上にあらわれ、つづいて全身が出て、ケルリックの隣にあがってきた。

「美しいでしょう」

「ああ」ケルリックは答えた。

「気にいるだろうと思ったんです。あなたに通じるものがあるから」

「通じるもの？　どういうことだい？」

「うまく説明できないな。いつかクイスでそのパターンをつくってみせますよ」皮肉っぽくつづけた。「あなたと賭けクイスをやるより、そのほうがよほどいい」

「賭けクイス？」

「いつもこてんぱんにやられますからね」

ケルリックは笑った。「ぼくらはカラーニだ。賭ける必要などない。もっと重要なクイスがある」

イェブリスは笑みを浮かべた。「あなたほどクイスが好きな人には会ったことがありませんよ」

そういわれてケルリックは驚いたが、たしかにそうだった。彼はクイスに魅了されていた。

ふりかえって、バーブラ坊の北側に広がるけわしい山なみを眺めた。空へむかってそびえる北西の山々のなかに、霧にとりまかれてたたずむ一群の塔がある。ケルリックはその遠い町をしめした。

「あれは？」

イェブリスはケルリックの視線を追った。「ビアサ坊ですよ。テンサ坊もあのへんにある」

「きみはテンサ坊で育ったんだな」

「そうです」イェブリスは壁の上をゆっくりと反対方向へ歩きはじめた。「でも正確には独立した坊じゃない。ビアサ坊に従属した二級坊なんです」

ケルリックはあとをついていった。「ふつうの坊とはどうちがうんだ？」

「規模が小さいんです。二級坊は、その主となる坊から離れては生きていけない」イェブリスは立ち止まり首をかしげた。「ミエサ坊も、いまのようすでは早晩、バーズ坊の二級坊になるでしょう」

バーズ坊。宗主の悪名高い宿敵か。

「ここからバーズ坊やミエサ坊は見えるのか？」

「遠すぎます。でもミエサ坊代には会えますよ。ヘンタの友人ですから」イェブリスはにやりとした。「サビーナ・ミエサです」

ケルリックは笑った。「どうも彼女にふつうでない興味があるらしいな、イェブリス」

「あはは。わたしは九十九番めの男になどなりたくありませんよ。もちろんミエサ坊代から、わたしを九十九番めにしたいという申し入れがあったわけでもありませんけどね」

「ミエサ坊代は九十八人のアカシをもってるのか？」

「いやいや」イェブリスは訂正した。「それは誇張です。このまえ聞いたかぎりでは四人ですね。でも、いいたいことはわかるでしょう」

「それに、わたしにはローカがいますから」イェブリスはいった。

「だれだって?」

「ローカですよ」イェブリスはケルリックにむかって身構えた。「会ったことはあるでしょう。しょっちゅうわたしに会いに来てるから」

「ああ、きみのガールフレンドのことか」

「だれのことだと思ったんですか」

ケルリックは首をふった。

イェブリスは顔をしかめた。「いつもそうだ」

「そうって、なにが?」

「雨の日の木貝《もくがい》のように黙りこんでしまう」

「ぼくの母がロカという名前なんだ。それだけだよ」

王圏での彼女は、ふつうはサイア・リーサという、バレリーナとしての芸名で知られている。しかし本名はロカ・スコーリアで、そのあとにルビー王朝の長たらしい称号がいくつもつづく。

イェブリスは石垣の内側に降りた。「わたしのローカが、あなたの母親のわけはないでしょう」

ケルリックもつづいて降りた。カランヤ苑のなかを歩いてもどりながら、イェブリスは空へむかって腕をふった。

「あっちにも人間が住んでいるなんて、信じられませんよ。他世界人か。信じられないな」

ケルリックは笑った。「ぼくの父も、母にむかっておなじことをいっていたよ」

小径の曲がったところから、初段位カラーニが一人あらわれた。

「セプター、ヘンタにいわれてあなたを探しにきたんです」

イェブリスがにやりとしてケルリックを見た。「また求愛する女があらわれたようですね」

やれやれと、ケルリックは思った。最初は坊の職員、次はカランヤ苑の衛兵、さらにべつの女と、次々と求愛してくる者がいて困っているのだ。ケルリックは彼女たちに口説かれても、すべて断っていた。

自分のスイートにもどると、入浴して着がえた。共用室には衛兵隊が待っており、彼らに案内されて、坊内の高い塔の上にある小部屋へ行った。そこではヘンタと、アカシのテボンが、クイス卓をまえにすわっていた。

ヘンタはケルリックの濡れた髪を見て舌打ちした。「びしょびしょじゃないか」

「風邪をひくぞ」テボンも注意した。

ケルリックは笑みを浮かべた。「ごきげんよう」

ヘンタは軽く笑った。「ごきげんよう。ここにすわれ」ケルリックが丸いクイス卓の席につくと、彼女はいった。「だいじな問題を検討しなくてはならないのだ。数日後にカーン坊で十二坊評議会がある。きわめて重要な会議だ」

「ミエサ高原の管轄権についての投票がまたおこなわれるんだ」テボンがいった。

ヘンタが身をのりだした。「投票の結果がどうなるかは、セプター、きみにかかっているのだ」

「ぼくに？　なぜですか？」

「この問題は行き詰まっている」ヘンタはいった。「昨年はダール、バーブラ、シャゾーラ、エビザの各坊がカーン坊についた。ハカ、アーカ、ラサ、ミエサはバーズ坊の味方をした。五分と五分なのだ」

「それでは十カ坊しか投票していないことになりますが」ケルリックはいった。

「ビアサ坊は棄権した」テボンが答えた。「その二級坊のテンサ坊も、それにしたがった」

ヘンタはうなずいた。「いつもなら、ビアサ坊はバーズ坊にしたがって投票する。しかし最近、ビアサ坊代と、宗主継嗣のイクスパー・カーンが親密なのだ」

「それなら、決着を左右するのはビアサ坊代ではありませんか」ケルリックはいった。

「それほど単純ではない」ヘンタはいった。「今年はわたしが棄権するかもしれないのだ」

「坊代は、宗主が高原を管轄することを支持していらっしゃったのでは」

「サビーナ・ミエサのことがあるのだ」ヘンタは駒の山から金の十二面体をとり、あつかいに困ったように、どこでもないところにおいた。「彼女から高原を奪うような投票をできようか。サビーナの行動は愚かかもしれないが、本人はそうではない。カーン坊に管轄権を渡さなくても、彼女ならミエサ坊をいまの窮地から救い出せるはずだ。問題なのは、サビーナがアブタク・バーズから脅されるままになっていることだ」

ケルリックはハカ坊での争局を思い出した。「バーズ坊の助けがなければ、ミエサ坊は数年でつぶれてしまうでしょう」

テボンは鼻を鳴らした。「バーズ坊はみずからミエサ坊の危機をつくりだし、そこから助け出す真似事をしているだけだ」

ケルリックは二人をじっと見た。「それほどミエサ坊代が窮地に立っているのなら、彼女の友人と称する人々はどうしてその経済基盤である鉱脈をとりあげようとしているのですか？」

「管轄権がカーン坊に渡れば、鉱脈はミエサ坊の経済を今後ともささえるはずだ」ヘンタはいった。「カーン宗主はそのミエサ坊をささえる仕組みをみずから管理したいだけなのだ」

「それなら現状とたいして変わらないのではありませんか」ケルリックは訊いた。「ミエサ坊をしたがえるのが、アブタク・バーズからジャールト・カーンに変わるだけで」

「カーン坊は、バーズ坊とはちがう」テボンはいった。

「わたしは、ジャールトなら信用する」ヘンタはいった。「アブタクは信用できない」

テボンはケルリックのまえにルビーの球をおいた。「きみは、カーン陣営のだれよりハカ坊を知っている」そこにオパールの駒をくわえた。「またダール坊も知っている。過去にダール坊がハカ坊に対してとった戦略が成功したり失敗したりした理由を、正確に分析できるはずだ」

ヘンタはオパールの駒のそばに金の球をおいた。「きみの助けを借りれば、評議会の席でハカ坊を中立の立場にし、うまくすればビアサ坊をこちらの陣営に乗り換えさせられるかもしれない」

ケルリックの頭のなかに、招かれざる記憶が浮かんだ。彼が部屋にはいっていったときに、ラシバの顔が光のなかに浮かびあがるようすだ。

「ハカ坊を制する戦略については、あまり助言したくないのですが」

ヘンタとテボンは顔を見あわせた。

「チャンカーによると、きみはみずから望んでここへ来たそうだが」ヘンタはいった。

ケルリックはため息をついた。「そのとおりです」

ヘンタは穏やかな口調でいった。「ラシバ・ハカに敵意をもってはいない。ミエサ坊を守りたいだけだ。サビーナとクイスを打ったら、それがもっとよくわかるはずだ」

よその坊代と争局を？「この坊が不利になるような情報をわたしが洩らしてしまうかもしれないとは、心配なさらないのですか？」

「その心配はある」ヘンタはいった。「しかしサビーナにわからせなくてはならないのだ。アブタク・バーズはミエサ坊をつぶそうとしているのに、サビーナはそれを認めようとしないのでな」

「争局するのがわたしでなくてはならないのはなぜですか？」ケルリックはテボンをちらりと見た。「坊代の意図をもっとよく理解している人物のほうがいいのでは？」

テボンがいった。「バーブラ坊でもっともクイスの腕が立つのがきみだからだ」

ヘンタはうなずいた。「サビーナを正気にもどす助けになるはずだ」ため息をついた。「簡単でないのはわかっている。あいつがなにを考えているのか、さっぱりわからないからな」

十二坊のなかでテオテク山地のもっとも高みに位置するのが、バーズ坊だ。スカイウォーク山の頂上に屹立する塔の群れは、コバルトブルーの変わらない空に鋭く切りこむ線のようだ。周囲の崖は垂直に切り立ち、要塞の直下にわだかまる雲のせいで、ふもとは見えない。

そのバーズ坊へむかって、一機の帆翔機が一直線に飛んでいた。操縦するのはラサ坊の白髪まじりの女性パイロット。乗客は一人だけ。その乗客は、名前をひとつしかもっていなかった。

ゼチャ、だ。

三機編隊のバーズ坊の帆翔機が崖から飛び立ってきた。黒一色に塗装された機体は、紅玉髄でできた目のような赤いヘッドライトをもち、翼にバーズ坊の紋章である爪猫のマークをつけている。三機は旋回し、ラサ坊の帆翔機を崖へ誘導していった。パイロットは目を左右にはしらせながら、巨大な岩壁にあいたトンネルに帆翔機をすべりこませていった。ひんやりとした闇を照らすのは帆翔機のヘッドライトだけだ。

トンネルを抜けたところは飛行場で、四機は凍りついた滑走路に着陸した。ゼチャがタラップを降りると、バーズ坊の衛兵たちがほかの帆翔機から跳び降りてきた。

隊長がゼチャのもとへ大股に近づいてきた。「ついてこい」

ゼチャはうなずきながら、その言葉に欠けているものを痛いほど意識した。〝どうぞこちらへ〟ではないし、〝ハカ獄長〟という呼びかけもない。彼女はもう獄長ではないし、ハカの名はもたない。永遠に。

隊長は坊内の小部屋に彼女を連れていき、立ち去った。

ゼチャは待った。

補佐官があらわれ、彼女をべつの小部屋へ連れていった。

ゼチャは待った。

次の補佐官に案内されたところは、執務室だった。細長いがらんとした部屋だ。奥の壁は大きな窓になっていて、黒を背景にして鮮やかに輝く星々が見えている。その窓のまえに、執務机がひとつ。

机についているのは、バーズ坊代、アブタク・バーズだ。

ひややかな照明がアブタクの顔の輪郭を描き、眼窩と頬骨を浮かびあがらせている。その視線は強烈だ。坑夫が地底から掘り出した二つの鉄の塊を、丸く削って眼窩におさめたかのようだ。アブタクは暗い声でいった。

「ごきげんよう」

ゼチャはこうべを垂れた。「ごきげんよう、バーズ坊代」

アブタクは細い手をあげ、壁ぎわの椅子をしめした。「すわるがいい」

ゼチャは腰をおろした。

「ラサ坊から来たのか」アブタクは訊いた。

「そこの市内衛兵隊で働いています」ゼチャは答えた。

アブタクは机から一本の巻き物をとりあげた。「ではなぜこの手紙には、職を求めていると書かれているのだ?」

「ラサ坊の衛兵では飽きたらないからです」

「おまえの噂はいろいろ聞いている、元獄長」アブタクは巻き物を机におろした。「それがおなじようにラサ坊の当局者の耳にもはいって、それでふたたび職探しを迫られているのではないのか」

ゼチャはあらかじめ返事を用意していた。「こちらの坊はいろいろな点で有名ですね、バーズ坊代。強さ、富、力」そこでしばし黙った。「たりないのは弱さだけです」

「どういうことだ？」

「弱い者は、恐怖ゆえに強い者と距離をおこうとすることがあるのです」

アブタクは両手をあわせた。「もっとも親しい同盟相手でもか」

「若い坊代は誤った判断をしがちですから」

「かもしれない」アブタクは筆記具を手にし、それでこつこつと指先を叩きはじめた。

「狩猟隊長が高齢になり、近く引退する見込みなのだ」

ゼチャははっとした。そのポストで力をふるうチャンスをくれるのだろうか。低地で獲物を狩り、凶暴な爪猫から市内を守る有名な狩猟隊が存在しなかったら、バーズ坊はとうに飢え死にの憂き目にあっていたはずだ。獰猛で優秀なバーズ狩猟隊は、十二坊じゅうの尊敬と恐怖の対象となっている。その隊長とは、たいへんな威光をもつ地位なのだ。

ゼチャは慎重にいった。「その後任にと望む者は数多いはずです」

「だろうな」アブタクは筆記具をおろした。「市内衛兵隊の定員に空きがある。明日からそこで勤務するがいい」しばし黙って、つづけた。「狩猟隊長が引退したら――そのとき、いろいろなことを検討する」

ケルリックの精神がふわりと撫でられた。コバ星に来てから三年間で、初めてテレパスの存在を感じた。

イエブリスは笑った。「彼女を見るとそうなるでしょう？」

ケルリックは注意を頭の外に移し、中央共用室のわきの小部屋に立ったイェブリスを見た。

「なんのことだ?」

「ミエサ坊代ですよ」イェブリスは共用室のほうへ頭をふった。「あなたが見つめてるのは」

ケルリックはそちらへ目をやって、共用室でクイスの争局を観戦している小柄な女を見た。彼女がサビーナ・ミエサなのか。みんながミエサ坊のパターンに金色の駒を使う理由が、やっと納得できた。ふさふさとした金髪が肩に落ち、滝のように背中を流れくだって、ウエストや腰のあたりで宙に浮いている。巻き毛にかこまれた顔はけがれを知らない子どものようだ。ブラウスの線にも視線を惹きつけられた。豊かな胸をおおって、ウエストで小さくくびれ、腰では大きく張り出している。金色のレースのブラウス、金色のサテンのズボン、金色のスエード革のブーツ……。まさに金色ずくめの太陽の女神だ。

「これは驚いたな」ケルリックはいった。

イェブリスはにやりとした。「芸術品でしょう?」

ケルリックはラシバのことを考えた。「たんなる芸術品だ。それ以上じゃない」

イェブリスは壁によりかかった。「いったいどうしてなんですか? 〝たんなる芸術品だ、それ以上じゃない〟なんて。言い寄ってくる女もみんな無視する。もしかすると男が好きなんですか?」

ケルリックは顔をしかめた。「もちろんちがう」

「健康的な男だったら――」

ケルリックはそちらへつかつかと歩みよった。「ちがうといってるだろう」

「怒ることはないでしょう」

「ぼくの育った世界では、そういう問いかけには怒って当然なんだ」

イエブリスは肩をすくめた。「古暦時代にはそれほどめずらしい趣味でもなかったんですけどね」

「どういうことだ？」

イエブリスは皮肉っぽい口調になった。「先祖の女たちは殺しあいに明け暮れてたから、男のほうが数が多かった。だから一人の女が複数の夫をもつのは、よくあることだったんです」そこで眉をあげた。「その後、戦場でおたがいを切り刻むのをやめたら、女も数が増えた。つまり一人の女が多くのカシをもつと、ほかの女はカシをもてなくなった。そこで坊代たちは相談して、複数の夫をもてるのは坊代だけという掟をつくったんです」

ケルリックは鼻を鳴らした。「都合のいい話だな」

イエブリスはにやりとした。「ええ、たしかにね。でも、さっきの質問はまだ終わってませんよ。あなたを一人だけの夫にしたいと言い寄ってくる女たちを、どうしてみんな無視するんですか？」

ケルリックは腕組みをした。「その話はしたくない」

「またそれですか」ケルリックの真似をして腕組みをした。「〝その話はしたくない〟。話せば、そんなに考えこむことはなくなると思うんですけどね」

戸口のアーチの下にヘンタがあらわれ、笑みを浮かべた。「ミエサ坊代がみえているぞ、セブター」

ケルリックはじろりとヘンタを見た。

「おっと——」ヘンタは彼からイェブリスへ視線を移した。「あとにしたほうがいいかな」

ケルリックは組んでいた腕を解いた。「いえ、いまでけっこうです」

彼とヘンタが共用室にはいっていくと、サビーナ・ミエサは顔をあげてケルリックを軽く一瞥した。そしてすぐにはっとしたように、目を丸くして見つめなおした。彼女の精神の感触がキスするようにケルリックを襲い、彼は部屋のまんなかで立ちすくんだ。

サビーナは近づいてきてお辞儀をした。たばねない髪のせいで、まるでいたずらっ子のように見える。

「きみがセブター・バーブラか。来てくれてありがとう」

ケルリックはうなずいた。返事はせず、笑みも見せない。

衛兵の八人部隊が二人を、離れた塔のひっそりとした小部屋に案内した。衛兵たちは小部屋の外で見張りにつき、ケルリックとサビーナはクイス卓をはさんですわった。サビーナは駒袋の口をほどき、ケルリックをちらりと見て、手早く卓上に駒をあけた。

「自分がサイオンだということを、ご存じですか？」ケルリックは訊いた。

サビーナは顔を赤くした。「静かに。衛兵に聞かれる。わたしたちは言葉をかわしてはいけないのだぞ」

「聞こえませんよ。衛兵は離れていますから」

サビーナは駒で小さな山をつくろうとしたが、何度やっても倒れてしまう。とうとうルビーの立方体を卓の中央に音をたてておいた。

「きみの番だ」

「ご存じでしたか？」ケルリックは訊いた。

「なにをだ」

「ご自分が超感能力者《サイオン》であることを」

「サイ……オン？」

「精神感応者《テレパス》です」

「冗談をいってるのか？」

「ちがいます」

サビーナは笑顔になった。「きみの考えをわたしが読めるはずだといいたいのか？」

「いいえ、そういう訓練は受けていらっしゃらない。でもあなたはサイオンです」

サビーナはいたずらっぽい目つきになった。「きみはため息《サイオン》をつくのか、セプター？」

「ぼくはその能力をあらかた失っています」すこしためらって、つづけた。「でもあなたの感触がわかった——つまり、完全に失ってはいないのでしょう」

サビーナの顔が真っ赤になった。「わたしの感触がわかった？　わたしの考えが読めたというのか？」

「そういうわけではありません」

「そうか」サビーナはほっとしたようだ。「まあ、わたしもきみが考えていることはわからない。だからさっさと次の手を打ったほうがいいだろう」にやりとした。「クイスの次の手をな」

ケルリックはサビーナの立方体のわきにトパーズの駒をおき、争局がはじまった。なぜか彼女はほとんどルビーとサファイアの駒だけで打っていった。

「青は特別な色なんだ」サビーナはいった。

ケルリックはちらりと相手を見た。「そうなんですか？」

サビーナはうなずいた。「空の青、水の青。みんな青い」

「そうですね」ケルリックはエメラルドの円盤をおいた。「あなたの番です」

「ふむ」サビーナはつぶやいた。

イエブリスはケルリックにワインのグラスを渡した。「青ですか？　サビーナの意図はいろいろ考えられますね。あなたは水のパターンをつくろうとしていたんですか？」

「いいや」ケルリックは答えた。「彼女の坊についてだった」

「サファイア鉱脈のつもりだったのかも」

「そうは思えない」

イェブリスはにやりとした。「青は恋の色でもありますよ」

「それは赤だろう」ケルリックは争局を頭のなかで反芻した。「彼女はルビーの駒をいくつも使っていた」

イェブリスは笑った。「セプター、赤は欲望の色です」

「ばかばかしい」ケルリックはいった。「そうだとしても、こっちはまったく興味ないんだ」

「そうでしょうとも。それにわたしは関係のない他世界人だし」

ケルリックはじろりと見た。「ぴったりの表現だな。ふん」

霧につつまれたバーブラ坊の古い城壁の上を、ヘンタとサビーナは散策していた。

「今夜、評議会へむけて発つつもりです」ヘンタはいった。「早めにカーン坊に着いておきたいのでね」

サビーナは毛皮の内張りのある上着を身体に巻きつけるようにした。「わたしはいったんミエサ坊に帰ります。でも開会までにはカーン坊へ行くつもりです」

ヘンタは笑った。「開会の十秒前にすべりこむつもりでしょう」

「ちがいますよ」

「あなたはいつもそうだ」

「今度はちがいます」サビーナはしばし黙った。「だれかカラーニを連れていくつもりですか？」

「連れていくかもしれない」

「だれを？」

　わざとなにげない口調をよそおっているのが、ヘンタにはわかった。「さあね、サビーナ。どうしてわたしがカラーニを連れていくと思うのかな？」

「なんとなく、あの争局したカラーニのことが——なんという名前でしたか。金色の肌の男です。たいした腕前だった。クイスが、ですよ」

「名前はよく憶えていらっしゃるはずだ」

「サイ‐オン……」

「なんですか？」

「サイ‐オンです」サビーナの顔にいたずらっぽい表情が浮かんだ。「彼はたくさんため《サ》息《イ》をつくと、人の心が読めるらしいのですよ」

「おや、そんなすごい情報をどうやって仕入れたのですか？」

「本人がそう話して——いや」サビーナは手を口にあてた。「ええと……その」

　ヘンタは顔をしかめた。「いったいなにをなさったのですか。わたしのカラーニと言葉をかわしたというのですか？」

「もうしわけありません」

「もうしわけない、ですと。もっと常識のある方だと思っていた」

「しかし、テーブルのむこうにあんな魅力たっぷりの男がすわっているのに、どうしてクイスに集中できるでしょう。ヘンタ、あなたはいったいどうして彼をアカシにしないのですか?」

「夫はもういりません。それに、セブターはアカシになることを望んでいないのです」

「だれか意中の相手が?」

「いるとしたら、彼自身でしょうね。セブターに手をだそうとしても無駄ですよ。興味をしめさない」

サビーナは芝居がかった口調でいった。「ああ、あのハカ生まれのような謎めいた雰囲気。思わずくらくらとなってしまう」

「ハカ生まれのような?　彼は他世界人ですよ」

「でもふるまいは、まるでハカ坊の男です。彼らを見ていると頭がおかしくなりそうだ」

サビーナの顔が赤くなった。「目もとを残して全身をすっぽりとつつむあの服装。覆いの下になにが隠れているか、想像しただけで身体の芯が熱くなってくる。たとえを顔を見せるときでも、微笑むことはない。けして。セブターがそんなふるまいをしたら、わたしはどうなるか。ちらりとでも微笑まれたら、わたしは自制を失うだろう。たった一度の微笑みで。八人部隊が総がかりでないと、わたしを抑えられないはずだ」

ヘンタはため息をついた。「あなたに興味がなければ、セプターが微笑むことなどありえないと思うけれどね」

サビーナはしかめ面をした。「あなたは本当に嫌みな爪猫だな」

23　女王のスペクトル列

カーン坊のテオテクの間《ま》は、桟敷席やバルコニー席までいれれば数百人の収容力をもつ大会堂だ。しかし今日の客は坊代とその随員たちだけで、最下層のフロアに据えられた大きな楕円形のオパール卓のまわりに集まっていた。琥珀木《こはくぼく》でできた卓の縁には、その名のとおりオパール石をはじめ、虹象牙《にじぞうげ》や雪石《ゆきいし》などが象眼されている。

ヘンタがはいっていくと、ほかの坊代たちはほとんどがすでに着席していた。ハカ席には、ラシバが妊娠した大きな腹をかかえて苦しそうにすわっている。砂漠の女王といわれた輝きはどこにもない。顔は青ざめ、疲労の皺が刻まれている。一人の補佐官が低い声で話しかけた。退席したほうがいいとうながしているようだが、ラシバは首を横にふった。

ヘンタはバーブラ席にすわり、随員たちは背後や隣に着席した。首席補佐官が顔を近づけてきた。

「もう一度、資料を確認しておかれてはいかがですか？」

ヘンタは首をふった。「だいじょうぶ。どんな展開になっても驚かないつもりだ」

しかし評議会の参加者たちは、今年のバーブラ坊に驚くはずだ。

宗主席の背後にあるひときわ大きな扉がひらき、出入り口の補佐官が大声で告知した。

「イクスパー・カーン宗主継嗣のご来場です」

会堂にはいってきた美貌の若い女を見て、ヘンタはほうと思った。ただのやせっぽちな子どもだった数年前とはずいぶんな変わりようだ。ヘンタはそのイクスパーの姿に、むかし見た絵をかさねあわせた——青銅と革でできた鎧を身にまとい、右手に槍を、左手に盾をもって、崖の上に長い両脚を踏んばって立つ古暦時代の女王戦士の姿だ。腰までとどく髪は風になびき、夕日を浴びて炎のように赤く輝いていた。

イクスパーが継嗣席についたのと同時に、出入り口からばたばたと騒がしい音が聞こえ、補佐官が告知した。「サビーナ・ミエサ、ミエサ坊代のご来場です」

補佐官たちとなにごとか相談しながら急ぎ足にはいってきたサビーナは、バーズ席にどしんとぶつかった。顔を赤くして見まわし、ようやくバーブラ坊の隣にある自分の席へやってきた。

サビーナが腰をおろすと、ヘンタはにやりとした。「威厳たっぷりのご入場ですな」

ミエサ坊代は息をついた。「まにあわないかと思ってひやひやしました」

会堂の扉がひらき、補佐官がいった。「アブタク・バーズ、バーズ坊代のご来場です」

会堂内が水を打ったように静まりかえった。あらわれた長身の女は、全身がひややかな鉄灰色だった。目も、編んだ髪も、ベストも、シャツも、ズボンも、ブーツもすべて灰色だ。隣には、鉄錆色の髪の女をともなっている。

ヘンタはサビーナのほうに身をのりだした。「あのアブタクの隣の女は？」

「ゼチャという名前です」サビーナは答えた。「バーズ狩猟隊の次期隊長ですよ」

「ラシバは彼女を見て不愉快そうだな」

出入り口の補佐官がひときわ声を張りあげた。「ジャールト・カーン」わずかな間をおいた。「コバ星宗主のご来場です」

ヘンタは立ちあがり、ほかの坊代とその随員たちもいっせいに立ちあがって、ジャールトの入場を迎えた。黒ずくめのその姿は、単身だった。ジャールトは随員を必要としないのだ。にもかかわらず、その存在感は会堂内を圧していた。彼女は自席のまえで立ち止まり、おごそかに宣言した。

「ただいまより現暦九世紀、第六十六回評議会を開会する」

オパール卓のまわりからいっせいに衣ずれの音が聞こえ、坊代たちは着席した。そしてそれぞれの駒袋をとりだした。

宗主が初手を打ち、コバ星のクイス評議会がはじまった。

アブタクは客用スイートのリビングを歩きまわっていた。ゼチャがドアのわきに立ち、数人の補佐官が奥の部屋へ通じる戸口のあたりをうろうろしている。本棚のわきには、バーズ継嗣のスターナが立っていた。

アブタクはスターナのまえで足を止めた。「信じられん」そういって、また歩きだした。

「たまたまです」スターナはいった。「ヘンタ・バーブラがクイスであれほど大きく優勢になったのは、初めてですから」

「たまたまだと?」アブタクは反論した。「バーブラ坊はハカ坊からカラーニを手にいれたのだ」

スターナは不快げにいった。「あの他世界人ですね」

まったくいまいましいと、アブタクは思った。おかげでバーブラ坊はけがれ、ハカ坊まで堕落した。

「ラシバの今日のクイスは最低だったな」

「もともと評議会に出席できるような体調ではないのです」とスターナ。

「妊娠したくらいで評議会に出られなくなるような坊代に、坊代の資格などあるか」アブタクは戸口に待機している秘書のほうをむいた。「ハカ坊代のところへ行って、わたしが面会を求めていると伝えてこい」若者が急ぎ足に出ていくと、アブタクはまた歩きまわりはじめた。「ヘンタのおかげでサビーナはすっかり混乱していた。立方体と円盤の区別もつかないようなありさまだ。こんなことがつづいたら、あいつは自分の鉱脈を譲り渡すほうに投票してしまうぞ」

「今夜、ミエサ坊代と一局打ってみます」スターナはいった。「彼女がバーブラ坊から受けたダメージをいくらか回復できるかもしれない」

「いい考えだな」アブタクはゼチャのほうへ歩みよった。「セブターという男だが、今日のように争局に大きな影響をあたえられるほどの力の持ち主なのか?」

「可能性はあります」ゼチャは答えた。「ハカ坊は、あの男がカランヤ苑にはいって一変しましたから」

アブタクは顔をしかめた。「いったいラシバはどんなふうにだまされて、ダール坊とあんな契約を結んだのか」

「わたしはあの男を監獄にとどめるように進言したのです」とゼチャ。

「そうすればこんな厄介な事態にはならなかっただろうな」アブタクは、ラシバへ伝言をとどけた若者が帰ってきたのを見た。「ハカ坊代はどうした」

若者は戸口で足を止めた。「補佐官によると、坊代は今晩はどこへも行けないそうです」

「そうか」アブタクはゼチャのほうをむいた。「では、こちらから出むくとするか」

ハカ坊の客用スイートの控えの間では、数人の補佐官たちがクイスを打っていた。アブタクがゼチャを連れてはいっていくと、彼らはあわてて立ちあがり、そのなかの年配の女がお辞儀をした。

「ごきげんよう、バーズ坊代」

「ハカ坊代に会いにきた」アブタクはいった。

「もうしわけありません、坊代。いまは面会をお断りしています」

アブタクは女をじっと見た。「名前は?」

「チャル・ハカです、坊代」

「では、チャル、ハカ坊代のところへ行って、だれと会ってだれと会わないかは自分で決めたほうがいいといってきたらどうだ」

チャルは顔を紅潮させたが、お辞儀をして奥へはいっていった。

「なにかおもちしましょうか、バーズ坊代」べつの補佐官が訊いた。「タンギ茶か、ジャイ酒でも」

「いらん」アブタクは答えた。

チャルがもどってきた。「お会いになるそうです、バーズ坊代。どうぞおはいりください」

アブタクとゼチャが客用スイートの奥の間にはいると、ラシバはベッドの上に起きあがっていた。わきの小テーブルのところには、ハカ坊アカシのリストバンドを巻いた美貌の若者がいて、ちょうどベッドから出てきたところのように立ちあがった。美しく整った黒い顔だちから、ハカ坊の高貴な生まれらしいとアブタクは見当をつけた。ひと目につかないラシバの私室なので、若者ははだしで、ズボンとシャツしか着ていない。ローブは近くの長椅子にかけ、タルハ頭巾は首に巻いているだけだ。笑みを浮かべずにアブタクのほうを見つめ返しているのだが、その黒い瞳はまるで女を差し招くようだ。ハカ坊の男はこれだから困る。あそこの女たちが男をきびしくとじこめるのも無理からぬことだ。

「ごきげんよう、アブタク」ラシバは若者の腕にふれた。「これはラージです」

アブタクはそのカラーニにむかってお辞儀した。「同席を光栄に思う、ラージ」

ラージはうなずいた。禁じられた笑みはちらりとも洩らさないが、筋肉質の身体にぴったりと張りついた服を見ると、その慎ましさは偽りとしか思えなかった。

ラシバはラージの手をとって、その指の節にキスした。ラージはその手を握り返すと、長椅子からローブをとり、自分の衛兵たちにともなわれて部屋から出ていった。

アブタクはハカ坊代にしかめ面をむけた。「話しあいたいことがあるのだ」

ラシバはゼチャのほうをちらりと見て、またアブタクに目をもどした。「ハカ坊の問題は、ハカ坊から追放された女には無関係だと思いますが」

「ハカ坊がかかえている問題はとても大きい」アブタクはいった。「あなたは今日の争局で、ヘンタに徹底的にやられたな。バーブラ坊があなたに対して優位に立つ秘策を、あんな他世界人に考え出せるものかな」

「あなたは彼と争局したことがないからです」ラシバはいった。「あなどってはいけませんよ」

「それほど強力な棋士なら、ハカ坊から出すべきではなかっただろう」アブタクはすこし考えて、つづけた。「まだ彼をバーブラ坊から買いもどせるかもしれない。あなたの提示金額にわが坊が上乗せするのだよ。金額を吊りあげれば、ヘンタも売る気になるだろう」

ラシバは背中にあてたクッションを動かした。「本人にハカ坊へもどる気がないのですよ」

アブタクは彼女を上からのぞきこんだ。「カラーニをしっかり抑えてこそ、坊代は強くなれる。それを忘れなければ、あなたの体調も回復するさ。アカシがあれこれ望むのに耳を貸していては、坊代もその坊も衰えるだけだ」

「アブタク、もう遅いのです」ラシバはいった。「妊娠が順調ではないのですよ。この話のつづきは明日にしましょう」

他世界人に汚染されているのか。アブタクは背中を起こした。「腹にはいっているのはスコーリア人の子か？」

「ちがいます」

「さっきの美しい若者、ラージの？」

「そう思います」

「思う？」アブタクは眉をひそめた。「あの他世界人カラーニについてくよくよ考えるのはやめることだな、ラシバ。ハカ坊の駒をもとのきれいなパターンにもどし、坊代らしいふるまいにもどることだ」


バーズ坊の客がようやく帰り、チャル・ハカは安堵の息をついた。しかしその気分も、坊代の寝室にはいったとたんに吹き飛んだ。ラシバがベッドから出ようとしているのだ。

「ハカ坊代」チャルは大股に近づいた。「お起きになってはいけません」

ラシバはベッドの支柱にもたれた。「アブタクの態度にはうんざりだ。自分のほかは木の駒以下のように見くだしている」

「どうかベッドへもどってください」チャルはその腕をつかんだ。「お腹のお子さまのことも考えて」

「だいじょうぶだ。娘を妊娠しているときにも評議会に出席したが、なんともなかった」支柱を放してみせた。「ほらな。タンギ茶を淹れてきてくれないか。書斎で飲みたい」

これ以上いっても坊代を怒らせるだけだと、チャルにはわかった。それに、タンギ茶を飲めば眠くなって、ベッドにもどる気になるかもしれない。

部屋を出ながらちらりとふりかえると、ラシバはベッドにすわってうなだれていた。その肌は青ざめ、まるで幽霊のようだった。

イクスパーは冷たいタンギ茶の残りをひと口で飲みほした。「今日は長い争局でしたね」

「しかし、生産的だった」

ジャールトはジャイ酒のグラスに手をかけたまま、書斎の肘掛け椅子でリラックスしていた。宗主の特権のひとつは、評議会の開催場所が自分の坊なので、夜は自分のなじんだ部屋に帰って休めることだ。

「バーブラ坊がこれほど強くなると、だれが予想した？」ジャールトはいった。「あるいはハカ坊がこんなに弱くなると。もしかすると、今年は高原問題の投票で勝てるかもしれないな」

　イクスパーは湯飲みをテーブルに音をたてておいた。「バーズ坊を強力に応援するのは、ハカ坊とミエサ坊だけですからね」立ちあがると、腕を頭の上へのばしながら部屋のなかを歩きまわりはじめた。「争局終盤には、わたしもミエサ坊はいったいどうしたのかと思いはじめましたよ」

「ヘンタはよくがんばってくれた」ジャールトはいった。「しかし、心配なところもある」

　イクスパーは腕をおろした。「ヘンタは棄権するのではないかと？」

　ジャールトは、バーブラ坊のパターンにひそむかすかな傾向にイクスパーが気づいたことをうれしく思いながら、うなずいた。

「ヘンタのクイスが今日のような鋭さをたもてば、それでも過半数はとれるだろう」

「そうですね」イクスパーは首を揉んだ。「まあ、争局は永遠につづくんです。そう考えると、だんだん肩が凝ってきました」そしてにやりとした。「どうですか、ジャールト。いっしょに坊内をジョギングしませんか」

　ジャールトは鼻を鳴らした。「おまえの提案につきあっていると、あっというまに墓場に送られてしまう」

　しかし、いやな気はしなかった。イクスパーのあふれんばかりの活気は、宗主も元気づかせている。古暦時代なら、イクスパーはまちがいなくそのエネルギーを戦場にむけ、長じて伝説の女王戦士になっていただろう。しかしいまは、この若い継嗣の猛るエネルギーと本能をぶつけるべき戦争は存在しない。

「今日のヘンタはすごかった」イクスパーはまた歩きまわりはじめた。「強力なカランヤ苑を背後につけているのはあきらかです」

「〝強力なカランヤ苑〟か」ジャールトは鼻を鳴らした。「大きな集団をひきあいに出しつつ、そこにケルリクソン・バルドリアについての自分の意見をこめようとしても、わたしにはすぐわかるのだぞ」

イクスパーは宗主のほうをむいた。「彼を賞賛するのに、そんなまどろっこしいことはしません。そんな必要はないでしょう。ダール坊で本人と話した夜に、ただ者ではないと気づかなかったのですか？」

ジャールトは立ちあがり、継嗣のほうへ行った。「伝説になりえる男だとわかったよ」

「ではなぜそんなに毛嫌いなさるのですか？」

「毛嫌いしているのではない」ジャールトは静かにいった。「駒を手にしたときのあの男は、まるで自分の力を理解していない魔法使いのようだ。彼のクイスはいったいコバ星にどんな影響をもたらすのか？」暖炉に歩みより、炎を見つめた。「その答えがわからないのだ、イクスパー。だれにもわからない」継嗣のほうを見あげた。「だからわたしは恐れているのだ」

テオテクの間に響くのは駒を打つ音だけだった。オパール卓のまわりには坊代たちが勢揃いし、争局に集中している。その隣ではそれぞれの継嗣が盤面をよく見ようと身をのりだし、背後に控える補佐官たちも真剣な視線を送っていた。

イクスパーは宗主席の隣から人々のようすを見ていた。坊代たちがずらりとならんださまは、まさに女王のスペクトル列のようだ。それぞれの力は、編んで背中にたらした髪が象徴している。もっとも年若いカル・ビアサの鳶色《とびいろ》の髪は、まだ腰まで達していない。シャゾーラ坊代の髪は灰色がちらほらまじった黒。アーカ坊代の灰色の髪には茶色がまじっている。サビーナ・ミエサの髪は編んでおらず、巻き毛が顔にかかっている。

アーカ坊代が息をつき、椅子に背中をもたれた。それをきっかけに、衣ずれの音があちこちからいっせいに響いた。すわりなおしたり、飲みものに口をつけたり、駒の山を整理したりしている。

ジャールトがいった。「休憩をいれようと思うが、どうだろうか」

問いかけは賛成のつぶやきで迎えられた。坊代たちは卓から離れ、観戦者たちと話す声があちこちで流れはじめた。

会堂の外で、散歩しているイクスパーにジャールトが追いついてきた。「争局の具合をどう思う?」

「ラシバのパターンが強くなっていますね」イクスパーは答えた。「ひと晩じゅう作戦を練ってきたにちがいない」

ジャールトはうなずいた。「ミエサ坊は結局バーズ坊につきそうだな」顔をしかめた。「今度の投票にはぜひとも勝たなくてはならない。わたしたちに対するバーズ坊の妨害は年ごとにひどくなり、アブタクはミエサ坊への支配力を強めているからな」

そのとき、うしろから大きく呼ぶ声があった。イクスパーがふりかえると、一人の補佐官が会堂のほうから走ってきていた。女はジャールトのまえで立ち止まった。

「ハカ坊代が——」息を切らせている。「椅子から立とうとして——倒れられました」

ジャールトは会堂へ大股に引き返しはじめ、イクスパーと補佐官たちもつづいた。「病房には連絡したのか？」

「医長を呼びにいかせました」補佐官は答えた。「ハカ坊の補佐官がハカ坊の医者を呼びにいき、ダール坊代もご自分の随員としてお連れになった医者を呼んでいらっしゃいます」

会堂ではハカ席のそばの床をとりかこむように人々がしゃがんでいた。そのまんなかにラシバが横たわっている。顔は土気色だ。ジャールトは人ごみをかきわけ、身体をまるめたハカ坊代のわきにしゃがんだ。

「ラシバ？」

「ああ……」ハカの女王は睫毛をふるわせた。「赤ちゃんが……」

医者が会堂にはいってきた。チュニックの肩につけた医官の記章には、ハカ坊のシンボルである昇る太陽が刺繍されている。そのうしろからカーン坊の医長が、さらにうしろから、ダール坊の太陽樹の記章を肩につけた男がつづいた。

補佐官が会堂を人払いし、ジャールト、イクスパー、アブタク・バーズだけが残った。三人もうしろに退がり、医師たちがラシバを診断するのを見守った。

ジャールトはダール坊の男性医師を指さした。「見覚えがあるな」

「ダビブです」イクスパーは教えた。「ダール坊でケルリックの担当医だった男です」

アブタクが眉をひそめた。「ダビブ・ダール？　あんな男を呼んではまずいでしょう。医学的な考え方に問題のある医者のようだ」

「ダール坊代は彼を高く評価していますよ」イクスパーはいった。

灰色の髪をしたカーン坊の医長、シャリーナ・カーンが三人のところへやってきた。

「ハカ坊代を病房へお運びします」

「命に別状はないのか」ジャールトが訊いた。

「今夜にはわかります。出産がはじまっているのです」

イクスパーは目を丸くした。「まだ早すぎるでしょう」

「赤ん坊は、待つ気はないようですよ」シャリーナは答えた。


……村のむこう側でシャリースが叫び声をあげた。ケルリックは父親の家から飛び出し、ダルバドール星の砂利道を走っていった。シャリースが住む小塔付きの家のまえで、産婆がケルリックの行く手をはばんだ。彼の息子は亡くなった。流産だ。死んだ……。

……世界の反対側から、ラシバが呼んでいる……

ケルリックはベッドの上に跳ね起きた。あたりは真っ暗で、頭のなかには夢の断片が残っている。シャツは汗びっしょりだ。わきの小テーブルから水差しをとって、喉を鳴らしながら飲み、リビングへ行った。

バルコニーのドアをあけて外へ出ると、じっとりと湿った風が襲いかかった。このバルコニーは塔のてっぺんにあり、支柱でささえられてまわりを格子垣でかこまれたベランダになっている。眼下にはテオテク山地が世界の果てまでつらなっていた。その地平線には雨にもかかわらず、日の出を暗示するひとすじの光が浮かんでいる。山々では散発的に遠雷が響き、強い風が髪をかき乱す。空気には原初的で自由な、自然の荒々しさが充ちている。

しかしこの野性的な夜の空気を吸っても、夢の残響は消えなかった。ケルリックは室内にもどり、なんとなくスイートを出て中央共用室へ行った。暗く、片隅でオイルランプがともっているだけだ。

ケルリックは娑婆へ出るドアをあけた。彼を担当するカランヤ衛兵隊の隊長タウルが、クイス卓のそばでほかの衛兵たちといっしょに眠っている。ケルリックはカランヤ苑を出て、廊下を歩きだした。

「待ってください！」背後からいくつものブーツの音が駆けよってきて、たちまち衛兵たちにかこまれた。タウル隊長がケルリックの行く手をさえぎった。「こちらへ出てもらっては困ります」

ケルリックは自分がなにをしているのか自覚がなく、ただ内部の本能に衝き動かされるようだった。「展望台へ行きたいんだ」

タウルは愕然としたようすで、ほかの衛兵たちは息をのんだ。葛藤がタウルの表情にあらわれ、そのさまざまな考えがケルリックにはわかった。ケルリックの禁じられた声は聞かなかったことにするべきだろうか。誓約を破るほど切羽つまった要求を断ったら、カラーニのクイスに影響するだろうか。暴力沙汰になり、衛兵たちはこの三段位カラーニに手荒な行動をよぎなくされるだろうか。スタン銃を使うはめになるだろうか。当局のだれかを叩き起こしたら、彼女はいまの階級や特権や名誉を失うだろうか。

長い沈黙のあと、ようやくタウルは決心した。「展望台へご案内します。ただし——もう二度と口をきかないでください」

ケルリックはうなずき、衛兵たちにとりまかれてふたたび歩きだした。

展望台に着いても、自分がなぜここへ来なければならなかったのか、ケルリックはまだわからなかった。わかるのは、展望台からカーン坊の方角が望めるということだけ。ケルリックは衛兵たちをともなって、建物をぐるりと取り巻く最上階のバルコニーに出た。

頭のなかに記憶があふれ出てきた——大きな青紫の目をもつシャリース。ダルバドール星の野原を、スカートを足にまとわりつかせながら走るシャリース。ケルリックにつかまり、いっしょに草のなかに倒れるシャリース。そして、自分たちの子の死を嘆き悲しむシヤリース。

なぜいま？　十数年も眠っていたのに、なぜいま息子の死にまつわる苦悩が甦ってくるのか。

未明の静寂のなか、ソファにすわったままの姿勢でうとうとしていたイクスパーは、目を覚ました。小部屋のなかを見まわすと、ジャールトは戸口のところに立って補佐官と話している。アブタク・バーズはべつのソファにすわり、背もたれに背中をあずけて目をとじている。部屋の反対側ではヘンタが肘掛け椅子でいびきをかいている。

ジャールトがそばへやってきた。「もう遅い。休んだらどうだ」

「あなたこそ」イクスパーは答えた。

「ふん」ジャールトはソファに腰をおろした。「時のはじまりから女は赤ん坊を産んできたのだ。ラシバはだいじょうぶだ」

「それにしては時間がかかりすぎます」

ジャールトはため息をついた。「そうだな」

カーン坊医長のシャリーナが小部屋の出入り口にあらわれた。目のまわりに隈ができて、編んだ灰色の髪はほつれて顔にかかっている。彼女はひと言だけいった。

「終わりました」

部屋のむこう側でアブタク・バーズが立ちあがった。「ハカ坊代は？」

「眠っていらっしゃいます」シャリーナは答えた。

「子どもはどうなんだ？」イクスパーは訊いた。

シャリーナは髪をかきあげた。「男の子です」

「母子は元気なのか」ジャールトが訊いた。

「ハカ坊代は疲労困憊していらっしゃいますが、元気です」シャリーナはいった。「しかし赤ん坊のほうは、危険な状態です」小声になった。「おそらく数日しか生きられないでしょう」

シャリーナの背後に影があらわれ、戸口に近づいてきてようやく、ダビブ・ダールだとわかった。

「カーン宗主、ハカ坊代とおなじ症状を以前に見たことがあります。ですから赤ん坊のほうも――」

「効果が実証されていない処置を赤ん坊にほどこすなど論外だぞ、きみ」シャリーナがいった。

「効果は実証されています」ダビブは反論した。「この規定食で――」

アブタクがさえぎった。「ハカ坊代の子息を実験台にするというのか？」

ダビブは首をふった。「そういうつもりは――」

「議論はもう終わったはずだ」シャリーナはいった。「感情的になっても、だれのためにもならない」

ダビブはいらだった声になった。「わたしは感情的になど――」

「若い医官君」アブタクがいった。「こういうことは経験豊富な医長にまかせるべきだろう」

「いえ、ダビブのいうとおりでしょう」イクスパーはいった。

全員が彼女のほうをふりかえった。

「わたしも以前に見たことがあります」イクスパーはつづけた。「評議会のときのハカ坊代の症状は、ダール坊にいた頃のケルリックとよく似ています。規定食に変えるまえの彼の状態と」

ダビブの顔に安堵が広がった。「そうです。わたしがいいたいのもそのことです。あのときの規定食をもとに調合乳をつくれば、赤ん坊が生き延びる確率は高くなるはずです。ハカ坊代も授乳期間中はおなじ規定食をとっていただいて――」

「ハカ坊医長は――」シャリーナはさえぎった。「ミネラル浴と発泡水飲用が効果があるだろうといっていらっしゃるのだ」ジャールトのほうを見た。「それに赤ん坊の父親は、そのケルリックだか、セプターだかの名前の男ではないのですよ」

「しかしケルリックもハカ坊のアカシでしたよ」イクスパーはいった。

「どちらの治療計画も実行すればいい」ジャールトはいって、ダビブを見た。「規定食のほうはきみにまかせよう」

「ありがとうございます」ダビブはいった。

ジャールトはシャリーナにむきなおった。「きみはハカ坊の医長と協力してすすめろ。赤ん坊を救うために最大限の努力を」

「わかりました」シャリーナは小部屋の人々を見まわした。「それから、第三の治療計画もあるのですが」

「というと？」アブタクが訊いた。

シャリーナは顔をしかめた。「第三の治療計画とは、みなさんが意識を失うまえに寝室にもどってお休みいただくということです」

ジャールトはにやりとした。「よくわかった、医長」

そうやってみんなはヘンタを起こし、それぞれのスイートルームへ帰っていった。


テオテクの間には、上部がアーチ形になった窓から夕方に近い日差しがはいってきていた。ジャールトは、オパール卓のまわりにずらりとならんだ坊代たちを眺めまわした。

「評議会の勧告にしたがい、シャゾーラ産のワインに新たな関税は課さないこととする」

驚くにはあたらないと、イクスパーは思った。宗主であるジャールトは関税についての議決に拒否権を発動することもできたのだが、そうはしなかった。しかし次の案件は異なる。ひとつの坊の経済基盤そのものにかかわる動議では、ジャールトは拒否権を行使できないし、過半数の賛成がなければ成立しないのだ。

「次は、ミエサ高原の管轄権について決を採りたい」ジャールトはいった。「管轄権をミエサ坊からカーン坊へ移行させることに、賛成の場合はダイヤモンドの立方体を、反対なら黒曜石の立方体を、棄権ならクリスタルの環をおいてほしい」そしてイクスパーのほうをむいた。「はじめろ」

イクスパーは巻き物の上に鵞ペンをかまえた。「テンサ坊？」

テンサ坊代は駒をおかず、答えた。「テンサ坊は、上級坊であるビアサ坊の判断にしたがいます」

ほかの二級坊であるエビザ坊とラサ坊に対してイクスパーが尋ねると、彼女たちも同様にそれぞれの上級坊に決定をゆだねた。

イクスパーはサビーナのほうをむいた。「ミエサ坊は？」

サビーナは手をあげた。その手は、驚いたことに一瞬、クリスタルの環の上で止まった。しかし結局、黒曜石の立方体をとって、卓の中央においた。

ミエサ坊の意外な行動は起きなかったわけだ。イクスパーは失望を隠して、サビーナの駒を巻き物に記録した。

「ビアサ坊は？」

カル・ビアサは、ミエサ坊の立方体の隣にクリスタルの環をおいた。「ビアサ坊は棄権します」

テンサ坊代が環をおいた。「テンサ坊はビアサ坊にしたがいます」

また順当な結果になってしまった。ビアサ坊がバーズ坊側につかなかったぶん、ましか。

「アーカ坊は?」イクスパーは訊いた。アーカ坊代は黒曜石の立方体をおいた。ラサ坊代も黒の立方体をおいた。「ラサ坊は上級坊にしたがいます」イクスパーはだんだん心配になってきた。ヘンタ・バーブラが棄権したら、カーン坊の負けになる。

「バーブラ坊は?」

ヘンタはサビーナにむかってもうしわけなさそうな視線を送り、ダイヤモンドの立方体を卓上においた。

「バーブラ坊は賛成です」

ダール坊は宗主に賛成し、シャゾーラ坊とその二級坊であるエビザ坊もおなじ行動をとった。ラシバのうら若い継嗣は、ハカ坊として黒の立方体をおいた。バーズ坊とカーン坊がそれぞれ駒をおくと、採決は終わった。卓上にはダイヤモンドの立方体が五個、黒曜石の立方体が五個、クリスタルの環が二個。

ジャールトは口をひらいた。「パターンは見てのとおりだ。今回も賛否同数となった」

アブタク・バーズはにやりとした。

訳者略歴　1964年生，1987年東京都立大学人文学部英米文学科卒，英米文学翻訳家　訳書『極微機械ボーア・メイカー』ナガタ，『タイム・シップ』バクスター，『制覇せよ，光輝の海を！』アサロ（以上早川書房刊）他多数

HM=Hayakawa Mystery
SF=Science Fiction
JA=Japanese Author
NV=Novel
NF=Nonfiction
FT=Fantasy

スコーリア戦史

目《め》覚《ざ》めよ、女王戦士《じよおうせんし》の翼《つばさ》！

〔上〕

〈SF1379〉

二〇〇一年十一月二十日　印刷
二〇〇一年十一月三十日　発行

（定価はカバーに表示してあります）

著者　キャサリン・アサロ
訳者　中《なか》原《はら》尚《なお》哉《や》
発行者　早川浩
発行所　株式会社　早川書房

郵便番号　一〇一 - 〇〇四六
東京都千代田区神田多町二ノ二
電話　〇三-三二五二-三一一一（大代表）
振替　〇〇一六〇-三-四七七九九
http://www.hayakawa-online.co.jp

乱丁・落丁本は小社制作部宛お送り下さい。
送料小社負担にてお取りかえいたします。

印刷・星野精版印刷株式会社　製本・株式会社明光社
Printed and bound in Japan
ISBN4-15-011379-3 C0197